DEC 3 0 2015

D0404205

SANTA ANA PUBLIC LIBRARY

Quédatelo todo

# Quédatelo todo

## Maya Banks

Traducción de Scheherezade Surià

**SP FICTION BANKS, M.**
**Banks, Maya**
**Quedatelo todo**

**$12.95**
**CENTRAL    31994015400739**

TERCIOPELO

Título original: *Taking it all*

© Maya Banks, 2014

Primera edición en este formato: mayo de 2015

© de la traducción: Scheherezade Surià
© de esta edición: Roca Editorial de Libros, S. L.
Av. Marquès de l'Argentera 17, pral.
08003 Barcelona
info@rocabolsillo.com
www.rocabolsillo.com

© del diseño de portada: Sophie Guët
© de la imagen de cubierta: Plainpicture / Jeanene Scott

Impreso por LIBERDÚPLEX,
Crta. BV-2249, km 7,4, Pol. Ind. Torrentfondo
Sant Llorenç d'Hortons (Barcelona)

ISBN: 978-84-15729-98-3
Depósito legal: B. 9.531-2015
Código IBIC: FP; FRD

Todos los derechos reservados. Quedan rigurosamente prohibidas,
sin la autorización escrita de los titulares del copyright, bajo
las sanciones establecidas en las leyes, la reproducción total o parcial
de esta obra por cualquier medio o procedimiento, comprendidos
la reprografía y el tratamiento informático, y la distribución
de ejemplares de ella mediante alquiler o préstamos públicos.

Papel certificado FSC

RB29983

Para Carrie,
con todo mi amor.

# Uno

Chessy Morgan encontró una plaza en el aparcamiento del Lux Café en Houston y puso los ojos como platos al ver los coches de Kylie y Joss aparcados cerca.

Que Kylie hubiera llegado no la sorprendía, porque siempre era puntual. Pero ¿Joss? Joss llegaba tarde a todos los sitios. Chessy y Kylie siempre tenían que esperar a Joss, quien al cabo de un rato aparecía en el restaurante en cuestión con la lengua fuera y disculpándose innecesariamente por su tardanza.

Pero ¿quién podía enfadarse con ella? Y más por algo tan insignificante como ser siempre tan impuntual. Joss iluminaba dondequiera que fuera con su calidez y dulzura. Había llovido mucho desde que se convirtiera en una pobre viuda al perder a Carson. Ahora era feliz y estaba enamorada. Se había casado con Dash, el mejor amigo de su difunto marido. Chessy se alegraba muchísimo por sus amigos. Tanto Joss como Kylie habían encontrado el amor. Para Kylie la hazaña era mayor aún; había dado pasos de gigante en su vida al poder superar los demonios de su pasado que la habían dominado durante tanto tiempo.

Kylie había encontrado a su media naranja, Jensen, y hacían una pareja maravillosa. No tenía ninguna duda de que ese hombre era perfecto para ella.

Ojalá Chessy pudiera decir eso mismo de su vida, que su matrimonio fuera tan perfecto como el de sus amigas.

Suspiró y salió de su Mercedes SUV. Se volvió y miró con melancolía el vehículo de siete plazas. Cuando Tate la sorprendió con él, se preguntó por qué le había comprado algo tan grande, pero él la miró con aire encantador y con un brillo pícaro en los ojos y le dijo que era el coche perfecto para llevar a los niños. Los niños que habían dicho que tendrían; había sido un tema de conversación recurrente al principio de su matrimonio. Habían hablado del sueño de tener una gran familia, una casa grande llena de niños, amor y risas. Pero de un tiempo a esta parte, Tate se mostraba reacio a abordar el tema de tener hijos.

Seguía con su empresa después de irse de la suya porque su socio lo había dejado colgado. Quería esperar a que la situación fuera más estable y estuviera bien asentado antes de tener hijos. Pero Chessy dudaba ahora de que ese día llegara nunca. No había tenido el valor de mencionar el asunto en el último año.

Sentía que Tate se alejaba cada vez más; su carrera lo tenía absorbido y ella estaba relegada a un segundo o tercer o a saber en qué lugar de su lista de prioridades.

—Por el amor de Dios, Chessy. Deja de ser tan melodramática. La cosa no está tan mal. Tate te quiere y tú lo quieres. Solo tienes que ser paciente y pensarlo todo bien. Al final todo se solucionará —se dijo con firmeza en voz alta.

Se preparó para saludar a sus amigas mientras entraba al restaurante y se aseguraba de que su expresión no reflejara los tristes pensamientos que la asaltaban. Lo último que quería era preocuparlas más de lo que ya estaban. Hacía meses que sabían que las cosas no iban bien. Veía las miradas que se lanzaban cuando creían que estaba distraída, pero no se perdía nada: ni sus miradas preocupadas, ni sus dudas. Sabía que estaban muy preocupadas por su relación con Tate, pero ambas eran tan felices… Estaban en el paraíso y no quería arrastrarlas consigo al pozo de miseria en el que se sentía.

Ella era la vivaracha del grupo. Con la que siempre se podía contar para echarse unas risas, la que ponía la chispa a las cosas. Lo malo era que se le daba fatal esconder sus emociones. Fueran buenas o malas, se le transparentaba todo. Cuando era feliz, era tremendamente feliz. Exuberante. Vivaz. Incluso brillaba, como solían decirle sus amigas. El problema radicaba en que, cuando no era feliz, era como un libro abierto para ellas, que conseguían traspasar cualquier fachada y, por mucho que actuara, no lograba engañarlas.

A pesar de todo, recobró la compostura y esbozó su mejor sonrisa —gesto que hizo que le dolieran los carrillos del esfuerzo— mientras se acercaba al reservado donde Kylie y Joss ya estaban sentadas.

—¡Gracias a Dios que estás aquí! —exclamó Kylie, que le cogió la mano inmediatamente e hizo que se sentara a su lado—. Joss está radiante y tiene una mirada enigmática, de esas de «Tengo un secreto», pero se ha negado a contarme nada hasta que llegaras.

Chessy se sentó, arrastrada por Kylie, y sonrió a su amiga por la frustración que sentía ante el silencio de Joss hasta que ella llegara. Parte de su dolor desapareció porque ¿cómo no iba a sentirse mejor cuando estaba con sus dos mejores amigas? Solo estar con ellas aliviaba la tristeza que al parecer se había convertido en un elemento habitual en su vida últimamente.

—Ah, ya, ya veo de lo que habla Kylie, Joss —dijo Chessy examinando a su amiga—. Pareces una niña con zapatos nuevos y estás radiante, así que desembucha. La hermandad está aquí reunida y quiere respuestas. No me obligues a hacerte daño, porque te garantizo que Kylie me apoyará en esto. La pobre ya ha tenido que esperar a que llegara. Nos abalanzaremos sobre ti si es preciso, así que ¡habla!

Kylie asintió con fuerza, con la mirada fija en la

enorme sonrisa luminosa de su amiga, que le iluminaba todo el rostro. Fue como un golpe para Chessy. Joss resplandecía de verdad, era tan feliz que casi le dolía mirarla, pero no iba a arruinarle ese momento. No permitiría que su infelicidad ensombreciera la complicidad con sus mejores amigas.

—Dash y yo estamos embarazados —dijo Joss con una alegría sin reservas—. Estoy embarazada —corrigió, con una expresión amable y unos ojos que brillaban de amor y alegría—. ¡Vamos a tener un bebé!

Kylie gritó e inmediatamente abrazó a su amiga, haciendo caso omiso de las miradas sobresaltadas de los demás comensales sentados cerca de su mesa.

Chessy se incorporó, aunque se notaba el estómago revuelto, y rodeó la mesa, ya que Kylie estaba en medio. La abrazó también, apartando un poco a Kylie, que la acaparaba.

—Me alegro muchísimo por ti —susurró para que no se le notara el nudo que empezaba a sentir en la garganta.

Joss la abrazó también y luego se retiró sin dejar de mirarla a los ojos.

—Gracias —dijo en voz baja—. Y ahora tal vez quieras contarnos qué te pasa y por qué pareces tan triste. ¿Es por Tate? ¿Han empeorado las cosas?

A Chessy se le cayó el alma a los pies. Tendría que haber sabido que no podía engañarlas. Y ahora que Joss disfrutaba de haberles dado la noticia —una noticia preciosa— y de haber cumplido un sueño que tenía desde hacía tiempo, lo último que quería era fastidiar la celebración.

Le cogió la mano y le dio un apretón.

—Es tu momento de gloria, cariño. Ya hablaremos de mis penas en otra ocasión. Ahora mismo deberíamos estar brindando por la futura madre y planificando todas las cosas divertidas, como la ropita del bebé o el nombre.

Ay, Kylie, tenemos que organizarle una fiesta, pero tiene que ser épica. Y los hombres tendrán que participar, ¿eh? Nada de escaquearse con la excusa de que es una cosa de chicas.

Kylie y Joss se miraron como solían hacer cuando creían que no se daba cuenta y, aunque no lo exteriorizó, Chessy sintió pena al saberse causa de preocupación de las chicas.

—¿De verdad crees, aunque sea por un momento, que estaría tan absorta en la noticia de mi embarazo que pasaría por alto todo lo demás? —preguntó Joss con un tono de reproche; suave, pero de reproche igualmente.

Joss no era borde ni maliciosa; sencillamente no albergaba esos sentimientos ni actitudes. Era la amabilidad en persona y tenía el corazón más grande y bondadoso de todos.

Levantó las manos.

—Lo sé, cariño. Créeme, ya lo sé, pero no me gusta hablar de esto todo el rato cuando deberíamos estar celebrando tu embarazo. No ha cambiado nada. Es la misma historia de siempre; me estoy portando como una niña llorica que quiere atención. Las cosas mejorarán.

Joss bajó la voz; su mirada desbordaba amor, un amor por su mejor amiga que casi la hizo llorar.

—Sé que tiene que ser duro saber que estoy embarazada —le dijo con suavidad—. Sé que quieres tener hijos. Sé que era lo que Tate y tú queríais y que tú aún lo deseas, pero él no deja de posponerlo. Sé que hasta te has cuestionado los motivos para querer un hijo. Lo hablamos hace poco y estábamos de acuerdo en que hasta que superéis este bache por el que estáis pasando, tener un crío complicaría las cosas.

Chessy no quería mentir a las mujeres a las que quería más que a nadie. Sus mejores amigas: sus amigas. Su apoyo.

—No os negaré que me duele un poquito. Bueno,

13

mucho —corrigió al ver la mirada que le lanzaba Kylie como diciéndole «No engañas a nadie, amiga»—. No es un secreto que quiero tener hijos, una gran familia. Quiero lo que nunca tuve de pequeña. Quiero que mis niños se sientan a salvo, que se sientan amados y queridos con toda mi alma y todo mi corazón.

—Quieres para ellos lo que tus padres nunca te dieron —añadió Kylie en voz baja.

Chessy la miró con una expresión comprensiva. Kylie y ella tenían algo en común en cuanto a infancias. Ninguna de las dos fue deseada, pero las similitudes terminaban ahí. Kylie había vivido una niñez horrenda; había sufrido malos tratos del monstruo de su padre.

Ella no podía decir que la hubieran maltratado ni física ni verbalmente. Sencillamente… no existía. Al menos, no para sus padres. Chessy había sido la hija no deseada de unos padres que nunca quisieron tener hijos. Y, como tal, no cambiaron sus vidas para ajustarse al bebé. Siguieron como si nada y ella fue siempre un estorbo, una molestia. El abandono y la negligencia estuvieron siempre presentes en su infancia si bien no hubo malos tratos, aunque en cierto modo eso también podría considerarse un abuso. A Chessy no le habían hecho daño físicamente, pero emocionalmente, mucho.

Tate sabía lo de su infancia y los recuerdos que tenía de esta, recuerdos de sentirse sola e ignorada. Eso lo enfadó mucho y le prometió que nunca se sentiría así con él. Hasta… ahora. Siempre había sido su prioridad. Había antepuesto siempre lo que ella quería, necesitaba, deseaba; cosas que expresaba, pero que en su mayoría Tate intuía sin que hiciera falta decirle nada. A veces satisfacía necesidades que ni siquiera ella sabía que tenía. Siempre hacía lo imposible para darle todo lo que le había faltado de niña.

Quería recuperar todo eso. Quería recuperar a su marido, quería que las cosas fueran como antes de que se fuera por su cuenta y montara una empresa de planificación financiera con un socio que luego lo dejó tirado, solo ante las necesidades de todos sus clientes.

En el fondo sabía que Tate aún quería satisfacer todas sus necesidades. No quería que le faltara nada que él pudiera darle. Económicamente. Sabía que era bondadoso, pero no era dinero lo que ella quería. La seguridad económica estaba muy bien, pero ¿a expensas de su matrimonio? Solo quería a su marido, el que se preocupaba por sus necesidades emocionales por encima de todo y no las financieras. Porque el dinero no era sustituto del amor ni del hombre al que amaba sin medida. ¿Cómo podía hacérselo entender sin provocar desavenencias, sin que acabaran distanciándose más? No podía permitirlo. Nada valía tanto la pena como para perder a Tate. Y aún menos por sus ridículas inseguridades y sus insistentes peticiones que se le antojaban insignificantes desde un punto de vista más general. A la mayoría de las mujeres les encantaría tener un marido que se partiera el lomo cada día para mantener a su esposa. ¿Cómo explicar que lo material no le importaba si era a costa de su matrimonio y del abismo que era cada vez mayor entre ambos?

—Cariño, ¿qué pasa entre Tate y tú? —preguntó Joss con una expresión preocupada que le arrugaba la frente—. Lo hemos hablado muchas veces y sigo teniendo la sensación de que no nos cuentas toda la verdad. Que te guardas al menos una parte de lo que sientes y de lo que estás viviendo. ¿Todavía te preocupa que te esté engañando?

Chessy contuvo la respiración. El mero pensamiento —por breve y fugaz que fuera— de que Tate pudiera ponerle los cuernos le hacía sentir tal agonía que no se atrevía a pensarlo siquiera por el dolor que le provocaba. Se arrepentía de ese momento de debilidad en el que había compartido sus temores con sus amigas, por muy poco posible que lo creyera.

—Sé que me quiere —dijo Chessy firmemente—. Sé que no me engañaría. Tiene demasiado honor. Si quisiera a otra mujer, sé que sería directo conmigo y me pediría el divorcio.

Joder, la palabra «divorcio» le hacía sentir un dolor desgarrador en el corazón y en el alma aunque sabía que no llegarían a eso. Sin embargo, el pánico la embargaba con solo pensar que el matrimonio pudiera terminar. No era algo en lo que quisiera pensar por la desolación que le provocaba.

—Pero amar significa no hacer daño a la persona que quieres —intervino Kylie en voz baja.

Dios sabía que Kylie estaba familiarizada con el amor y el dolor, y que había coqueteado con el fin de una relación. Si no hubiera cantado las cuarenta a Jensen por romper con ella «por su bien», probablemente seguirían separados y hechos polvo el uno sin el otro.

—No sabe que me está haciendo daño porque no se lo he contado —dijo Chessy en voz baja—. Es culpa mía. No sabe qué tiene que cambiar si no sabe el problema o la solución. Reconozco que soy una cobarde. Una parte de mí quiere pedirle que deje de centrarse en su trabajo, decirle que me da igual tener mucho dinero en el banco; mientras, otra parte de mí cree que si me callo y me aguanto un poco más, las cosas se arreglarán solas, recuperaré a mi marido y todo volverá a ser como antes.

Joss y Kylie suspiraron, resignadas. Ya habían hablado del asunto un puñado de veces. Chessy sabía que ninguna estaba de acuerdo con su forma de pensar o de abordar el problema, pero la querían y la apoyaban incondicionalmente. Y por eso las quería a rabiar.

En parte, reconocía que estaban en su derecho de sentirse frustradas con ella. La escuchaban cuando se quejaba por un problema al que ni ella misma estaba dispuesta a enfrentarse y aún menos tratar de arreglar.

Sabía que estaba escondiendo la cabeza y que no quería ver cómo iba su matrimonio, pero contemplar cualquier otra alternativa significaba tener que admitir que su matrimonio tenía problemas. Y no estaba preparada para hacerlo. Todavía.

—Este viernes es nuestro aniversario —dijo ella impostando un tono animado en un intento de mitigar ese giro sombrío que había dado la conversación—. Tate me ha prometido una cena íntima en el restaurante donde siempre cenamos para celebrar los aniversarios. Sin móviles. Sin negocios. Quiere salir antes de trabajar y me ha dicho que tendremos el fin de semana entero para nosotros. Y… —añadió alargando la palabra— dice que tiene algo pensado para después de cenar, así que tengo muchísimas ganas. Creo que pasar un fin de semana tranquilos los dos me irá de perlas para dejarme de inseguridades y tonterías. No tendría que haber llegado a este punto. Reconozco que la culpa es mía por no haberle dicho lo infeliz que me siento. Pero este fin de semana, cuando estemos solos y nos centremos el uno en el otro, pienso decírselo… todo.

Kylie y Joss parecían tremendamente aliviadas.

—Eso es fantástico, cariño —dijo Joss.

—Me alegro de que deis este paso —dijo Kylie—. Estoy de acuerdo contigo. Un fin de semana los dos solos es exactamente lo que necesitas para sentirte mejor. Hablar con él y abrirle tu corazón sobre cómo te has sentido es un paso en la dirección correcta. No me imagino a Tate sin mover cielo y tierra para volver a hacerte feliz. Pero, como has dicho ya, tiene que conocer el problema para poder arreglarlo.

Chessy sonrió. El corazón le dio un vuelco y el dolor empezó a remitir mientras se dejaba llevar por el amor incondicional y sin trabas de sus amigas. Chessy era la que solía aconsejar y amenazar con darle un pescozón a Joss y a Kylie por cuestiones relacionadas con su felicidad. Sería muy hipócrita por su parte no tomar la medicina que ella misma solía repartir a sus amigas; que les dijera siempre qué tenían que hacer, y pasarse sus consejos por el forro cuando eran ellas las que le daban consejos. Y buenos consejos, además.

Nunca más. Estaba dispuesta a tener el mejor fin de semana de aniversario de todos. Tate y ella redescubrirían el amor que aún se tenían. Pasarían un fin de semana con risas y amor, y le contaría lo infeliz que se sentía. Tenía que dejar de ser tan pusilánime y coger las riendas de su vida y de la relación con un hombre al que quería con toda su alma y corazón.

# Dos

$E$se viernes, Chessy aguardaba sentada a la mesa que Tate había reservado en el restaurante para su cena de aniversario y trataba de no mirar el reloj. Había un millón de razones por las que Tate podía llegar tarde, como el tráfico o que hubiera tenido dificultades para salir del trabajo. No le importaba siempre y cuando apareciera y pudiera empezar el fin de semana, tal como le había prometido.

Al principio de su matrimonio de cinco años, Tate siempre había hecho lo imposible por hacerlo especial por y para ella. Un año, cenaron allí, luego la llevó a casa y le pidió que hiciera las maletas porque se iban a Bora Bora a pasar una semana entera.

Seguía sonriendo al recordarlo. La emoción de que Tate hubiera preparado una sorpresa tan maravillosa para ella. Fue como una repetición de su luna de miel. El mismo bungaló sobre el agua, la misma cama. Se habían pasado casi toda la semana en la cama; solo salían para comer o jugar en el agua.

Sin embargo, en los últimos dos años no había habido tiempo para esas frivolidades. Seguían comiendo en el mismo restaurante, pero después, el lunes por la mañana, él se iba a trabajar como siempre.

Volvió a mirar el reloj y suspiró, algo más aliviada. No llegaba tarde. Ella había llegado unos minutos antes. Decidió hacer una visita rápida al servicio para ver cómo estaba, así que se levantó y se fue derecha.

Había prestado una atención especial al maquillaje y al pelo y se había puesto un vestido *sexy* y elegante con el que sabía que dejaría a Tate sin habla. Con suerte, no podría quitarle los ojos de encima durante toda la comida y la mirada le brillaría con todo lo que le haría en cuanto llegaran a casa.

Se estremeció de placer mientras se retocaba el brillo de labios y se atusaba un poco el recogido. Unos rizos le acariciaban la nuca y las mejillas. Sabía, sin necesidad de ser modesta, que estaba impresionante.

Con la esperanza de que Tate estuviera ya sentado a la mesa cuando volviera, cerró el bolsito y salió. No obstante, se le cayó el alma a los pies al ver su silla vacía. Se sentó despacio y miró alrededor por si lo veía.

Suspiró hondo y entonces le vibró el móvil. Esperaba que fuera Tate, así que abrió el bolso y se lanzó a por él. Leyó el nombre en la pantalla y vio que, efectivamente, era él.

—¿Tate? ¿Dónde estás? —preguntó casi sin aliento intentando reprimir un tono acusador.

—Lo siento, mi chica. —Su voz grave y elegante era como seda para sus oídos; le encantaba que la llamara «mi chica»—. Un cliente me ha llamado en el último momento, pero ya estoy saliendo por la puerta. Dame unos veinte minutos, dependiendo del tráfico, y nos vemos allí. Si quieres, ve pidiendo, ya sabes lo que me gusta. Para cuando sirvan la cena, ya habré llegado.

Chessy no pudo evitar fruncir los labios. Su relación no funcionaba así para nada. Tate era su dominante. Más que eso, su amante, su marido y el hombre al que amaba —y en el que confiaba— con toda su alma.

Él tomaba siempre las decisiones; siempre pedía la comida por ella. Le dio un vuelco el corazón y se sintió culpable. Se estaba portando como una niña petulante de dos años en pleno berrinche. Tate no quería retrasar la cena, pero en parte tenía esa sensación, que cada vez era más frecuente, de que estaba dejando a un lado los aspectos dominantes que tenía con ella. Cada vez más tenía que actuar por sí sola y tomar las decisiones que, hasta ahora, solía tomar Tate.

Podía parecer una tontería para cualquiera que lo contemplara desde fuera. Como si no fuera capaz de tomar sus propias decisiones y se sintiera sola y perdida sin su marido. Pero ella le cedía el poder en la relación porque quería y lo hacía a gusto. Le hacía sentirse querida y completamente deseada porque él atendía todas sus necesidades. O al menos, solía hacerlo.

La relación —su estilo de vida— era su elección. Tal vez la elección más importante de su vida. Era una mujer lista e inteligente. No tenía reservas en cuanto a saber de lo que era capaz, pero había optado por dar ese control a su dominante, y la sumisión no era para débiles. En absoluto. Sabía que tenía tanto poder en su matrimonio como Tate, solo que de un modo distinto.

—Yo me ocupo —contestó ella en voz baja—. Conduce con cuidado. Tengo ganas de verte para que pueda empezar ya nuestro aniversario y tener el fin de semana para nosotros. Hace tanto tiempo, Tate... Ni siquiera puedo decirte cuánto lo necesito. Lo mucho que te necesito.

Hubo una pausa larga y se maldijo por poner impedimentos a la noche antes de que empezara siquiera. Era como si él no supiera qué decir en respuesta a lo que parecía una súplica.

—Te quiero. Nos vemos en un rato —le dijo ella alegremente para ocultar la incomodidad que sentía al haberle soltado esa declaración tan apasionada y necesitada. Aunque, bueno, era la verdad. Lo necesitaba. Quería recuperar a su marido, aunque solo fuera un fin de semana antes de que las cosas volvieran a la rutina diaria.

—Yo también quiero a mi chica —dijo bruscamente—. Estaré allí lo más rápido que pueda.

Cuando terminó la llamada, se notó el estómago pesado, como si tuviera plomo. Y no entendía por qué. Solo iba a llegar veinte minutos tarde. Gracias a Dios iba a llegar. Cuando el móvil empezó a vibrar, esperaba que le dijera que no podía ir. Que había pasado algo y que tenía que cancelar la cena. Y encima el día de su aniversario.

¿A eso habían llegado en su matrimonio? ¿Que ella esperara siempre lo peor? Pero en su defensa, eso era exactamente lo que había vivido durante dos años. Desde que el socio de su marido lo dejó en la estacada y Tate tuvo que encargarse de toda la cartera de clientes, se había estado esforzando para no perder ni un solo cliente.

Hasta la fecha solo había perdido a uno y quería que siguiera siendo así. Eso significaba que podían llamarlo a cualquier hora, que le pedían reuniones o lo llamaban asustados tras un mal día en la Bolsa. Parecía que no acababa nunca.

Al principio, quería que Chessy lo acompañara a las cenas con los clientes. Quería que hiciera las veces de anfitriona consumada. Incluso daban fiestas en casa que Chessy organizaba con ayuda de Joss, ya que su amiga era buena cocinera.

Pero últimamente no le pedía que lo acompañara a nada. Le dijo como quien no quiere la cosa que estaba siendo demasiado para ella y que no quería que su trabajo los consumiera a los dos. En aquel momento, lo interpretó como que se preocupaba por ella, que la cuidaba y que no quería ponerla en situaciones estresantes. Pero el matrimonio era para hacerse compañía, ¿no?

Creía que no le había fallado ni puesto en evidencia nunca, pero ahora su lado más paranoico empezaba a cuestionárselo. Tal vez a Tate le daba apuro que fuera demasiado extrovertida o demasiado dicharachera para los clientes esos tan ricos y estirados que tenía. Que no la dejara formar parte del cortejo y agasajo con cenas y copas a sus clientes había acabado siendo otro rechazo más, uno que no le molestó en su momento, pero que en retrospectiva le encogía el corazón. ¿Se estaba cansando Tate del matrimonio? ¿Ya no le satisfacía? ¿Había hecho algo para que perdiera la fe en ella? ¿En la relación? La incertidumbre se la estaba comiendo por dentro y cada vez le resultaba más difícil ocultar con una radiante sonrisa y unas bonitas palabras lo infeliz que se sentía. Estaba mintiendo a sus amigas, aunque sabía que ellas conseguían ver más allá de su fachada. Pero el simple hecho de mentir, de guardarse tantas cosas dentro, la hacía sentir un completo fraude.

Tragó saliva para deshacer el nudo que tenía en la garganta, decidida a no llorar esta noche y fastidiar así el maquillaje que con tanto esmero se había puesto. Joss y Kylie habían ido a su casa para aconsejarla y ayudarla a prepararse para su noche de aniversario. Había necesitado su ayuda porque empezaba a dudar de sí misma y odiaba esa sensación.

Solo porque le entregara la sumisión a Tate no quería decir que fuera una bobalicona sin cerebro que no pudiera hacer las tareas más simples a menos que él estuviera ahí para guiarla. Pero que estuviera con ella, cuidándola, amándola, se había convertido en su red de seguridad. Sabía que nunca caería con él a su lado, dispuesto a impedirlo. Le reconfortaba pensarlo. Le daba una sensación de seguridad con la que contaba siempre. Sin embargo, últimamente sentía que vivía sin esa red de seguridad. Decía muy poco de su matrimonio, darse cuenta de que veía más a Kylie y a Joss, y que estaba más en consonancia con sus relaciones que con la suya.

Le echó un vistazo a la carta y le hizo un gesto al camarero para que se acercara. En realidad no tenía mucha hambre; se la comían los nervios por dentro porque iba a abordar el tema de su infelicidad con Tate este fin de semana y no tenía ni la más remota idea de cómo iba a ir la cosa.

En parte pensaba que se quedaría horrorizado al ver que no le daba lo que necesitaba. Por otra, temía que se enfadara por no «entender» los sacrificios que hacía para que tuvieran una seguridad económica. Era peliagudo; la entristecía sentirse tan alejada de los procesos mentales de Tate que no sabía por dónde le saldría. Le gustaba pensar que sería comprensivo y se esforzaría por pasar más tiempo con ella, pero la incertidumbre la estaba matando.

El camarero apareció enseguida y con una voz apenas audible, Chessy pidió su comida y la de Tate, y una botella de su vino preferido. Un vino blanco espumoso que pedían siempre que celebraban su aniversario. Lo habían descubierto en su luna de miel y juraron conmemorar cada año brindando por uno aún mejor.

Entonces, ¿por qué se sentía tan abrumada y tan fatalista? ¿Por qué los dos últimos años en los que brindaron «por un año aún mejor» la hacían sentir como si hubiera fracasado estrepitosamente? Tal vez porque el año siguiente no era mejor y cada vez empeoraba más.

Nunca había sido tan tonta como para decir que no podía ir a peor, porque podía. ¿Y si Tate reaccionaba ante su infelicidad diciéndole que él también era infeliz y que quería el divorcio? Eso era lo peor que podía pasar, de modo que las cosas sí podían empeorar más, aunque llegados a este punto se preguntaba si seguían casados de corazón.

La gente casada no funcionaba como ellos. Por lo menos, no los matrimonios que conocían. O las relaciones, mejor dicho. ¿Serían Joss y Dash, Kylie y Jensen la excepción o eran la regla misma? Porque el matrimonio de Chessy no se acercaba ni mucho menos a las parejas cercanas y cariñosas que tenía por amigas. Y nunca había mirado más allá porque… bueno… tenía miedo. Tenía miedo de lo que pudiera descubrir. Así pues, adoptó una postura cobarde que no la llevaba a ningún sitio. Solo la hundía más en la miseria.

No quería mirar el reloj, así que se dedicó a mirar a los demás y a jugar a su juego favorito: observar a los comensales y tratar de adivinar algo de sus vidas. Captó la conversación de una pareja que parecía en pleno apogeo. El volumen de las voces subió hasta que la mujer mandó callar a su compañero; luego miró alrededor, avergonzada, para asegurarse de que no les observaban. Chessy apartó la vista: no quería hacerla sentir más incómoda de lo que ya estaba.

Una sonrisa se asomó a su rostro cuando vio a una pareja de ancianos con las manos entrelazadas sobre la mesa mientras brindaban con la mano que tenían libre. El anciano se inclinó para besar a su esposa y a Chessy le dio un vuelco el corazón.

Hasta que la comida llegó a la mesa no se dio cuenta de lo rápido que había pasado el tiempo. Miró rápidamente el reloj y vio que había pasado ya más de media hora. Había esperado a propósito a hacer la comanda porque esperaba que Tate llegara antes de que les sirvieran la cena.

El camarero la miró como compadeciéndola y estuvo a punto de perder la compostura. Sonrió y dijo:

—Mi marido llegará dentro de un rato. Antes de que se enfríe la comida, seguro.

El hombre se encogió de hombros como si le diera lo mismo una cosa que otra. Le puso el plato delante y luego dejó el de Tate donde correspondía. En cuanto se fue, acercó el plato a la silla que tenía en diagonal.

Tate y ella siempre comían el uno junto al otro, nunca enfrente, donde no podían tocarse o hablar de una forma íntima sin miedo a que les oyeran.

Sentía que estaba dando la nota ahí sentada con la comida delante; la embargaba ese olor tan tentador. ¿Dónde estaba Tate?

Sacó el teléfono y comprobó si tenía mensajes ya que lo había silenciado desde que llegara al restaurante. Tal vez no se hubiera dado cuenta de la vibración que indicara una llamada o un mensaje.

No había nada. Inspiró hondo, marcó su número y esperó. Frunció el ceño porque no lo cogió al momento. Se le hizo un nudo en el estómago: le saltó el contestador.

¿Había pasado alguna calamidad? ¿Había tenido un accidente? Nunca le saltaba el contestador, aunque tampoco lo llamaba durante el día. Sabía lo ocupado que estaba y no quería parecer dependiente ni necesitada. Aunque lo estuviera. Necesitada. Sí, necesitaba recuperar a su marido.

Su nivel de ansiedad era desorbitado mientras veía cómo se le enfriaba la comida con el paso del tiempo. Debería comer y dejar que él comiera solo cuando llegara, si es que aparecía. Se negaba a pensar que estaba herido a saber dónde, que necesitara su ayuda, y ella estuviera allí esperándolo.

Al cabo de una hora, el camarero empezó a dejarse caer; estaba claro que esperaba que dejara la mesa libre pronto. Era un restaurante popular e iban desbordados con las reservas. Una hora era más que suficiente para comer y disfrutar del postre; su marido seguía sin hacer acto de presencia y tenía ante ella dos platos con comida desperdiciados y demasiados nudos en el estómago para dar un bocado siquiera. Tenía miedo de probar el entrante y tener que ir corriendo al servicio a devolverlo.

Notaba el escozor de las lágrimas en los ojos. La preocupación empezaba a convertirse en rabia. La única excusa por llegar más de una hora tarde cuando le había dicho veinte minutos máximo era que se hubiera visto implicado en un accidente o que le hubiera pasado algo igual de horrible.

Rebuscó en el bolso y contó el metálico del que disponía rezando para que fuera suficiente. No tenía ni el tiempo ni las ganas para esperar a que el camarero le recogiera la tarjeta de crédito, malgastar unos minutos pasándola y luego entregándole el recibo.

Para su alivio, tenía suficiente dinero para pagar en metálico y dejar propina, aunque el camarero no había hecho más que llevarle la cena. Cena que ni siquiera se había comido. Dejó el dinero en la mesa y se dirigió hacia la puerta a toda prisa; las lágrimas empezaban a desbordarse al sentirse traicionada por Tate.

Entonces se sintió igualmente culpable porque puede que sí hubiera tenido un accidente. Podría estar en algún hospital, pero, en ese caso, ¿por qué no la habían llamado?

Dio un traspié cuando la elegante moqueta terminó y empezó el suelo de mármol pulido que cruzaba el exclusivo bar y conducía a la salida. Estaba a punto de llegar a la puerta cuando le llamó la atención algo que vio por el rabillo del ojo.

Se detuvo azorada, con la boca abierta al ver… a Tate. Estaba en el bar con una mujer tomándose algo y sonriéndole de oreja a oreja. La mujer era impresionante: alta, delgada, elegante. Obviamente estaba forrada y tocaba a su marido; su mano reposaba en su brazo de una forma decididamente íntima.

Joder, estaba con una mujer en el mismo restaurante en el que debería estar celebrando el aniversario de bodas con su esposa. ¿Cómo se atrevía a pasear a esa tipa por este restaurante, su restaurante?

Las lágrimas le nublaban la vista. Se estaba dando la vuelta cuando Tate se percató de su presencia y la miró con estupor. No era culpabilidad, era remordimiento. Le leyó los labios y supo que acababa de maldecir al tiempo que levantaba la muñeca para mirar el reloj.

Entonces él se acercó y Chessy consiguió mover las piernas, que por un momento habían quedado paralizadas por la pena y la humillación. Se echó a correr hacia la salida; no le importó haber cogido un taxi para ir al restaurante porque pensaba volver luego a casa en coche con él. Tenía un juego de llaves del coche. Le daba lo mismo: como si Tate tenía que volver andando.

La rabia la consumía mientras las lágrimas resbalaban por las mejillas y le impedían ver con claridad. Llegó corriendo al aparcamiento e hizo caso omiso al aparcacoches. Vio el Escalade de Tate en el área acordonada de ese estacionamiento vigilado.

—¡Chessy!

Hizo una mueca al oír cómo bramaba su nombre, pero siguió corriendo, agradeciéndole a Dios haberse puesto unas sandalias de tiras en lugar de los zapatos de tacón porque de lo contrario ya se habría caído de bruces en pleno aparcamiento.

—¡Chessy! ¡Joder, para! No puedes conducir en ese estado. ¡Para y escúchame, por favor!

Ella llegó al vehículo y le dio al mando a distancia para abrir la puerta automática. Tiró de la puerta, pero Tate la sujetó del brazo.

Chessy se dio la vuelta; las lágrimas le empapaban el rostro. Tate odiaba verla llorar. Normalmente lo mataba verla así, pero ahora parecía desesperado y su cara reflejaba un sincero pesar. Sin embargo, llegados a este punto, el arrepentimiento llegaba tarde. La había llevado al límite y ya no había vuelta atrás. Estaba harta.

—No te me acerques —le espetó con voz entrecortada.

Nunca le había dado órdenes a Tate. Jamás. Era cosa de él; ella era la sumisa y Tate, el dominante. Pero ahora notaba que empezaban a cambiar los papeles. Ella estaba tomando el control y le importaba un comino lo que él quisiera.

Intentó sentarse en el lugar del conductor, pero Tate la apartó con cuidado como si esperara que lo atacara. No obstante, el orgullo le impedía montar una escena en el aparcamiento. Se quedó rígida y evitó mirarlo a los ojos mientras la acompañaba al otro lado, la ayudaba a sentarse y le ataba el cinturón con movimientos bruscos. Entonces la miró a los ojos con firmeza. Una mirada que solía derretirla; una mirada que anhelaba desde hacía tiempo. ¿Por qué tenía que desplegar sus armas de dominante cuando la había cagado de esa manera y ya no le importaba una mierda?

—No te atrevas a moverte —gruñó él.

Ese tono la hubiera hecho estremecer de gusto ante la expectativa. Era el tono que empleaba cuando le daba órdenes. Cuando hacía de amo y usaba el cuerpo de ella como si fuera suyo. Su posesión en exclusiva para que hiciera lo que se le antojara. Pero ahora estaba tan enfadada que le entraban ganas de decirle que se metiera ese tono por el culo.

Se quedó mirando por el parabrisas de forma inexpresiva mientras él le cogía las llaves de la mano con tacto y cerraba la puerta. En cuestión de segundos, Tate estaba en el asiento del conductor encendiendo el motor; era como si tuviera miedo de que ella saltara del coche. A decir verdad se lo había planteado, pero entonces tendría que buscarse la forma de ir a casa, lo que significaba volver al restaurante para que le llamaran un taxi, o bien llamar a Joss o a Kylie. Cualquiera de las dos acudiría al momento.

Claro que entonces tendría que enfrentarse a la humillación de que sus amigas supieran que su aniversario había sido un completo desastre. Joder, seguro que ya suponían que habría sido un fiasco desde el principio. Ya habían demostrado mucho interés y preocupación en la frágil relación con su marido.

Tate salió del aparcamiento.

—Va, Chessy, no llores, por favor —dijo en voz baja—. Lo siento mucho, joder. Se me ha echado el tiempo encima.

—¿Quién era esa? —preguntó ella con frialdad, haciendo caso omiso de sus palabras y su disculpa. Las palabras no significaban nada ya. Los actos eran mucho más elocuentes y los suyos habían sido muy censurables.

Tate la miró sobresaltado.

—Es una posible clienta. Una clienta potencial muy importante que me gustaría conseguir lo antes posible. Quería quedar en persona y le dije de vernos en el bar del restaurante para poder cenar contigo cuando termináramos.

—Bueno, pues la cena estaba ya fría en la mesa y has llegado una hora tarde —le espetó Chessy con frialdad.

—¿Qué le pasa a mi chica? —preguntó él con ternura—. Estás distinta últimamente.

Ella lo miró como diciéndole «¿Qué me estás contando?» y luego lo fulminó con la mirada.

—Vaya, qué observador eres, Tate. ¿Llevo distinta un año entero y ahora te das cuenta? Justo ahora que te has perdido nuestra cena de aniversario por estar camelándote a una ricachona en el bar del restaurante en el que se suponía que íbamos a cenar. Piensa en eso un momento e imagínate en mi lugar, si fueras tú el que esperara con los entrantes fríos y me vieras en el bar del mismo restaurante con otro hombre.

Él la miró con dureza y a punto estuvo de gruñir.

—Nunca permitiría que un hombre te tocara a menos que yo lo ordenara.

A Chessy le entraron ganas de llorar por lo que habían perdido. Que mencionara un juego que les gustaba a los dos y que no hacían desde hacía dos años. Dos largos años. Durante el último año había dejado de lado sus tendencias dominantes. Era como si un alienígena se hubiera adueñado de su cuerpo y su Tate ya no estuviera allí.

—No soy feliz —dijo ella, que finalmente se atrevía a

ir al meollo de la cuestión—. Hace tiempo que no lo soy.

Tate parecía atónito. Estupefacto de verdad.

—¿Qué dices? —preguntó con una voz ronca—. ¿Me estás diciendo que quieres divorciarte?

Parecía tan horrorizado que, por un momento, se sintió esperanzada. Sin embargo, recordó todas las citas a las que no había asistido, las veces que tuvo que irse antes cuando quedaban con los amigos solo porque lo habían llamado. Y se acababa de perder su cena de aniversario porque estaba agasajando a una posible clienta.

¡Posible clienta y una mierda! Era una buscona, lo tenía muy claro. Era mujer y reconocía las señales que la otra emitía. Tate no había hecho nada por mantenerla a raya. No rechazó el contacto físico. Él hubiera perdido los estribos si otro hombre se hubiera tomado esas libertades con ella a menos que Tate se lo pidiera. Que le diera placer mientras él miraba. Siempre controlándolo todo. No recordaba cuándo había sido la última vez que habían ido a The House.

The House era un lugar donde la gente podía dar rienda suelta a cualquier fantasía hedonista. Sin juicios de valor. Sin críticas. Damon Roche, un adinerado hombre de negocios, era su dueño y era muy selectivo, así que respetaba a los socios. Por lo que sabía, les había vencido el abono o los habían eliminado de la lista de invitados por no haber pisado el local en dos años.

Inspiró hondo. Mierda, no era así como quería que fuera esta charla con Tate. Quería disfrutar de una bonita cena de aniversario seguida de una noche entera haciendo el amor. En este momento ni siquiera le hubiera importado que hubiera dominación. Solo quería recuperar la conexión íntima con su marido.

Y luego, tras un maravilloso fin de semana sin móviles, mierdas de la empresa o lo que fuera, pensaba abordar con delicadeza el asunto de su creciente insatisfacción.

Maldito fuera por obligarla tras la debacle que había sido su aniversario.

—No quiero divorciarme, Tate. Quiero que nuestro matrimonio cambie —dijo con firmeza, orgullosa de poder confesárselo sin tartamudear o romper a llorar.

Él volvió a mirarla, confundido, y soltó un taco cuando se vio a punto de invadir el carril contrario. Dio un volantazo para enderezar el vehículo y evitar una colisión... por los pelos.

—Céntrate en la carretera —dijo ella, cansada—. No es algo que debamos discutir en el puto coche. Ya lo hablaremos cuando lleguemos a casa.

Era ella la que daba las órdenes ahora; le daban ganas de llorar. Ella marcaba las pautas. No era así como la relación debía funcionar y, sin embargo, la obligaba a coger las riendas de todo. Notaba cómo cambiaba el poder en la relación y no le gustaba ni un pelo.

# Tres

$\mathcal{T}$ate llegó a la entrada de su casa, en una comunidad exclusiva de una zona residencial a las afueras de Houston. Miró a Chessy de reojo, algo que llevaba haciendo todo el camino a pesar de su orden de conducir y dejar la charla para después.

El rastro de las lágrimas —más que las del restaurante, lo que significaba que había estado llorando de camino a casa— empañaba sus hermosas facciones. Era como un puñetazo en el estómago y no sabía cómo responder a la agresión.

Se sentía impotente cuando Chessy lloraba. Odiaba verla infeliz; movería cielo y tierra para arreglar fuera lo que fuera que la hacía tan desdichada. Pero, joder, al parecer era él quien la hacía infeliz. ¿Qué iba a hacer? Estaba profundamente desconcertado por el arrebato. Por un momento pensó que iba a pedirle el divorcio.

No fue capaz de respirar por el miedo que lo atenazaba. No soportaba la idea de estar sin ella.

—Entra para que podamos hablar, cielo —dijo en voz baja y en un tono casi suplicante. Mierda, estaba suplicando. Se lo estaba implorando prácticamente.

Ella miraba al frente con la vista en el parabrisas y ni se inmutó. Era como contemplar una escultura de hielo.

—Chessy —empezó—, por favor, entra conmigo. Ahora mismo hay mucho que no entiendo. Quiero que mi chica me lo cuente para poder arreglarlo.

Chessy volvió la cabeza despacio; sus ojos estaban empañados con tanto dolor que fue como si una mano lo agarrara por la garganta y lo apretara hasta que apenas pudiera respirar. ¿En qué punto se habían torcido las cosas? ¿Cómo es que no lo había visto venir?

Sí, se había dado cuenta de que llevaba un año algo distinta, pero nunca había visto ninguna señal de que fuera infeliz o de que no la estuviera satisfaciendo. Siempre llevaba una gran sonrisa en los labios, una sonrisa cariñosa. Siempre se mostraba comprensiva cuando le reclamaban del trabajo mientras estaba con ella. Su descontento se manifestaba en un breve desconcierto que rápidamente daba paso a una gran sonrisa y un dulce talante.

¿Era todo mentira o no había sabido ver la insatisfacción de su esposa?

—¿Quieres arreglarlo? —le preguntó ella en un tono desafiante—. En serio, Tate, ¿te importa aunque sea un poco? ¿Quieres arreglar lo que va mal o quieres que las cosas sigan como siempre? Irte antes de las quedadas con tus amigos; recibir llamadas por la tarde, al salir del trabajo, me refiero. Ni siquiera podemos hacer el amor sin que suene el dichoso teléfono. Estás tan pendiente de él que cualquiera diría que te cuesta la vida soltarlo durante una hora.

A Tate se le cortó la respiración al reparar en la amargura de su voz; el dolor que se asomaba a su rostro y que impregnaba esas palabras tan vehementes. Más que palabras, preguntas. ¿Quería arreglarlo? Pues claro que sí, pero antes tenía que saber qué diantre tenía que arreglar.

Alargó la mano para coger la suya, algo temeroso —mucho, mejor dicho— de que lo rechazara, que no quisiera que la tocara. Se puso tensa, pero no apartó la mano. Le separó los dedos con el pulgar y los entrelazó con los suyos, tras lo cual se llevó la mano a los labios al tiempo que se le acercaba más.

—Escúchame, cariño. Te quiero. Para mí eres el mundo. Siempre lo has sido. ¿Que si quiero arreglar las cosas? Evidentemente, pero antes tengo que saber a qué me enfrento. Y eso significa que entremos en casa y que me lo cuentes todo. ¿Lo harás, por favor?

Lo que acababa de decir le resultaba extraño. Su comportamiento desde que se armara la de Dios en el restaurante no era propio de él ni era indicativo de su relación con Chessy. Era suya de todas las maneras. Ella le había regalado una sumisión absoluta; como dominante —y el hombre que la amaba con toda su alma—, su responsabilidad era cuidarla, protegerla y asegurarse de que fuera feliz.

Se sentía un completo fracasado. Esta noche no había sido dominante. Chessy había estado al mando de todo, dándole órdenes cuando solía ser él quien las daba. Era así como funcionaba su relación. Siempre había sido así.

Pero esta noche… En retrospectiva sabía que venía de más atrás. ¿Cuándo fue la última vez que había ejercido como dominante? Solía controlar hasta el último aspecto de la vida de Chessy. Podía parecer algo extremo para alguien que no conociera ese mundo, pero así vivían ellos. Él quería su sumisión y ella deseaba su dominación. Nunca había rechazado su control. Nunca había protestado. Nunca había dado ninguna señal de que le molestara el acuerdo.

¿Pero cuándo fue la última vez que había demostrado su dominación?

Era muy triste, pero ni se acordaba. No sabría decir en qué momento del último año había actuado como dominante.

En su cabeza, las piezas iban encajando poco a poco y no le gustaba lo que veía. Le fastidiaba la idea de haber fallado a Chessy. De haber metido tanto la pata. No era feliz cuando ella lo era siempre. Iluminaba cualquier lugar como millones de rayos de sol. Tenía un corazón tierno y bondadoso y repartía amor por doquier.

La gente estaba muy a gusto con ella, por eso la había llevado a cenas con clientes actuales y potenciales, porque conseguía que los demás se relajaran y se abrieran más. Era como un imán que atraía a las personas con su personalidad efervescente. Después tuvo miedo de que el ritmo fuera demasiado para ella. No quería someterla a las presiones de su trabajo. Eso era cosa suya, no de ella. Así pues, al final le dijo que se mantuviera al margen, que pasara más tiempo con sus amigas en lugar de planificar reuniones sociales.

Y ahora se había apagado la luz de sus hermosos ojos. Todo por su culpa y por su incapacidad de darle lo que necesitaba.

Le apretó la mano, aguardando su respuesta. Estaba tardando en responder y tenía el ceño fruncido como si librara alguna especie de batalla interna. Fuera lo que fuera, ojalá saliera victorioso de esta y ella accediera a hablar con él.

—Hablemos —dijo ella al final.

Sin embargo, usó un tono muy fatalista, como si hubiera decidido ya el resultado tras hablar de su relación y del porqué de su infelicidad. ¿Había perdido tanto la fe en él? La sola idea lo destrozaba.

—Pero tiene que ser en territorio neutral —añadió—. Y nada de sexo con este muro entre los dos. No quiero que nuestra atracción física entorpezca la charla. —Bajó la mirada; el pesar le contraía el rostro y le torcía las comisuras de los labios—. Eso suponiendo que aún me desees —añadió en un tono lleno de dolor—. Hace tanto tiempo que no buscas mantener relaciones sexuales conmigo que la conclusión más lógica es que ya no me deseas ni me encuentras atractiva.

Tate estuvo a punto de tragarse la lengua para no replicar con la contestación que ya tenía en los labios.

Mierda, estaba tan equivocada que no sabía ni por dónde empezar.

Nunca empleaban la palabra «sexo» cuando hablaban de hacer el amor. Nunca. El sexo era para personas que no incluían las emociones de la misma forma que ellos dos. Al menos, eso era lo que opinaba él.

¿Que no la deseaba? Lo había dejado boquiabierto. ¿Cómo se le había metido esa idea tan ridícula en la cabeza? Para él era la mujer más guapa del mundo. Las demás mujeres no existían. ¿Cómo podía querer más cuando tenía a una esposa sumisa, cariñosa, bella y bondadosa en casa?

De acuerdo, no habían hecho el amor en mucho tiempo. Muchísimo tiempo. Hizo una mueca al tratar de recordar la última vez que realmente habían hecho el amor.

Había habido sesiones apresuradas, sin preámbulos ni juegos preliminares. Algo completamente egoísta por su parte porque se había acostado con ella y luego había salido corriendo a trabajar o a reunirse con un cliente.

Sí, acababa de usar la palabra «sexo» para describir sus relaciones íntimas porque, bueno, lo que había hecho últimamente era eso. Era sexo egoísta. No procuraba satisfacer las necesidades de ella. No había ejercido la dominación de siempre, algo que a ella no solo le gustaba, sino que necesitaba. Un pésimo ejemplo más a su cada vez más larga lista de fracasos.

—Hablaremos cuando quieras —le dijo él a pesar del nudo en la garganta. Le cedía el poder a ella; era un cambio total de papeles que no le gustaba nada y a juzgar por su rostro, tampoco a Chessy.

Pero ¿qué podía hacer en esta situación? Quedaría como un gilipollas integral si de repente empezaba a hacerse el dominante, la obligara a someterse y aprovechara la dominación para manipularla.

Y una mierda. Quería que Chessy tuviera el control

de esta situación. No quería que se sintiera amenazada por nada. Se abriría por completo y se pondría a sus pies si eso era lo que hacía falta para que ella se lo sacara todo de dentro. Era obvio que su relación peligraba y que ella era infeliz desde hacía mucho tiempo, y eso lo consumía por dentro.

—Va, entremos —añadió en un tono neutral aunque tenía el corazón hecho trizas y se sentía atenazado por el miedo, una sensación ajena hasta entonces. Le entró el pánico en el mismo instante en que Chessy y él se miraron en el restaurante y reparó en el tremendo dolor en sus ojos. Supo entonces que había ido demasiado lejos. ¿Qué mujer podía culparla? La noche en la que debería centrarse en ella y solo en ella, en la que celebraban un año más de matrimonio, él le había dado plantón para cortejar a una posible clienta.

Ahora se daba cuenta de cómo habría visto ella la situación, verlo sonriendo y agasajando a una hermosa mujer a unos metros de donde su esposa lo esperaba para la cena de aniversario. La comida fría y ella desolada porque no había sabido controlar bien el tiempo y la urgencia de cerrar el trato con la clienta se había impuesto en su lista de prioridades. Sí, la había cagado a base de bien y ahora tenía que afanarse en solucionarlo porque no se trataba solo de esta noche, aunque sabía que para ella esta había sido la gota que colmaba el vaso. Su infelicidad venía de lejos y él había sido incapaz de verlo. O tal vez en parte sí lo había sabido, pero no quiso reconocerlo porque eso sería igual que admitir que le había fallado.

Ella no esperó a que le abriera la puerta del coche. La empujó y salió sin más, directa a casa, cuya puerta abrió con llave sin mirar atrás siquiera. No fue lo bastante rápida para que Tate no reparara en las lágrimas que le resbalaban por las mejillas.

Mierda.

Fue corriendo tras ella, temeroso de que ya no quisiera hablar con él y se cerrara en banda. Le aterrorizaba que se pusiera a hacer las maletas... o las de él. No pensaba dejar que se marchara. Era su casa, su seguridad. Si alguien tenía que irse de allí tenía que ser él y solo Dios sabía que no quería pensar en esa posibilidad.

Lo que fuera que anduviera mal entre Chessy y él tenía que solucionarlo a toda costa. Ella era su mundo. ¿Cómo podía no saberlo?

«Pues porque no se lo has demostrado últimamente, imbécil».

Se dejó de autoflagelaciones y entró en el salón, una estancia espaciosa de techos altos, y para su alivio encontró a Chessy junto al mueble bar, tiesa como una estatua mientras se servía una copa de... ¿qué leches era eso? No solía beber. Solo tomaba vino con sus amigas o cuando quedaban todos juntos. Era algo que compartía con Kylie; ninguna de las dos se pasaba bebiendo. Kylie había sufrido malos tratos a manos de un padre alcohólico y misógino, pero Chessy venía de una familia muy distinta. Su situación fue más de abandono. Nunca la maltrataron físicamente, pero su infancia la había moldeado, le había dado una cierta inseguridad en lo que respectaba a su lugar en el mundo. Él quiso asegurarse de que nunca volviera a sentirse como la hicieron sentir sus padres. Ahora tenía que enfrentarse a la cruda realidad: había fracasado estrepitosamente.

Chessy apuró la copa de un trago y empezó a toser. Tate se le acercó por detrás al momento; su perfume flotaba delicadamente en el aire a su alrededor.

El vestido que había escogido para la ocasión era para seducir. Ella sabía que, de haber llegado puntual a la cena, no habría podido quitarle los ojos de encima. Que se hubiera dado prisa comiendo para poder llevarla a casa, quitarle ese precioso vestido para luego asumir su papel de dominante.

Parecía que había hecho muchos planes para su aniversario. Había visto de reojo el dormitorio de camino al salón; había dispuesto sobre la cama todo el material que él solía usar para que eligiera lo que más le apeteciera esa noche. Hasta que lo había jodido todo y había echado a perder lo que iba a ser una noche muy especial para ella. ¿Cómo narices iba a compensárselo?

Volvió a toser y a respirar pesadamente; los ojos se le llenaron de lágrimas mientras intentaba reponerse; la bebida había pasado por el conducto que no era.

Tate le dio golpecitos en la espalda que luego acarició con movimientos circulares, con cuidado, como si le diera un masaje.

—¿Estás bien? ¿Y qué era eso que bebías?

Se encogió de hombros.

—He cogido la primera botella que he visto y ya está.

Tate fue a por la botella, que ella había soltado de cualquier manera.

—Joder, Chessy, no te hace falta darle a lo duro para hablar conmigo, ¿sabes? Soy tu marido y, más que eso, tu mejor amigo. ¿Cuándo has tenido que emborracharte para hablar conmigo? ¿Tan malas son las cosas?

Eructó y se tapó la boca. A él le hizo gracia. Chessy era la educación y la discreción en persona. Le hubiera dado un soponcio de haber eructado en público, pero a él le pareció entrañable. Tate los llamaba «eructitos» porque eran discretos y no de los que hacían vibrar las ventanas.

—Porque lo que tengo que decirte no es bueno —dijo en un tono que le indicaba que la cantidad de alcohol que llevaba encima empezaba a hacer efecto y a soltarle la lengua. O al menos eso esperaba. Sin embargo, al mismo tiempo, lo que acababa de decirle lo dejó helado, paralizado. Se notaba la boca seca y la lengua hinchada, incapaz de hablar.

«Lo que tengo que decirte no es bueno».

Las palabras le resonaban en los oídos como si fuera un vídeo reproduciéndose sin cesar hasta que casi tuvo que sacudir la cabeza para dejar de oírlo.

—Ven y siéntate conmigo, Chessy. No hace falta que te quedes de pie después de beberte todo eso. Podemos solucionarlo, cariño. Sabes que quiero a mi chica más que a nada en este mundo. Sea lo que sea, estoy convencido de que podremos arreglarlo.

Al parecer esas palabras tan vehementes le habían llegado y se quedó pensativa. Casi veía cómo se le movían los engranajes de la cabeza; reconocía la incertidumbre en sus ojos y, peor aún, la duda. La duda enturbiaba su mirada y eso le dolía porque ella solía depositar toda su confianza en él. En su matrimonio y en la relación.

Esto era algo nuevo para él y no le gustaba ni un pelo. En todos los demás aspectos de su vida, era asertivo, asumía el mando de las cosas y no le temblaba el pulso a la hora de cortar cabezas. Y hasta esta noche, hubiera creído que seguía siendo su dominante y que se ocupaba de sus necesidades.

—¿Chessy? —instó en voz baja mientras alargaba la mano para tocarle el brazo.

Ella se estremeció y se apartó; Tate maldijo entre dientes. ¿Cuándo había llegado al punto de no poder soportar que la tocara siquiera? ¿Tanto daño le estaba haciendo para que no tolerara estar en la misma habitación que él?

Chessy se dio la vuelta tambaleándose un poco y se fue al sofá. No se sintió aliviado por esa pequeña victoria porque sabía que aún le quedaba un buen trecho cuando se sentaran en el sofá y se lo contara todo.

Si es que lo hacía.

Se sentó con el cuerpo encorvado y con una mirada cansada. Parecía derrotada.

Él se sentó a su lado. Le fastidiaba tener que mantener las distancias, pero tenía miedo de que lo rechazara si se le ocurría tocarla.

—Dime qué pasa, cariño —la alentó con cuidado—. Por favor, dame la oportunidad de arreglarlo.

Cuando finalmente lo miró, se le habían vuelto a llenar los ojos de lágrimas.

—No estoy segura de que tenga arreglo —contestó con la voz ahogada por la emoción—. Antes pensaba que sí. Estaba convencida de que todo se arreglaría. Me decía a mí misma que debía tener paciencia. Que tenía que aguantar el tipo y que todo volvería a la normalidad cuando consiguieras más estabilidad en el trabajo. Pero estoy cansada de esperar, Tate. Cansada de fingir una sonrisa y decir «No pasa nada» cada vez que me dejas plantada por un cliente cuando estoy mal. Llevo fingiendo tanto tiempo que ya forma parte de mí y no puedo soportarlo más. No puedo.

La profunda desesperación en su voz lo partía en dos. Tenía la respiración entrecortada; no sabía qué decirle. Esto no tenía fácil arreglo. No podía solucionarse en un par de días. Su relación estaba en la cuerda floja y acababa de darse cuenta de la magnitud de lo que le había hecho durante esos últimos años.

—A mis amigas les doy pena —prosiguió apartando la mirada de la suya.

Miró al frente. Sus facciones atestiguaban el dolor que sentía y eso lo hacía polvo.

—Saben que se me da fatal fingir que estoy contenta. Me conocen y saben que soy infeliz. Saben que no vamos bien. Si hasta Dash y Jensen intentan animarme, por amor de Dios. Es humillante. Y no sé cómo solucionarlo. Ahora ya no sé si puedo.

—Chessy, cariño, no digas eso. Todo tiene solución. Podemos superarlo juntos, te lo juro.

Volvió la cabeza deprisa y lo miró a los ojos.

—Me has dejado tirada por una clienta la noche de nuestro aniversario. He estado una hora esperándote con la comida fría en las narices después de haberme prometido que llegarías en veinte minutos… y me has mentido —le dijo en un tono acusador.

Él se echó hacia atrás con el ceño fruncido.

—¿En qué te he mentido?

Resentida, su esposa lo fulminaba con la mirada. Cada vez estaba más cabreada.

—No lo entiendes, ¿verdad? —le espetó—. Me llamas desde el trabajo y me dices que te retrasas y que llegarás en veinte minutos. No has dicho ni mu sobre la cita que tenías con una guapa clienta que, por cierto, te comía con la mirada, en el mismo restaurante en el que tu mujer te esperaba sola, esperando a su marido. Me has mentido. Omitir es lo mismo que mentir. Has intentado ocultarme que ibas a cortejar a una clienta en nuestro dichoso aniversario y ahí estabas tú, en el bar, echándote unas risas, mientras yo estaba a unos pocos metros pensando que mi marido había pasado de mí en una ocasión tan especial. En un día que solía ser importante para ti también. Pero ahora… ahora ya no sé en qué punto estamos, Tate.

—¿Cuánto hace que te sientes así? —le preguntó con tacto yendo al quid de la cuestión.

Tenía que ir al fondo de todo, antes del desastre de esta noche, y averiguar dónde se había equivocado.

Ella suspiró; una señal de cansancio y abatimiento.

—Desde siempre. Esa es la sensación que tengo, vaya. Recuerdo cómo era antes y aún me duele más. Sé de lo que somos capaces, pero en estos dos últimos años te has ido distanciando más y más de mí. Antes era la primera de tus prioridades y ahora dudo de que esté entre las cinco primeras. La verdad es que no parece que sea tu prioridad ahora mismo.

Volvió a mirarlo, esta vez con miedo; temor, mejor

dicho, como si se preparara para lo que iba a decirle a continuación.

Resopló, se puso derecha y levantó la cabeza para mirarlo a los ojos.

—¿Me estás engañando, Tate? ¿Por eso tantas «llamadas de trabajo»? ¿En eso pasas tanto tiempo en lugar de pasarlo conmigo?

Se quedó tan atónito por su pregunta que durante un rato se quedó mirándola boquiabierto. Luego sintió que ya había oído suficiente. No podía seguir así, a su lado, mientras ella se torturaba. La situación le superaba. Se moría por dentro al ver su dolor. No permitiría que sufriera más pensando algo que no era.

Pero entonces sus palabras lo frenaron en seco y el pánico lo arrolló como si fuera un tren de mercancías. Chessy levantó la cabeza; sus ojos carecían de vida. Estaban apagados y tenían un aire abatido, como si acabara de librar una batalla inesperada. Notó el calor y el escozor de las lágrimas en los ojos y apretaba la mandíbula con fuerza al tiempo que ella le lanzaba las palabras que le perforaron el mismo corazón:

—Quiero terminar con esto, Tate. No lo aguanto más.

# Cuatro

$\mathcal{H}$orrorizada, Chessy se cubrió la boca con la mano al soltarle esas malditas palabras y darse cuenta del estupor y el dolor en los ojos de Tate, como si le hubieran asestado un puñetazo en la cara.

Joder, ¡no quería que sonara así! Parecía que le estuviera pidiendo el divorcio. Un segundo estaba centrada en arreglar las cosas —bueno, Tate era al que le preocupaba más arreglarlo— y al otro había pasado de exponerle su frustración a decirle que quería terminar.

—¿Quieres el divorcio? —le preguntó él con la voz ronca y los ojos brillantes—. Joder, Chessy, ¿tan infeliz te sientes que no me darás la oportunidad de arreglar lo que va mal? La he cagado, lo reconozco, pero no puedes cortar con esto sin más. A menos que…

Se quedó callado; el dolor intensificaba su expresión como si lo que estuviera pensando fuera lo peor y no pudiera siquiera decirlo con palabras.

Se pasó una mano temblorosa por el pelo y luego por la cara para secarse las lágrimas.

—A menos que no me quieras; que ya no me desees —terminó en un suspiro.

—No he querido decir eso —dijo ella con una voz desesperada.

Era un desastre. Nada iba como ella había planificado. Claro que nada en los últimos dos años había ido según su plan.

—Entonces, ¿qué querías decir? —preguntó él cauteloso mirándola fijamente a los ojos.

Levantó ligeramente los brazos y movió las manos sin saber qué hacer hasta que las dejó caer sobre el regazo. Se mordió el labio inferior y cerró los ojos como si tratara de rebuscar entre sus emociones. Estaba de los nervios y el alcohol le embotaba los sentidos. Lo único que quería era acostarse y esconder la cabeza bajo la almohada.

Quería una repetición del día entero. Ya puestos, de los últimos dos años.

—¿Chessy?

Abrió los ojos intentando contener las lágrimas. No quería que la acusara de manipularlo con lo que más odiaba: su llanto.

—Me refería a que quiero que esta situación termine. ¡Estoy harta!

Le temblaban las manos entre los muslos y se hincó las uñas en la piel a través del precioso vestido que se había puesto para su marido. Un vestido del que Tate había pasado olímpicamente. Había sido un despilfarro monumental.

Tate acercó las manos a su regazo y tiró delicadamente de sus manos hasta que la enderezó y la atrajo hacia sí. La miraba serio y con auténtica sinceridad.

—Te quiero, Chessy. No sé si me vas a creer, pero te quiero. Siempre te he querido. Eso no ha cambiado y no lo hará. Pero necesito saber si tú me quieres o si he matado el amor que me tenías por haberte desatendido.

Ella volvió a cerrar los ojos. ¿No debería sentirse aliviada por esa declaración tan vehemente? ¿No era lo que quería? ¿Que confirmara que la quería, que aún la deseaba?

Había esquivado sutilmente lo de la fidelidad, tal vez porque había detectado mayor histerismo en otras cuestiones. Se fijó en el pavor de su mirada cuando le espetó que quería terminar y que ya no podía soportarlo más.

Quizá se le había pasado por alto todo lo demás que le había dicho y tenía miedo de presionarlo para que se lo respondiera.

—Siempre te he querido —dijo ella, cansada—, pero querer a alguien no basta cuando ya no recibes el cien por cien de esa persona. Siento como si solo hubiera dado yo, que hubiera hecho yo todas las concesiones. Tal vez suene egoísta, pero así es como me siento. Quizá no sea justo, pero no puedo hacerle nada.

—Cariño —tanteó con cuidado—. Puedo solucionarlo. Solo tienes que darme una oportunidad. No quiero estar sin ti. Me sabe mal si no lo he sabido transmitir.

—Estoy demasiado cansada para hablar de eso ahora —le dijo encogiéndose de hombros—. Solo quiero acostarme. No podemos mantener esta conversación cuando no estoy en igualdad de condiciones y cualquier cosa que diga ahora saldrá más retorcido porque estoy muy enfadada y eso no nos hará bien a ninguno de los dos.

Notaba la frustración de Tate y que empezaba a perder los nervios, pero se contuvo y no reaccionó. Tal vez sabía que ella estaba al límite y que no era momento de presionarla más.

Le soltó las manos y miró al frente; se quedó de perfil, pensativo.

—Si eso es lo que quieres, de acuerdo —dijo en voz baja—, pero lo hablaremos mañana. No pienso posponerlo más. Ya lo he alargado demasiado y reconozco que es mi culpa.

Chessy se levantó del sofá antes de que él pudiera hacer o decir nada que le hiciera cambiar de parecer y fue al dormitorio a recoger sus cosas.

Tate vio cómo su esposa salía del salón y entraba en el dormitorio. Suspiró con alivio. Al menos podría abrazarla una noche más, pero la cosa no se iba a quedar así esta noche. Quedaba mucho por decir y por resolver. Él no era de los que postergaba las cosas. ¿Pasarse la noche en vela con el futuro de su matrimonio pendiendo de un hilo? Ni de coña.

Lo malo era que no quería presionarla. Estaba visiblemente frustrada y desesperada. Esta cagada en su aniversario la había hecho explotar. Tenía suerte de que no le hubiera dado la patada todavía.

Se levantó del sofá, preparándose mentalmente para la noche que le aguardaba. Esperaba que Chessy no se cerrase en banda, que estuviera en la cama rígida como una estatua o se pasara la noche llorando hasta quedarse dormida. Se le rompería el corazón.

Cuando llegó a la puerta de la habitación, casi chocó con ella porque justo salía con el pijama puesto y cuatro cosas del lavabo. Frunció el ceño y se le hizo un nudo en la garganta.

—¿Dónde vas?

Ella levantó la barbilla, como esforzándose por mirarlo a los ojos, y le miró con cierto desafío. Por lo menos no estaba llorando. Ya era algo.

—Hoy dormiré en la habitación de invitados —contestó en voz baja—. Necesito un tiempo a solas para aclararme las ideas antes de seguir hablándolo mañana.

Fue como un puñetazo en la boca del estómago. Se abrió paso y se fue derecha a la habitación de invitados que había al fondo del pasillo. No podía pensar con claridad ni respirar correctamente.

Se quedó ahí en medio, mirándola, a sabiendas de que debería ir tras ella pero, a la vez, entendiendo que le acababa de dar un ultimátum. Pero no: nada de tocarla, tenía que darle espacio.

Entró en la habitación, aún algo aturdido. Sabía que no podría dormir. ¿Cómo iba a pegar ojo sabiendo que Chessy dormía en otra cama y que su matrimonio corría peligro?

Nunca habían dormido separados; no si estaban en la misma casa, claro. Había pasado muy pocas noches fuera en viajes de negocios —la mayoría en estos dos últimos años— y estas habían sido las únicas veces que habían dormido el uno sin el otro. E incluso entonces, la llamaba y hablaban hasta las tantas porque la echaba de menos, echaba de menos tenerla en la cama, y sacrificaba unas valiosísimas horas de sueño que necesitaba para estar después bien despierto en las reuniones de la mañana siguiente. ¿Eso no contaba para nada?

En parte sentía que debía estar enfadado. Que había hecho innumerables sacrificios para asegurarse de que la mujer que amaba más que a su vida misma tuviera el mundo a sus pies. Y a pesar de todo no lo estaba; no podía sentir otra cosa que no fuera remordimiento al darse cuenta de lo infeliz que era su esposa.

Chessy, que solía iluminar con su presencia. Chessy, que tenía una sonrisa que doblegaba hasta al más duro de los hombres. Chessy, que siempre era dulce, comprensiva, amable y complaciente. ¿La había complacido él igual que ella? ¿La había comprendido del mismo modo?

La respuesta a ambas preguntas era un «no» atronador. Sabía que la había cagado y que no podía hacérselo pagar a ella porque había sido siempre cariñosa y servicial aunque él hubiera desatendido sus deseos y sus necesidades.

Se frotó la nuca distraídamente mientras daba vueltas por la habitación. No tenía ganas de ducharse ni de prepararse para acostarse. Solo veía una cama vacía en la que debería estar ella y su perfume envolviéndolo mientras durmiera.

Era como su objeto de seguridad; lo único sólido en su mundo en el que todo lo demás era inseguro. Hasta ahora.

Había hecho lo que le prometió que nunca haría: hacer que no se sintiera querida. Invisible. Igual que habían hecho sus padres. El odio le comía por dentro y abría un abismo en su alma y en su corazón.

¿Cómo podía imaginarse un futuro sin ella? Estaba muerto de miedo. Era un miedo que lo tenía agarrado por las pelotas y le formaba un nudo en la garganta.

Nunca olvidaría esa mirada en sus ojos cuando levantó la vista de esa posible clienta. ¿Cómo se llamaba? Ni se acordaba. Lo único que veía en bucle era el rostro atónito y desconsolado de Chessy cuando lo había descubierto con otra mujer. La misma noche de su aniversario, con la cena fría y la humillación de haberla plantado. En su aniversario, recalcaba, para más inri.

Joder, le había preguntado si le ponía los cuernos y ni siquiera le había dado una respuesta. Tenía que reconocer que había pintado muy mal. Estar con otra mujer en el mismo restaurante en el que lo esperaba su mujer. ¿En qué clase de cabrón le convertía eso? En ese momento pensó que era la mejor manera de tenerlo todo. Invitar a una clienta a unas copas, solo quince minutos, y luego acudir a la cena donde su mujer lo aguardaba y donde hubieran empezado a celebrar su aniversario, que se alargaría todo el fin de semana: dos días de amor para celebrar un año más.

¿Estaría ahora acostada hecha polvo, pensando que le había sido infiel? No soportaba la idea de que creyera eso ni un minuto más. Quería abrir la puerta de su cuarto, enfrentarse a ella y dejarlo todo claro para que ambos pudieran dormir esta noche.

Pero ese era su lado egoísta y desconsiderado que asomaba a la cabeza y estaba claro que llevaba demasiado tiempo siendo así de despreciable en su relación. Le había pedido tiempo y, por mucho que le jodiera y no consiguiera conciliar el sueño, se lo daría. Pero por la mañana iba a arreglar las cosas.

Claro que no era algo que pudiera resolverse con una

sola conversación o con unas cuantas horas de comunicación a corazón abierto, por decirlo de algún modo. Necesitaría más tiempo y esfuerzo para volver a ganarse su confianza… y su amor. Para él, las dos cosas iban de la mano. Todos los matrimonios disfrutaban de ambas cosas. Amor y confianza. El uno no podía existir sin el otro. Ella no le había respondido a la pregunta de si aún le quería. Solo dijo que siempre lo había querido. Así, en pasado.

Eso lo aterrorizaba.

No se imaginaba la vida sin Chessy. La amaba con toda su alma y todo su corazón. Pero no le había demostrado su amor en mucho tiempo; el movimiento se demuestra andando, ni siquiera le había dicho un «te quiero» de vez en cuando. Se había aprovechado de su amor y la había puesto en un segundo, o tal vez tercer o cuarto lugar en sus prioridades, algo que lo avergonzaba profundamente. Un error que lo atormentaría el resto de su vida.

# Cinco

La luz del alba se filtraba por las cortinas del dormitorio principal. Tate estaba sentado en una butaca; todo estaba decorado gracias a la buena mano y el buen ojo para los detalles que tenía Chessy. Había convertido su casa en mucho más que una residencia; era un lugar donde existir. Lo había convertido en un hogar en el que se sentía cómodo en cuanto cruzaba la puerta tras un largo día en el trabajo. Porque ella estaba en todo; en los muebles, en la decoración, en los cuadros. Todo la representaba a ella.

Más que eso, llegar a casa y verla era la mejor parte del día. Y a pesar de todo no se lo había dicho en mucho tiempo. Había asumido que lo sabía, sin más. Y precisamente suposiciones así eran las que lo habían metido en este apuro.

Salió del dormitorio con decisión después de haberse pasado la noche en vela pensando en la mejor línea de ataque. Era una expresión fea, de acuerdo, pero esto iba a ser una batalla. Era ingenuo siquiera pensar que sería la mayor de su vida y por eso lo había contemplado todo tanto.

Recorrió el pasillo de puntillas y entornó un poco la puerta de la habitación de invitados sin hacer ruido para ver cómo estaba Chessy. La vio en la cama, destapada y con las sábanas enmarañadas a los pies, como si hubiera tenido un sueño intranquilo. Le miró el cuerpo y la cara, que tenía ladeada e hizo una mueca al ver los estragos de las lágrimas. Joder, se había pasado la noche llorando y tal vez ni hubiera podido dormir hasta hacía poco.

Se le apreciaban bolsas debajo de los ojos que eran como marcas violáceas en esa piel tan blanca y hermosa.

Se retiró en silencio y se fue a la cocina a preparar el desayuno, su primer plan de «ataque», a falta de una palabra mejor. ¿Rondarla? ¿Cortejarla otra vez? ¿Hacerla sentir amada y especial para él? Sí, todo eso.

Normalmente le llevaba el desayuno a la cama, pero Chessy no estaba en su cama ahora mismo y no quería que se pasara el día ahí escondida, rehuyéndole a él y al matrimonio y negándose a salvarlo, porque él no iba a rendirse sin luchar.

Se abría la veda y se había pasado gran parte de la noche pensando en sus errores. Pensaba empezar a rectificarlos a la voz de ya.

Se apresuró a hacerle su desayuno preferido. Un panecillo untado con crema de queso, huevos revueltos con queso fundido y jamón pasado por la sartén; todo encima del panecillo.

Él se hizo otro, aunque no tenía ni pizca de hambre. Sin embargo, quería aparentar normalidad cuando la sacara de la cama. Se resistiría, pero ahora le tocaba a él recuperar las riendas y enderezar su relación de la única manera que sabía: reafirmándose en su dominación, algo que había descuidado durante demasiado tiempo. Solo esperaba que no fuera demasiado tarde.

Como no quería que se enfriara la comida, puso los platos en el rincón de desayuno y se acercó deprisa a la habitación. Cuando abrió la puerta vio que estaba despierta, aún tumbada, y que miraba por la ventana con aire ausente; con la mirada perdida y desenfocada, cansada, y con oscuras sombras debajo de los ojos.

—Chessy —dijo en voz baja.

Ella parpadeó y se volvió para mirarlo, visiblemente sorprendida de verlo ahí.

Entró en el dormitorio y se sentó al borde de la cama, cerca de ella. Pasó una mano por los rizos desordenados que cubrían la almohada.

—He preparado el desayuno y luego deberíamos hablar. Levántate. No hace falta que te vistas. Ven a la cocina y desayunemos.

Empleó un tono firme y ella abrió los ojos, extrañada por esa petición tan vehemente.

Se incorporó como si llevara puesto el piloto automático, acostumbrada a obedecer sus órdenes, pero luego vaciló y bajó la mirada; el pesar se reflejaba en sus facciones.

—Chessy, levántate —le pidió, algo más enérgico—. El desayuno se enfría.

Cuando volvió a levantar la cabeza vio tanta esperanza en sus ojos que se le partió el corazón. Esto era lo que no le había dado. Su dominación, su amor, su adoración absoluta. Le entraban ganas de quitarse de en medio por haberle causado aunque fuera una pizca de dolor, pero solo podía recoger los pedazos e intentar recomponerlo todo otra vez.

Le tendió la mano para ayudarla a incorporarse del todo. Ella lo miró cautelosa, pero al final le tomó la mano.

El calor le subió inmediatamente por el brazo, el deseo le recorrió la espalda y bajó hasta que le llegó a los testículos. La polla se le puso dura hasta que le dolió. Joder, aún tenían química combustible. ¿Por qué no la había aprovechado últimamente? Esas pocas noches de sexo egoísta en las que él tomaba, pero luego no se entregaba no eran el amor que ella se merecía.

La observaba con cuidado, examinaba su lenguaje corporal mientras se levantaba de la cama, con las manos aún cogidas. Como si tuviera miedo de perderla, como si quisiera aferrarse a algo tangible para no dejarla escapar.

El pecho se le hinchó de orgullo al ver que se le endurecían los pezones a través de la parte superior del pijama y tenía las mejillas encendidas por el mismo deseo ardiente que sentía él.

Tenía esperanzas. Ella no había dejado de desearlo. Era una buena señal.

Sin mediar palabra la hizo salir de la habitación y la llevó a la cocina. Las palabras que tanto quería decirle tendrían que esperar. Tenía otro plan. Desayunarían juntos, recuperarían cierta sensación de normalidad y entonces se abriría a ella. Se pondría a sus pies y le desnudaría el alma.

A Chessy se le escapó una sonrisa cuando vio los platos en la mesa y se dio cuenta de que había cocinado su comida preferida, pero no dijo nada y se sentó con los hombros encogidos y la cabeza gacha. Evitaba mirarlo. Como si no soportara verlo aún.

—Come, cariño —dijo mientras se sentaba.

Aunque le habló en voz baja, sus palabras tenían un tono autoritario. Era una orden. Una de dominante a sumisa.

Ella lo miró con timidez, vacilante, aunque sus facciones reflejaban algo prometedor. ¿Peleaba consigo misma por aceptar sus gestos? Ni siquiera había empezado a atacar. Si pensaba que él creía que todo se solucionaría con un simple desayuno —su favorito— y unas cuantas órdenes por aquí y por allá, se equivocaba. Era consciente de la gravedad del aprieto en el que se encontraba y estaba preparado para lo que quería decirle.

Al final cortó el panecillo, lo pinchó y se llevó un trozo a la boca. Con tanta cosa encima, le hacía falta usar tanto el cuchillo como el tenedor.

Él atacó el suyo y tragó con dificultad. No le encontraba el sabor, ahí atorado en la garganta y quiso dejar de comer, pero no podía quedarse ahí sentado mientras ella comía y no comer él. Le gustaban estos momentos de silencio mientras comían porque eso la tranquilizaría para la conversación que mantendrían después.

Chessy movió el tenedor por el plato durante un rato y luego cortó más pedacitos de pan con el cuchillo, pero estaba claro que a ella tampoco le apetecía mucho comer.

—¿No puedes comer, cariño? —le preguntó con tiento.

Ella levantó la vista y lo miró a los ojos por primera vez desde que empezaran a comer. Mientras negaba con la cabeza, halló en sus ojos una mirada suplicante.

—No, no puedo —respondió en voz baja—. Tengo un nudo en el estómago.

—Yo también, cielo. ¿Y si nos dejamos de desayuno y nos sentamos en el salón? Quiero decirte un montón de cosas y la espera me está matando.

Ella lo miró sobresaltada y entreabrió la boca ante la sorpresa. Bueno, ¿creía de verdad que era la única que lo estaba pasando mal? ¿Qué solamente sufría ella?

Se levantó de la mesa y apartó el plato, que limpiaría en otro momento. Le tendió la mano como había hecho en el dormitorio, esperando que la aceptara y pudieran ir al salón a hablar. Hablarlo todo por fin. Tenía mucho por decir y las palabras le ardían en los labios, deseosas de liberarse.

Cuando entraron en el salón, ella quiso apartar la mano para irse derecha a la butaca mullida, que era su preferida, pero él se la apretó y la llevó hasta el sofá. Hizo que se sentara en un extremo para que tuviera el brazo del sofá como soporte y estuviera más cómoda, y luego se sentó justo al lado de modo que sus muslos se rozaban. Él se acomodó de lado y subió una pierna para poder verla bien, aunque fuera de perfil.

—Mírame, Chessy.

Ella se volvió despacio, con la cara pálida y miedo en

sus hermosos ojos. Él tragó saliva para aliviar el nudo que tenía en la garganta porque ahora no era momento de dudar o de cruzarse de brazos. Tenía que darlo todo.

—Lo primero que quiero decirte, porque al final no lo hablamos anoche...

Ella lo miró algo atónita, pero por lo menos había captado su atención.

—Nunca te he sido infiel —dijo en un tono claro y sincero—. Ni se me ha pasado por la cabeza. Te quiero. Eres la única mujer con la que quiero estar.

A Chessy se le cortó la respiración de repente. Se le quedó mirando un buen rato, escudriñando sus facciones como si quisiera comprobar la veracidad de sus palabras.

—¿Y quién era la mujer de anoche? —le espetó—. El día de nuestro aniversario. ¿Quién era la mujer que te comía con los ojos en el bar del mismo restaurante en el que íbamos a cenar?

La amargura de su voz lo hizo estremecer. Nunca había pensado que su matrimonio pudiera pasar por esto. No solo ponía en duda su fidelidad, sino que también cuestionaba su matrimonio en general. Y todas sus faltas y defectos de los últimos dos años.

—Era una posible clienta —le dijo mirándola a los ojos—. No sé qué narices crees que viste, pero yo no me la comía con los ojos a ella. Estaba tomando una copa y hablando de la posibilidad de pasarme su cartera de clientes. Sería un golpe maestro. Su marido murió y le dejó mucho dinero, la mayoría en forma de acciones y bonos, y no está contenta con el consejero financiero que tenía su marido. De modo que sí, estaba tomando algo con ella. Le dije que tenía muy poco tiempo porque tenía otro compromiso. Me retrasé y perdí la noción del tiempo. No tenía ni idea de que había pasado tanto tiempo, cariño. Nunca hubiera hecho nada para hacerte daño a sabiendas. Quiero que eso quede claro.

—Pero me lo has hecho —susurró—. Una y otra vez. No me alcanzan los dedos de ambas manos para contar las veces que me has dejado por un cliente. O cuando estamos con los amigos, como Dash y Joss o Kylie y Jensen. Cuando estoy sola en casa en fin de semana porque te has ido a jugar al golf con unos clientes o te los has llevado a cenar. Sin mí. Antes me incluías en tus cenas y actos sociales, pero dejaste de hacerlo. ¿Te avergüenzas de mí? ¿Te he fallado de algún modo?

Se quedó atónito por el arrebato. La magnitud de lo que sentía era inconmensurable. Se había ido acumulando hasta que al final había explotado la noche anterior... y ahora. Le desgarraba el corazón y se desangraba entero por lo que le había hecho a esta preciosa mujer.

—¡Por Dios, Chessy, claro que no! ¿Que me avergüenzo de ti? Para mí eres la mujer más hermosa del mundo. Iluminas allá por donde vas. ¿Avergonzado? Joder. No quería cargarte más. Sabía que te estaba afectando el hecho de pedirte ayuda tantas veces, tener que salir o preparar cenas en casa y que te ocuparas de todos los detalles. Te estaba pasando factura y no quería. Quería que tuvieras una seguridad económica para hacer lo que quisieras en tu tiempo libre y no para tener que ir de un lado a otro por mis obligaciones. No era responsabilidad tuya.

—Pero no me importaba —dijo casi en un susurro—. Me sentía importante para ti. Como si fuéramos un equipo. Quería ayudarte y estar ahí para ti. Esa era la forma de pasar tiempo contigo porque siempre estabas fuera o al teléfono, pero nunca conmigo. Y entonces lo perdí. Perdí eso también y te perdí a ti.

—¡No me has perdido, joder! Chessy, te quiero. Te lo diré cuantas veces haga falta, igual que no me cansaré de repetir que lo siento. Ojalá pudiera decirte que me di cuenta cuando todo se torció, pero pasó gradualmente y di por sentado que siempre estarías ahí. Mi esposa. La mujer a la que amaba.

—No gires la tortilla ahora —le espetó con una mirada encendida; con un fuego en los ojos que minutos antes estaban apagados por el pesar—. No te atrevas a insinuar siquiera que no he estado a tu lado. Lo he estado todos los días. Esperando a que volviera mi marido. Que estuviera conmigo. Que satisficiera mis necesidades. Se suponía que eras mi dominante, Tate. Hasta mis amigas y sus parejas se dan cuenta de que no has cumplido tu promesa cuando te entregué mi sumisión.

Tate apretó los labios.

—¿Qué cojones quieres decir con lo de que Dash y Jensen se dan cuenta?

Chessy lo miró, cansada.

—Los dos son dominantes y tratan a Joss y a Kylie como reinas. De vez en cuando me dicen que, a cambio del regalo de mi sumisión, tú debes poner mis necesidades por encima de todo lo demás. Que tienes que adorarme a mí y a mi regalo. Debes respetarlo y reconocer lo valioso que es. Y me dicen que estás metiendo la pata hasta el fondo. ¿Cómo crees que me siento cuando juzgan nuestro matrimonio mis amigas y sus maridos, o, mejor dicho, el marido y la pareja, en el caso de Kylie?

Tate gruñó.

—No tienen derecho a juzgar nada. Lo que hagamos o dejemos de hacer es asunto nuestro. Nuestro matrimonio no tiene que ser la comidilla de nadie. Nunca.

Chessy lo miró fijamente a los ojos con mirada acusadora.

—Si estuvieras cumpliendo tu promesa y actuaras como un dominante de verdad, por no hablar de ser un buen marido y amante, nadie tendría motivos para señalar tus defectos.

Esas palabras fueron como una puñalada que lo dejó

sin habla durante un rato. Tenía razón y le dolía ver que no había réplica posible. No tenía ninguna excusa.

—No hay nadie más en esta relación salvo tú y yo —dijo al final en un tono neutro—. Reconozco que la he cagado y quiero rectificarlo empezando desde ya. Es el fin de semana de nuestro aniversario y quiero salvarlo.

Ella se lo quedó mirando; parecía que la esperanza se asomaba por fin a sus ojos.

—¿Cómo? —susurró.

—Va más allá de un simple fin de semana —prosiguió haciendo caso omiso a su pregunta—. Tengo que compensarte por mucho más y un fin de semana no basta. Tengo que empezar de cero y asegurarme de que no vuelvo a decepcionarte nunca más. De hoy en adelante serás mi prioridad absoluta. No espero que me creas ahora mismo. Tengo que ganarme tu confianza y espero que tu amor también. No voy a dejarte escapar sin luchar por ti.

A Chessy se le suavizó la expresión y le ofreció la primera sonrisa que le había visto en mucho tiempo. No recordaba cuándo fue la última vez que había sonreído y eso le dolía. No le alcanzaba la memoria y no podía decir cuándo exactamente. Ahora se daba cuenta del tiempo que llevaba siendo infeliz. Lo había pasado por alto. Había ignorado las señales debido a lo absorto que estaba en su trabajo, preocupándose de que creciera el negocio tras la deserción de su socio. Todo a expensas de la persona a la que más amaba en el mundo.

—Te quiero, Tate. Muchísimo. Nunca he dejado de quererte.

—Gracias a Dios —susurró con entusiasmo, profundamente aliviado.

—No quiero dejarte —dijo con tanta vehemencia como él—. Esa nunca ha sido una opción. Espero no haberte dado esa impresión. Es lo último que querría. No me imagino la vida sin ti, sin tu amor. Solo quiero…

que vuelva lo nuestro. Eso quiero. Que vuelva tu dominación, tu amor, tu prioridad. No es demasiado pedir, ¿verdad? ¿Estoy siendo egoísta? Llevo dos años peleándome conmigo misma, sintiéndome culpable y egoísta por anhelar tu atención y tu amor cuando sabía que estabas dejándote la piel en el trabajo para salvar la empresa. Pero no puedo más. Ya no me importa parecer egoísta. ¡Quiero lo de antes!

Él la atrajo hacia sí, esperaba que no se resistiera. La estrechó con fuerza entre sus brazos hasta que la tuvo contra su pecho. Al final ella se relajó; desapareció toda rigidez. Suspiró y apoyó su mejilla contra el pecho.

—No es ser egoísta —dijo Tate apasionadamente—. Todo lo que has dicho es exactamente lo que tendría que haber hecho. Es mi culpa, no tuya. Te lo juro: todo cambiará a partir de ahora. Tenemos el fin de semana para nosotros. Voy a apagar el dichoso teléfono. La empresa no me importa una mierda si significa perderte.

La separó un poco para poder mirarla a los ojos y valorar su decisión. Estaban llenos de esperanza... y de alivio.

—Cariño, sé que un fin de semana no puede cambiar lo que hay entre los dos. Sé que tengo que volver a ganarme tu confianza y tu fe en mí, y que voy a tardar mucho más que unos cuantos días, pero te juro que si me das la oportunidad, lo conseguiré. Eso querías, ¿no?

Ella asintió despacito.

—Voy a trabajar en ello —le prometió—. Esto... y tú, claro, seréis mi prioridad. Sé que tendrás que esperar para comprobar lo que digo, pero no te daré ningún motivo para que dudes de dónde estás en mis prioridades desde este mismo instante.

Ella sonrió y él notó que le costaba respirar. Estaba tan radiante que iluminaba el salón entero. Su Chessy, la que resplandecía y brillaba con su simple presencia, había vuelto, aunque fuera solo un momento. La luz que él había apagado en repetidas ocasiones en los últimos años. Dios santo, solamente quería llevarla a la cama y hacerle el amor.

—Eso quiero, Tate —susurró ella—. Solo a ti. Nada más. No me importa el dinero o la seguridad económica si no puedo disfrutar del hombre que me robó el corazón.

«El hombre que me robó el corazón».

La magnitud de esa frase le hizo poner los pies en la tierra. Estuvo a punto de arrodillarse para pedirle perdón otra vez.

—Bésame —susurró él con la voz tan tomada que apenas se le oía.

Le rozó la cara, enmarcándola con ambas manos, y le acercó la boca despacio, empapándose de su dulzura y sus leves suspiros.

Le acarició las mejillas con ternura, incapaz de parar. No se hartaba de tocarla y de enredar las manos en sus rizos.

—¿Me harás el amor, Chessy? ¿Aquí y ahora? ¿Dejarás que selle mi promesa?

Inspiró hondo y levantó la vista; tenía los ojos vidriosos del deseo y las pupilas dilatadas. Aún lo quería, gracias a Dios. Su corazón era tan grande que cabía hasta el perdón. Sabía que cualquier otra mujer le hubiera dado la patada hacía mucho tiempo, pero su chica tenía el corazón del tamaño del estado en el que vivían.

—Eso quiero —susurró mientras le acercaba la mejilla a la mano como si buscara su tacto—. Muchísimo, Tate.

Él pasó un brazo por las corvas de sus piernas y la otra alrededor de su cintura, y la levantó sin mucho esfuerzo para acomodarla entre sus brazos.

Durante un buen rato, se limitó a mirarla a los ojos, absorto en su aceptación como el desierto sediento que ve la primera lluvia en meses.

Y entonces fueron al dormitorio que ambos compartían.

# Seis

$C$hessy se relajó contra el cuerpo de Tate; notaba su fuerza, sus músculos, mientras pasaban por el umbral de la puerta y entraban en el dormitorio. Apoyó la cabeza en su hombro y la mano en su pecho justo por debajo del hueco de la garganta.

¿Cuántas semanas, meses, llevaba esperando algo así? Que le hiciera el amor su marido, con o sin los accesorios de la dominación. Su cuerpo, su alma y su corazón lo llamaban a gritos. Quería volver a conectar con él de la forma más íntima, de que sus cuerpos se dijeran lo que no les alcanzaba con simples palabras.

Tenía miedo de que le sonara el teléfono. Tuvo que contenerse mucho para no buscarlo, para no comprobar que lo llevara prendido de la cintura como siempre. Se obligó a no pensar en eso y a disfrutar de su promesa de que, por fin, se centraría en ambos. Sin socios, ni clientes, fueran posibles o actuales. Solo él y ella tratando de reconstruir lo que habían perdido.

La tumbó con cuidado en la cama y se quedó de pie, mirándola, con un brillo feroz en los ojos. Era una mirada de depredador que la desnudaba antes de rozarle siquiera el pijama arrugado que llevaba.

Notó un estremecimiento por todo el cuerpo. Qué dulce expectativa. El deseo y las ganas que llevaba acumulados la tenían a punto de explotar.

Tate tiró de la cinturilla de sus pantalones del pijama

y con los pulgares empezó a bajárselos poco a poco por las piernas. Luego los dejó a un lado y empezó a desabrocharle la camisola con cuidado, separando la tela para dejarle los pechos al descubierto.

La levantó lo suficiente para quitarle la camisola, que corrió la misma suerte que los pantalones y desapareció de la vista. Lo único que le dejó fueron las braguitas de encaje que se había puesto a propósito para la noche anterior, para su aniversario.

Tate se la quedó mirando; le brillaban los ojos en señal de aprecio mientras contemplaba su desnudez allí en la cama.

—Eres tan bonita —susurró—. Eres la chica más bonita del mundo para mí.

Estaba segura de que, al sonreírle, resplandecía; sus palabras le habían llegado al corazón. Levantó los brazos hacia él como invitándolo a que se tumbara encima de ella. Tardó solo el momento de desnudarse antes de acceder a su muda petición.

Su pene apretaba el ángulo que formaban sus piernas mientras la cubría con todo su cuerpo. Le acarició el cuello con los labios y luego fue bajando, besando y succionando su piel hasta llegar a los pechos.

Trazó un círculo con la lengua alrededor de su pezón hasta que consiguió endurecerlo, tras lo cual lo succionó con fuerza entre los dientes. Le pasó la lengua por la punta y con los dientes le rozó la piel. Ella se estremeció, con la respiración entrecortada por el placer y le acariciaba los hombros, disfrutando las formas de sus músculos, cuya superficie firme y sólida recorría con los dedos.

Entonces Tate bajó más. Tras darle al otro pecho el mismo tratamiento, su boca le dibujó una línea húmeda por el vientre. Hundió la nariz en el suave vello de entre sus piernas y luego le pasó el pulgar por los labios. Le separó los delicados pliegues y la lamió desde la abertura hasta el clítoris.

Chessy arqueó la espalda y se le escapó un gemido. Tate sabía cómo complacerla. Cada caricia. Cada beso. Cada roce. Conocía su cuerpo mucho mejor que ella. Siempre notaba lo que necesitaba incluso antes que ella y le daba inmediatamente lo que quería. No hacía falta que se lo pidiera.

Con la lengua dentro, empezó a lamerle las paredes de la vagina. Al rato, apartó la lengua y sorbió; ella tensó los músculos en señal de protesta: no quería que la sensación terminara.

Él metió las manos bajo su trasero y le agarró las nalgas para levantarla un poco y poder así devorarla entera. Ya empezaba a notar ese cosquilleo en el vientre que marcaba el inicio del orgasmo.

—Mi chica está a punto —dijo él junto a su clítoris; el aliento le soplaba ligeramente el vello púbico—. ¿Quieres correrte ahora o me quieres dentro?

Como si necesitara una respuesta… Siempre le quería dentro. Quería que ambos llegaran a la vez.

—Dentro —dijo entrecortadamente—. Te necesito, Tate.

Sin embargo, él se entretuvo un rato, atormentándola, llevándola prácticamente al clímax para luego retroceder y dejar que regresara a un estado de calma. Justo cuando pensaba que gritaría de la frustración, se le colocó encima, le separó las piernas y se acomodó entre ellas. Le acarició los pechos hasta conseguir que se le endurecieran los pezones y entonces la penetró.

A Chessy se le cortó la respiración; el aire se le había quedado en el pecho al embestirla. Él encontró una ligera resistencia mientras ella se tumbaba para acomodarlo mejor.

—Tómame —bramó él.

Era una orden que solía darle y que a ella le producía un cosquilleo por todo el cuerpo. Solían jugar así, como si ella no quisiera tomarlo entero y él estuviera decidido a conseguirlo.

Tate se apartó un poco y entonces la embistió con fuerza, hasta el fondo; el grito ahogado de Chessy retumbó en la habitación.

—Toda —le ordenó—. Me dejarás que la meta toda.

—Sí —susurró ella—. Tómame, Tate. Soy tuya.

Volvió a separarse un momento y la embistió; sus caderas chocaban contra su trasero mientras se afanaba por llegar al fondo.

—¿Cuánto puedes resistir, Chessy? —Esas palabras la hicieron estremecer—. Sin piedad. Voy a por todas. Quiero que te corras para mí. No te aguantes más.

Entonces empezó a empujar deprisa y con dureza. La abrumaba el ruido que hacían sus cuerpos al chocar y se notó la tensión en todo el cuerpo a medida que el orgasmo iba apoderándose de ella, como si un volcán estuviera a punto de entrar en erupción.

Gritó su nombre entre sollozos y lo que la rodeaba empezó a volverse borroso. Pero a través de esa neblina, le veía el rostro y esos ojos que se clavaban en los suyos pidiéndole sumisión. Se la dio entera. Por ese hombre estaba dispuesta a darlo todo.

Tate se colocó más encima aún y apoyó los antebrazos en el colchón a cada lado de su cuerpo. Sus caderas subían y bajaban. Sus alientos se mezclaban y la boca de él encontró la de ella en un aluvión de sensaciones que la dejaba sin habla y sin respiración. Su lengua copiaba el movimiento de su polla, como si le follara la boca igual que su miembro hacía con su coño.

Chessy levantó las piernas e inclinó la pelvis para poder acogerlo aún más. Le rodeó la cintura con las piernas para aferrarse a él y se ladeó un poco para recibir cada embestida, para igualar sus movimientos y hacerlo al unísono.

—Te quiero —le dijo él en la boca—. Siempre te querré, Chessy. Necesito que me creas.

—Yo también te quiero —contestó ella con dificultad.

En ese momento, ella cerró los ojos y notó tal tensión que creyó que se iba a partir en dos. Aquellas palabras combinadas con las embestidas la iban a hacer explotar.

Le agarró los hombros y le hincó los dedos.

—Muy bien, cielo. Dámelo todo —le dijo en un tono tranquilizador.

Y entonces Chessy estalló sin más. El placer llegó y la embargó por completo. Era como si su cuerpo volara en cientos de direcciones distintas a la vez.

Jadeaba e intentaba respirar con todas sus fuerzas. En ese momento, Tate se quedó tenso y frunció el ceño en una expresión que rozaba lo doloroso. La embistió una y otra vez y luego se quedó quieto; las caderas seguían, casi por voluntad propia, bombeando entre espasmos.

—Dios, te he echado tanto de menos, cariño —dijo Tate con una voz llena de pesar—. Lo siento mucho. Lo siento muchísimo.

—Shhh —susurró ella—. Ahora no. No cuando todo es tan perfecto. Dejemos atrás el pasado, que es el sitio que le toca. Tenemos mucho a lo que aspirar.

La besó con dulzura; sus lenguas bailaban y se provocaban la una a la otra.

—Siempre serás mi prioridad a partir de ahora —le juró—. Nunca más tendrás que preguntarte qué lugar ocupas en mi alma o en mi corazón.

## Siete

$K$ylie Breckenridge miraba el móvil con el ceño fruncido, indecisa, con la vista clavada en el número de Chessy. No sabía si llamarla directamente o llamar a Joss para ver si se había puesto en contacto con ella. Con todo, sabía que si su amiga hubiera tenido noticias, ya la hubiera llamado. Además, tampoco quería correr el riesgo de interrumpir a Chessy si las cosas habían ido muy muy bien, y los dos estaban celebrando el aniversario a lo grande. Sin embargo, el instinto le decía que los meses de infelicidad acumulada no se arreglarían con una noche.

Suspiró y contuvo las ganas de llamar a Chessy.

Unas manos cálidas le acariciaron los hombros y sintió un escalofrío que siempre lograba tranquilizarla. A las manos se unieron unos labios que la fueron besando por el cuello hasta que se le escaparon los primeros gemidos; se puso bien para Jensen.

—¿Qué te preocupa, amor?

Volvió la cabeza y miró a Jensen, que se sentó en la cama a su lado. Kylie estaba frente a la mesita de noche donde había tenido el móvil apoyado hasta hacía un momento con una pierna sobre la cama y la otra colgando.

Angustiada, se mordió el labio inferior y bajó la vista al móvil otra vez antes de dejarlo en el colchón.

—Me preocupa Chessy —reconoció—. Anoche estaba muy emocionada por su aniversario y esperaba tener noticias suyas esta mañana, pero… nada. No ha dicho ni mu. He pensado en llamar a Joss, pero si supiera algo ya me lo habría dicho. Las dos estamos muy preocupadas por ella y no saber nada… me inquieta.

Jensen sonrió con dulzura y adoptó una expresión comprensiva. Se le acercó y apoyó la frente en la suya; se le levantaron las comisuras de los labios en un rictus divertido.

—Si fuera mi aniversario, seguiría en la cama con mi mujer, ya fuera porque estuviera haciéndole el amor o porque justo habría terminado. Te preocupas demasiado, amor. Yo creo que están compensando todo el tiempo perdido y si Chessy le expuso sus preocupaciones, como me comentaste que iba a hacer, me imagino que Tate estará teniendo una reunión de urgencia consigo mismo y evaluando sus prioridades en la vida para hacer que Chessy vuelva a ser la primera. Que no sepas nada de ella es una buena señal. Piénsalo. Si las cosas hubieran ido mal, ya habrías sabido de ella. Lo más probable es que su silencio se deba a que se están centrando el uno en el otro, que es lo que deberían hacer. Lo que debería hacer Tate, vaya.

Kylie volvió a suspirar, pero se tranquilizó; el razonamiento calmado de Jensen alivió parte de la tensión y de la preocupación que sentía.

—Tienes razón. Sé que tienes razón, pero no puedo evitarlo. Chessy ha estado muy triste últimamente —repuso en voz baja—. Y me fastidia mucho. Chessy está siempre… radiante. Salvo cuando no es feliz. Joss y yo llevamos tiempo inquietas porque nos damos cuenta de lo infeliz que es. Y tiene que ser duro para ella. Mira a Joss, rebosa felicidad. Está embarazada de su primer hijo. Es el amor de Dash. Y luego estamos… nosotros.

Jensen parpadeó y su expresión se volvió más seria.

—¿Nosotros? Esto sí que quiero oírlo.

Ella se sonrojó, pero sonrió al captar el tono jocoso de su voz.

—No sé, todos estamos muy… felices. Para Chessy tiene que ser difícil vernos tan bien teniendo en cuenta lo triste que está ella.

La expresión de Jensen se ablandó. Levantó la cabeza de Kylie por la barbilla, la besó con delicadeza, primero solo con la boca y luego con la lengua, con la que luego le acarició los labios. Cuando se apartó, tenía los ojos entrecerrados, unos ojos oscuros y llenos de deseo que la hicieron estremecer.

—¿Y eres feliz con lo nuestro? —le preguntó igualmente serio.

Se quiso derretir al oír el deje de inseguridad en su voz, algo que él intentaba esconder aunque ella le conocía perfectamente. Sin embargo, seguía descubriendo cosas nuevas; su relación era relativamente joven y la promesa de aprender algo nuevo y excitante siempre estaba ahí.

—Soy muy feliz —susurró ella—. Nunca creí que fuera infeliz antes. Resignada, sí, pero no infeliz. Pensaba que había aceptado mi lugar en la vida: con unos pocos amigos, la cabeza agachada y en punto muerto por estar siempre anclada en el pasado. Tú me has enseñado a mirar adelante, a sentir optimismo por el futuro. Y siempre te querré por eso.

A Jensen se le iluminó el rostro de la satisfacción y le acarició el cuello, que luego acercó para besarla con frenesí. Ella se le lanzó encima, con las manos en su torso, hincándole los dedos.

Él la besaba con ímpetu, devorándole la boca entera. Con la mano que tenía libre le tocó los pechos y le acarició los pezones hasta que se volvieron duros, rígidos y la embargó una sensación de hormigueo apremiante. Ardía en deseos por su tacto y su boca.

—No tienes ni idea de lo mucho que significa tu felicidad para mí —le dijo en un instante en que se separaron sus bocas—. Que te haga feliz…, Kylie, no sabes lo mucho que eso me llena de orgullo. Que confíes en mí después de lo que te hice…

El dolor y el arrepentimiento ensombrecieron sus facciones y Kylie le puso un dedo en los labios.

—Jensen, no. Eso ya está olvidado. Nunca me harías daño, eso lo sé. Y tú tienes que saberlo también. Créetelo igual que lo creo yo. Confía en ti igual que yo lo hago. Te quiero —añadió con dulzura—. Nadie cree en ti más que yo. Me gustaría que tuvieras un poco más de fe en ti mismo. No quiero atarte a la cama por la noche por tu miedo a tener una pesadilla y a hacerme daño. Tener que hacer eso me duele muchísimo. Ver esa mirada cuando te ato la mano al cabecero me destroza porque sé que no hace falta. Pero hasta que te lo creas, hasta que confíes en ti como yo, haré todo lo que pueda para no perderte. Para que no te vayas de mi cama, de mi vida ni de mi corazón.

Esas palabras tan impetuosas lo dejaron sin habla. Separó un poco los labios y un atisbo de esperanza —esperanza de verdad— se asomó a sus ojos. ¿Había podido convencerlo al fin? ¿Había podido vencer ese miedo de atacarla en un descuido y hacerle daño físico?

—Lo haré —dijo con una voz ronca—. Tenemos cita con el terapeuta. Sé que fue muy duro para ti. Fue un gran paso poder desnudar tu alma ante alguien que no fuera yo ni tus amigos. Estoy dispuesto a hacer lo mismo, Kylie. Si puedes hacerlo, si puedes armarte de valor para buscar ayuda, estaré a tu lado en todo momento. Te lo juro.

Ella se acurrucó a su lado y le puso un brazo encima al tiempo que él la acercaba con el suyo. Kylie lo besó en el pecho, por encima del corazón.

—Sigo preocupada por Chessy, pero le daré otro día antes de llamarla. Conozco a Joss y sé que está igual de preocupada que yo, pero puede que tengas razón. Tal vez lo están arreglando y están pasando un estupendo fin de semana de aniversario. Ya me contará los detalles más jugosos en otro momento —añadió con una sonrisa.

Jensen gruñó.

—Bueno, tampoco hace falta conocer todos los detalles. Me importa poco lo que haga otra mujer con otro hombre. Prefiero centrarme en la que tengo entre mis brazos.

—Bien —dijo ella con aire de suficiencia, con una seguridad que no tenía hasta hacía poco. No hasta que lo conoció a él—. Porque como me entere de que visualizas a otra mujer, te meto una paliza.

Las carcajadas le retumbaban en el pecho.

—Contigo tengo suficiente mujer, amor. Me tienes a tus pies y juro por Dios que estás hecha para mí. No habrá nunca una pareja más perfecta que nosotros.

Kylie, que sentía el corazón rebosante de felicidad, se cobijó aún más entre sus brazos. Sí, el futuro parecía brillante y prometedor, a pesar de la preocupación sobre su mejor amiga y su matrimonio.

Pero Jensen seguramente estaba en lo cierto. Lo más probable era que Chessy y Tate estuvieran disfrutando de su fin de semana y reconectaran como Chessy esperaba.


Joss Corbin estiró los pies al máximo bajo las sábanas y se quedó lo más quieta posible con la esperanza de que se le calmara el estómago, que se notaba muy revuelto.

Miró el teléfono, que tenía al lado, bajo la almohada, y frunció el ceño. Era ya por la tarde y a estas horas esperaba saber algo de Chessy con un informe completo de su cena de aniversario.

Kylie y ella habían estado enviándose mensajes la noche anterior, preocupadas por si la noche de su amiga no iba tan bien como ella tenía previsto. El silencio la estaba matando. El silencio podía ser bueno o malo. No quería pensar en lo malo, que sería Chessy en casa, hundida en la miseria, y negándose a buscar el apoyo de sus amigas por la vergüenza y la humillación.

Solo Dios sabía lo mucho que Chessy había sufrido ambas cosas últimamente.

Dash entró en la habitación con una bandeja en la que había una tostada y un vaso de zumo de manzana, aunque solo ver el zumo se le revolvía el estómago. Incluso ahora, al ver cómo se le acercaba, se le hizo un nudo y tuvo que respirar por la nariz para no echar a correr hasta el baño.

Dash se sentó en el borde de la cama y le puso la bandeja en el regazo mientras ella se incorporaba un poco con las mullidas almohadas detrás, apoyadas en el cabecero. La miraba con preocupación mientras le cogía una mano y le daba un beso en la palma.

—¿Te encuentras mejor, cariño? ¿Ya se te ha calmado el estómago?

Mientras hablaba, le pasó la mano por debajo de la bandeja y se la puso en el vientre, aún plano. La calidez del tacto le traspasó la piel y alivió la agitación de las náuseas matutinas; un achaque que no había sufrido hasta que le confirmaron el embarazo.

Cuando llamó a una de las enfermeras de su tocólogo, esta le dijo entre risas que no era infrecuente no tener los síntomas del embarazo antes de confirmarlo. Al parecer, en el caso de Joss, se trataba de algo psicológico al noventa y cinco por ciento. Aunque tal vez solo fuera porque entonces llevaba muy poco embarazada para que las náuseas hicieran su aparición.

Otros síntomas habían aparecido desde el principio, como la fatiga y la sensibilidad en los pechos, tan delicados que a veces era insoportable rozarlos siquiera. Dash era consciente y procedía con sumo cuidado al hacer el amor.

Ella sonrió todo lo que pudo, teniendo en cuenta lo mal que se encontraba, y le acarició la barbilla tras besarle la palma.

—Estoy mejor —dijo—. A la hora de despertar se me pasan las náuseas y entonces paso el día mejor. Que me cuides tan bien y te asegures de que coma me ha ayudado mucho a recuperarme.

—No tienes que preocuparte de nada; estaré contigo en cada paso del camino y te cuidaré como a una reina —replicó con una voz ronca.

Ella sonrió más.

—Te quiero. Y estoy tan contenta, Dash. No te imaginas lo feliz que soy por lo del bebé. Es un sueño hecho realidad. Tú. Nosotros. Nuestro hijo o hija. Nunca imaginé que volvería a ser tan feliz. Me has dado muchísimo.

A él le brillaban los ojos con cierta calidez, y amor, mientras la miraba con ternura.

—Soy tan feliz que tengo que parar y recordar lo agradecido que estoy por tenerte a ti y a nuestro hijo —dijo con pasión—. Yo también te quiero, Joss. Siempre te he querido y siempre te querré. Y aunque ardo en deseos de que nazca el bebé y ver cómo crece nuestra familia, pienso saborear hasta el último momento del embarazo. Ver cómo se te hincha el vientre. Nunca olvidaré todos estos momentos. Aparte del día en que me dijiste que me querías, el día que nazca nuestro hijo será el más feliz de mi vida. Espero que nunca lo dudes.

—Nunca —respondió ella igual de ferviente—. Nunca lo olvidaré, Dash. Igual que espero que no olvides nunca lo mucho que te quiero.

Él le acarició la mejilla y luego hizo un gesto hacia el teléfono.

—¿Aún no sabes nada de Chessy? Sé lo preocupadas que estabais Kylie y tú. Y, bueno, tengo que reconocer que yo también tengo mis dudas. No tengo ni idea de lo que le pasa a Tate, pero espero que se ponga las pilas pronto.

Joss hizo una mueca al mirar el móvil.

—No ha dicho nada, que puede ser bueno o malo. Espero que bueno. Espero que pudieran arreglarlo todo y que Chessy le haya puesto los puntos sobre las íes. Quiero lo mejor para ella. Sé lo difícil que debió de ser para ella cuando le dije que estaba embarazada. Estuve a punto de no decírselo, pero eso le hubiera hecho más daño porque hubiera sido como hurgar en la herida de sus problemas con Tate.

Él bajó la mano del vientre al muslo y luego a la rodilla, donde le dio un apretón cariñoso.

—Hiciste lo correcto, Joss. Chessy no habría querido que le ocultaras una noticia tan buena por ella. Y tienes derecho a ser feliz. Nunca te reprocharía algo así.

—Lo sé —repuso ella en voz baja—. La quiero mucho y me gustaría que Tate y ella puedan resolver los problemas de su matrimonio para que pueda volver a ser feliz. Igual que Kylie y yo.

Dash sonrió.

—Lo será. Igual que sus mejores amigas. Ahora come un poco de tostada, cielo, necesitas algo en el estómago antes de ponerte en pie. Hoy mejor que nos lo tomemos con calma. Disfrutemos del fin de semana juntos. Podemos pasarlo en el sofá, abrazados, y ver algunas películas. Esta noche te haré la cena si para entonces te apetece algo con más sustancia.

Ella suspiró felizmente.

—Me cuidas tan bien, amor... Te quiero por eso.

Él se le acercó y la besó en la nariz; luego le dio unas palmaditas en el muslo.

—Va, come. No quiero que vayas a ducharte hasta que sepa seguro que no vas a vomitar la tostada.

# Ocho

*C*uando Chessy se despertó, el sol de la tarde se filtraba ya por la ventana del dormitorio. Se sentía rodeada de calidez y de fuerza. Tate la envolvía con los brazos y hasta tenía una pierna sobre la suya, en un gesto posesivo, y ella apoyaba la cabeza sobre su hombro.

Suspiró ligeramente; no quería despertarlo y fastidiar el primer momento de auténtica felicidad en mucho tiempo. Todo estaba bien en el mundo. No era tan ingenua para creer que todo se había arreglado con la varita mágica de Tate, pero por algo se empezaba.

Hacer el amor había sido como si se fusionaran dos almas perdidas. Por lo menos, su alma había estado perdida hasta entonces. Llevaba tanto tiempo sufriendo su ausencia que no recordaba la última vez que se había despertado en sus brazos o que hubieran pasado gran parte del día en la cama.

Siempre iba acelerado por las mañanas para llegar puntual al trabajo y solo tenía tiempo para un beso en la frente y un hosco «Espero que mi chica pase un buen día» antes de salir pitando, sin saber cuándo lo volvería a ver.

Era difícil no pensar en esos momentos a pesar de que, ahora mismo, el mundo se le antojaba perfecto. Llevaba razón cuando le dijo que la relación no podía arreglarse en un solo fin de semana, pero su lado más optimista sabía que era algo. Que le estaba dando algo que no le había dado en más de un año. Se estaba entregando a sí mismo. Le daba una prioridad y una atención absolutas. Y el amor que en sus momentos más oscuros pensaba que ya había perdido. Pero la noche anterior y esta mañana había sido muy sincero, sobre todo hoy porque ninguno de los dos estaba tan sensible y exaltado. Sabía que a Tate no le había gustado acostarse con las cosas sin resolver entre los dos, pero también sabía que había sido un acierto posponerlo hasta haber tenido tiempo de consultarlo con la almohada y pensar en cómo y qué había que decir.

—¿Estás despierta, cielo?

La voz de Tate le vibró en el pecho y ella sonrió, pegada a su torso.

—Estás sonriendo —advirtió él.

Aún sonrió más. Este era su Tate. Conocía todos sus movimientos, sus pensamientos. Cerró los ojos para saborear ese momento, para disfrutarlo hasta la última gota. Estuvo a punto de llorar, pero se esforzó por no derramar ni una lágrima porque tenía miedo de que lo interpretara mal y volvieran a la casilla de salida.

Se limitó a asentir, confirmando así lo que él ya sabía. Él la abrazó más fuerte y la besó en la cabeza.

—Me encanta estar aquí mismo y tenerte desnuda en los brazos, pero te prometí una cena de aniversario como Dios manda y si queremos hacerlo, tenemos que ponernos en marcha. Tengo que ducharme y se me ha ocurrido que podemos darnos una ducha conjunta en la que te mime y lave con cariño. Luego cenaremos y volveremos a casa para que pueda volver a hacerte el amor.

—Mmm —le dijo junto al pecho—. Suena fantástico, Tate.

—Me alegro —repuso con voz ronca—. Te debo mucho más, pero te prometo que me tendrás para ti las veinticuatro horas del día, todos los días, a partir de ahora.

Ella se incorporó ayudándose del codo para poder ver sus ojos de expresión soñolienta, pero satisfecha, que le devolvían la mirada.

—Te creo —le dijo en voz baja.

El alivio le iluminó los ojos con un fuego que rápidamente apagó los rescoldos de cansancio.

—Muchas gracias, Chess. No tienes ni idea de lo que significa tu perdón para mí. Y que estés dispuesta a darme una segunda oportunidad.

Ella le acarició la cara, repasando con el pulgar las marcadas líneas de su mejilla. Acto seguido se le acercó y lo besó. Por una vez, estaba en una posición de control; ella encima de él, tomando la iniciativa.

Tate le puso una mano en la nuca, que se introdujo en su melena, pero dejó que ella llevara el ritmo del beso. Era como si anduviera con cuidado cuando lo que ella quería era todo lo contrario. Quería que volviera a ejercer el control, su dominación, sobre ella. Lo deseaba con toda el alma y el corazón.

Había nacido para este hombre. Había nacido para ser su sumisa y él, su dominante. Era una necesidad que no podía explicar y que desafiaba toda lógica. Algunas cosas eran como eran, así sin más, y para ella un buen ejemplo era esta relación. No le gustaba emplear la palabra «matrimonio» porque era tradicional, demasiado cotidiana y pasada de moda. Lo que había entre ambos iba mucho más allá de la fe y la confianza que una mujer depositaba en su marido y a la inversa. La mayoría de las personas ajenas al estilo de vida de dominante y sumisa malinterpretaría las cosas que le ofrecía a Tate y las que él le pedía a ella, así como lo profundamente emotivos y arraigados que eran esos vínculos. Sí, llevaba un pedrusco maravilloso en el dedo, pero no era eso lo que la convertía en su esposa.

Literalmente ponía su seguridad y su bienestar en sus manos. Y, a cambio, era la mujer más mimada y protegida del mundo. Bueno, eso cuando las cosas entre ellos iban bien… Su relación huía de convencionalismos y a ninguno de los dos le importaba un bledo. Las reglas las hacían ellos y nadie más. Y la mayoría las dictaba él.

No existían manuales sobre «Cómo ser un buen dominante». Tate se hubiera echado unas risas con la sola idea de necesitar un libro para vivir su vida y satisfacer a su adorada sumisa. Quizá esos manuales funcionaran para las demás parejas, y en caso de ser así, mejor para ellas. Pero no era esa la forma en que Chessy y Tate funcionaban. Nunca lo había sido.

Tate tomaba las decisiones y no le importaba un carajo si se burlaba del buen hacer o rendía tributo a los que llevaban el mismo estilo de vida.

Muy al principio de su relación, Tate le dejó muy claro lo que quería y le dijo que tal vez no fuera la idea que ella tenía de cómo funcionaba una pareja, pero lo último que haría sería interpretar una escena de dominación que hubiera visto en un manual de instrucciones. Ni muerto permitiría que otros dirigieran la relación con su esposa. Su amada sumisa.

—¿En qué piensa mi niña? —preguntó con tacto al reparar en su expresión abstraída.

—Que tú no tienes toda la culpa del estado actual de nuestra relación.

Él quiso abrir la boca para protestar, pero ella le puso un dedo en los labios para impedírselo.

—Hace un momento me agradecías que siguiera amándote, que te hubiera perdonado y que quisiera darte otra oportunidad, pero, Tate, lo mismo se me aplica a mí. Podría habértelo dicho antes. Podría haber sido sincera contigo mucho antes. Creo que también debería pedirte perdón y otra oportunidad para enmendar las cosas. Dejé que la comunicación dejara de fluir. Sí, también eres responsable de eso. La comunicación debe ser bidireccional, pero yo tendría que haber sido más valiente y pedirte lo que quería de ti igual que tú me pedías ciertas cosas dentro de la relación. Tenía… miedo —dijo cada vez más bajo hasta que casi hablaba en susurros.

—¿Miedo de qué, amor? —preguntó con suavidad.

Ella lo miró a los ojos y trató de controlar los nervios.

—Tenía miedo de que si te presionaba, tal vez te darías cuenta de que ya no me querías. Que no me necesitabas. Que no era más que una carga innecesaria. Temía que te fueras. Por eso intentaba ser lo más comprensiva y poco exigente que podía, aunque por dentro me moría. Pero llegó un momento en que fue demasiado y ya no podía ser esa persona. Tenía que asumir ese riesgo, porque la recompensa por no arriesgarme era… nada. No había premio ni recompensa. Era un infierno.

Lo dijo de una forma tan dura que a Tate se le cortó la respiración como si le hubieran propinado un puñetazo en el estómago.

—¿Tienes idea de lo que me destroza oírte decir eso? Sobre mí: tu marido, tu dominante, tu amante. En retrospectiva veo que no facilité tampoco que me contaras lo de tu infelicidad. ¿Cómo podrías habérmelo dicho si no estaba dispuesto a escucharlo?

Para incorporarse un poco se ayudó del codo, que plantó en la almohada para estar cara a cara con ella.

—No pienso irme, Chess. Eso no pasará. Lo que no sé es cómo leches no me has dejado tú. Otra mujer no me hubiera querido con semejante abandono emocional. Mientras dormías acurrucada a mi lado, me he pasado la tarde agradeciéndole a Dios que sigas queriéndome y me perdones por haber estado a punto de destruir lo más valioso de mi vida: a ti, amor. Casi te he destruido a ti, y a mí también, claro, porque no imagino una vida sin ti. Si de mí depende, nos haremos viejos juntos y nos amaremos toda la vida. No habrá un Tate sin una Chessy y espero que tampoco haya una Chessy sin un Tate.

Ella sonrió al escucharlo tan poético, con esa analogía tan sencilla y a la vez tan elegante y hermosa. Ninguna Chessy sin su Tate, ni un Tate sin su Chessy. Encajaba con la forma en que veía al hombre con el que se había casado y al que amaba con toda el alma.

—Te quiero —le dijo, pensando o, mejor dicho, sabiendo que necesitaba volver a escucharlo. Con lo emocionalmente frágil que había estado los últimos meses, reconocía que él estaba en su misma situación. Ahora que entendía lo mucho que podía perder.

Él apoyó la frente en la de ella y se quedó un momento en silencio; sus alientos se mezclaban al tiempo, con los ojos cerrados, saboreaban la intimidad de un gesto tan sencillo.

—Yo también quiero a mi chica —susurró—. Y ahora la voy a meter en la ducha y le voy a dar un repaso que tardará en olvidar. Será de pies a cabeza; no me voy a dejar ni un centímetro y las partes del centro van a recibir un trato muy especial.

# Nueve

*D*espués de una ducha picante y el orgasmo que le hizo sentir Tate al dedicarse a fondo a su entrepierna, Chessy tuvo que sentarse en el tocador mientras él le pasaba delicadamente un peine por los rizos que acababa de secarse con la toalla.

Aún se le estremecía el cuerpo a resultas de ese orgasmo tan intenso. Tuvo que sentarse porque le habría sido imposible mantenerse en pie al salir de la ducha. Al final el agua que se había desprendido del cuerpo y del pelo había formado un pequeño charco en el suelo, pero en ese momento era lo último en lo que pensaba.

Chessy sonrió a Tate en el reflejo del espejo y cerró los ojos para saborear una de las cosas favoritas que él solía hacerle con tanta frecuencia durante estos años: ocuparse de su pelo. Era una persona a la que le encantaba notar el contacto humano, le encantaba que le cepillaran el cabello o, simplemente, que jugaran con él.

Había perdido la cuenta de las veces en las que, en los primeros años de relación, estaban Tate y ella en el sofá y él, con la cabeza de Chessy en su regazo, jugueteaba con sus mechones distraídamente mientras veían una película. Sin duda siempre sería uno de sus mejores recuerdos.

Abrió los ojos despacio y su sonrisa desapareció un instante. Antes de que pudiera disimular, Tate frunció el ceño y la miró algo perplejo.

—¿Qué pasa, cariño? ¿Te he hecho daño? ¿No he sido lo bastante cuidadoso con tu pelo?

—Siempre llevas cuidado con todo —dijo ella sonriendo—. Eres todo un experto en peinar a una mujer. Si alguna vez te cansas del asesoramiento financiero siempre puedes abrir un salón de belleza. Las mujeres harían cola solo por las manos que tienes, que, dicho sea de paso, son mías. Te las cortaría antes de permitir que otra mujer disfrutara de ellas.

Tate pareció confuso un instante, pero luego echó la cabeza hacia atrás y empezó a reír. De pronto, recobró la compostura y la miró fijamente.

—¿Por qué no lo permitirías?

Incómoda, Chessy empezó a moverse inquieta en la banqueta del tocador; no quería sacar un tema escabroso. Sin embargo, él no dejaría que eludiera la pregunta. Tate la hizo girar lentamente cogiéndola de las piernas hasta que estuvieron cara a cara. Entonces apoyó una rodilla en el suelo y le rodeó el rostro con ambas manos.

—Dime.

—Sé que no debería preguntarlo —suspiró—. Quiero decir, nuestra relación no funciona así y no quiero que tengas la sensación de que quiero que las cosas cambien, que no quiero tu dominación y que tomes las decisiones, pero…

—Pregúntame lo que quieras, cielo —la interrumpió Tate cariñosamente.

—Creo que los dos sabemos que estamos pasando por una situación delicada en nuestra relación en la que las reglas cambian de forma temporal. Tienen que cambiar porque necesito saber cuáles son tus necesidades y lo que quieres. Me gustaría saberlo sin importar si viene de ahora o de hace dos años. Siempre he querido que me dijeras lo que necesitas. ¿Cómo puedo complacerte?

—Sí, como dominante mi obligación es saber lo que quieres, lo que necesitas antes que tú, incluso, y proporcionártelo también. Sin embargo, he sido un capullo integral y, por consiguiente, si bien me duele reconocerlo aunque sea lo bastante hombre como para reconocer mis fallos, he perdido el contacto y estoy muy lejos de complacer tus deseos. Me jode decirlo, pero vas a tener que ayudarme a arreglar las cosas. ¿Sabes esa conversación que hemos tenido hace un rato en la cama? Tenemos que seguir en esta línea de aquí en adelante.

Ella asintió para dejar claro que lo había entendido y suspiró aliviada. Estarían bien; lo sentía. Tate estaba esforzándose muchísimo para un hombre que estaba acostumbrado a controlar hasta el último aspecto de su vida. Pero tenía razón, ahora se encontraban en un punto en el que solo el control les permitiría retomar el rumbo y navegar por aguas más tranquilas.

—Solo quería saber dónde habías pensado que fuéramos a cenar esta noche —dijo casi en un susurro—. No quiero… no quiero volver al restaurante al que se suponía que íbamos a cenar la otra noche. No creo que pudiera soportarlo. Lo de la otra noche fue demasiado humillante para mí. No quiero ni recordarlo. Preferiría ir a cualquier otro sitio y empezar de cero, de verdad.

La mezcla de amor, comprensión y penitencia que se reflejaba en sus ojos la puso sensible y tuvo que tragar saliva para deshacer ese nudo que se le empezaba a formar en la garganta.

Tate se le acercó y la besó en la frente. Durante un largo buen rato no despegó los labios de su frente. Cuando los separó, le enmarcó la cara con las manos y la miró fijamente a los ojos.

—Nunca volveré a hacerte pasar por eso, mi vida. He pensado en ir a un sitio al que nunca hemos ido antes. He oído maravillas de él. Ya he reservado mesa. Lo he hecho por Internet esta mañana antes de que te levantaras. Yo también quiero que empecemos con buen pie. Empezaremos de nuevo desde cero.

El amor y un alivio enorme le corrían por las venas, pero muy a su pesar, le resbaló una lágrima por la mejilla que fue a parar a la mano de Tate. ¡Mierda! Se había propuesto no llorar; ya tenía el cupo cubierto por la noche anterior. Bueno, de todas formas tendría que emplearse a fondo para disimular las ojeras con maquillaje antes de ir a cenar. Esa noche quería estar radiante para Tate. No iban al mismo restaurante y tampoco se pondría el mismo modelo de la otra velada.

Sin embargo, Tate parecía comprender que no estaba disgustada. Se le enternecieron las facciones, se inclinó y le dio un beso para consolarla por esa lágrima solitaria que había ido a posarse en su mano.

—Te quiero, Chess. No lo olvides, por lo que más quieras.

—Yo también —susurró ella—. Ahora vete para que pueda terminar de arreglarme. ¿Cuánto tiempo tengo?

Él miró el reloj y luego la ayudó a ponerse en pie tras lo cual le dio una palmadita en el trasero.

—Cuarenta y cinco minutos y nos vamos, así que date prisa, cielo. Voy a arreglarme. Nos vemos en el salón cuando acabes.

Chessy le dedicó una sonrisa radiante, una de esas en las que notaba cómo se le tensaban las mejillas, y como respuesta él la recompensó con una sonrisa de esas que le quitaban el aliento. Había tanta promesa en esa sonrisa que de golpe sintió vértigo. Se fue derecha al armario prácticamente dando brincos para escoger lo que se pondría. Todavía tenía que secarse el pelo con el secador, pero eso lo dejaría para más adelante, cuando tuviera claro qué se pondría, y luego ya se arreglaría el pelo y se maquillaría antes de vestirse.

# Diez

$\mathcal{A}$comodados en una mesa del nuevo asador del mismo barrio residencial de Houston en el que vivían, Tate observaba la deslumbrante sonrisa de Chessy. El restaurante estaba a unos cinco minutos en coche de su casa y, a pesar de que estaban al tanto de la mayoría de los locales que abrían en la zona de auge de las Woodlands, este había abierto apenas hacía unos meses y ya prometía tener éxito a juzgar por la cantidad de personas que había en su espacioso interior.

El corazón de Tate se había desprendido de gran parte del peso que lo oprimía y empezaba a ver su futuro y el de Chessy con optimismo. ¿Cómo podía no haberse centrado en esta hermosa mujer y prometerse anteponerla a todo? No merecía menos. Cinco años atrás, cuando ella le había entregado su corazón —y su sumisión— se prometió que protegería esos regalos con su vida.

Haberle fallado era una carga que tendría que soportar hasta el día de su muerte, pero aún no era demasiado tarde. Todavía tenía la oportunidad de asegurarse su amor y su confianza una vez más.

Tate la miró a los ojos y su mente empezó a divagar; de repente, vio el trasero de Chessy en una postura de sumisión total. Otro hombre la acariciaba bajo su atenta mirada; otro hombre que la dominaba siguiendo las órdenes de Tate, preparándola antes de que él la tomase.

Era un juego que ambos disfrutaban y al que jugaban con regularidad en The House antes de que Tate se volcara de lleno en sus negocios. Después, tanto esas actividades como The House cayeron en el olvido, pero era algo que Tate tenía la intención de cambiar pronto.

Antes tenía que reforzar su compromiso con Chessy. Tenía que asegurarse de que supiera que ocupaba la primera posición en su corazón. Luego ya planearía una noche de lo más placentera. Todo giraría en torno a Chessy y su disfrute. Sería un regalo, su regalo.

—¡Mierda! —susurró Chessy con una mirada asustada.

Sus palabras y la expresión de su rostro le devolvieron a la realidad. Se dejó de ensimismamientos eróticos y frunció el ceño al reparar en su angustia.

—¿Qué ocurre? —preguntó al tiempo que miraba alrededor para ver si encontraba la causa de su aflicción.

—Kylie y Joss deben de estar muy preocupadas —dijo Chessy, nerviosa—. Sabían que habíamos hecho planes para el aniversario y se suponía que iba a llamarlas esta mañana para contárselo. Se me ha ido el santo al cielo.

Él sonrió, aunque se notaba la tensión en el rostro. Sí, Joss y Kylie eran las mejores amigas de Chessy y, como ya suponía, se lo contaban todo. No era algo que le gustara demasiado. Era evidente que no solo las amigas más cercanas de su mujer habían estado analizando su matrimonio, sino que también lo habían hecho Dash y Jensen, algo que no le hacía ninguna gracia. Él era una persona muy reservada y el mero hecho de que lo juzgaran y que hurgaran en su vida, ser la comidilla en las conversaciones, no le sentaba nada bien.

En este caso la verdad hacía daño. Si no la hubiera desatendido, el escrutinio de los demás no le afectaría tanto. Era una cruz que tendría que soportar, pero no pensaba agachar la cabeza cuando estuviera con los amigos de Chessy, que también eran amigos suyos. Mierda, si hasta había intercedido en la relación de Dash y Joss cuando este estuvo a punto de mandarlo todo a la porra. Tate se cabreó con Dash, y de hecho tenía motivos, pero la hipocresía actual era tan evidente que resultaba apabullante.

Dash y él se conocían desde hacía mucho, igual que a Carson, el difunto marido de Joss. Jensen era el único nuevo en el grupo, pero todo apuntaba a que sería un buen complemento en esa estrecha relación que tenían los amigos. Él hacía feliz a Kylie y, de todas las personas, ella era la que más se merecía ser feliz.

—Seguro que no están preocupadas —dijo Tate en un tono tranquilizador—. Que no tengan noticias tuyas es bueno, ¿no te parece? Si las cosas hubiesen ido mal, las habrías llamado inmediatamente. Estoy convencido de que se toman el silencio como una buena señal. Lo más probable es que piensen que seguimos en la cama. De no ser por el hecho de que te he prometido una cena como Dios manda, allí estaríamos ahora mismo.

A Chessy se le encendieron las mejillas y el deseo se asomó a su mirada. Tenía ganas de sacarla del restaurante y no parar hasta llegar a la cama, de tenerla desnuda y debajo de él.

—Tienes razón —admitió Chessy mientras hacía una mueca y le cambiaba el semblante—. Han estado muy preocupadas por mí. La verdad es que les he dado motivos. Llegué a pensar que nuestro matrimonio se había acabado de verdad.

A Tate le dio un vuelco el corazón y le costó muchísimo mantener un semblante relajado mientras ella le reconocía lo mal que lo había pasado al pensar que su matrimonio había fracasado. Incapaz de contenerse, le cogió una mano y se la llevó a los labios para darle un tierno beso en la palma.

—No volverá a pasar, cielo. Solo puedo decirte, una vez más, cuánto lo siento por no haberte antepuesto al resto de cosas. No cometeré el mismo fallo otra vez.

—No volvamos a lo mismo una y otra vez —dijo ella con determinación—. Pasemos página, que es lo que toca, y empecemos de cero ahora mismo.

—Eso suena excelente —dijo él, contento—. ¿Vas a querer postre? Porque yo sé lo que quiero y no está en la carta.

Ella se volvió a ruborizar y apartó la mano. Entonces negó con la cabeza.

—Preferiría volver a casa —dijo Chessy.

Antes de que hubiera tenido tiempo de terminar la frase, Tate ya había levantado la mano para llamar al camarero, que se encontraba a lo lejos. Le tendió la tarjeta de crédito y lo vio alejarse para sacar la cuenta. Tamborileó con los dedos impacientemente en la mesa mientras esperaba que le trajeran el recibo. En cuanto apareció el camarero, garabateó la propina, la añadió al total y dejó el tique a un lado mientras se levantaba.

Se colocó detrás de Chessy para ayudarla a incorporarse mientras cogía el bolso. La acompañó hasta la salida y ya en el aparcamiento le abrió la puerta del acompañante.

Él subió después e inmediatamente buscó la mano de Chessy para apoyarla en la consola central situada entre los dos asientos. Algo tan banal y aparentemente insignificante como podía ser tocarla era algo que había echado mucho de menos. Hasta ese momento no se había dado cuenta de lo mucho que deseaba verla, hablar con ella y tocarla. Ni todo el dinero del mundo ni llegar a lo más alto profesionalmente valía la pérdida de su amor.

—Te quiero —le dijo Tate echando un rápido vistazo en su dirección.

La cálida sonrisa de felicidad que ella le dedicó le robó el alma.

Ya había pensado lo que iban a hacer esa noche en casa. Reafirmar su dominación era algo que sabía que Chessy quería, pero que le resultaba difícil a él ahora mismo. El motivo era que, a efectos prácticos, era él quien debería estar de rodillas suplicándole y rogando que lo perdonara sin parar. No debería ser ella quien se arrodillara delante de él en señal de sumisión.

Pero ella no solo quería su dominación: era una necesidad. Para los dos. Volver a las raíces de la relación era esencial para el bienestar de la pareja. Era importante que Chessy se sintiera segura y protegida en el matrimonio de nuevo. Él haría lo que fuera necesario para asegurar su felicidad.

Cuando accedieron al camino de entrada, Tate detuvo el motor del coche justo delante de la plaza de aparcamiento en la que se encontraba aparcado el Mercedes SUV de Chessy.

Ella abrió la puerta del coche para salir, pero él le apretó la mano para que se quedara allí.

—Ve al dormitorio, desnúdate, arrodíllate frente a la chimenea y espérame —dijo añadiendo un deje de autoridad en su voz.

Los ojos se le abrieron como platos; la esperanza se extendía cual incendio incontrolado en su rostro. Seguidamente los entrecerró a medida que el deseo ardiente reemplazaba la sorpresa momentánea. Soltó un ligero suspiro, uno de alivio, como si hubiera estado esperando ese instante: el momento en el que Tate retomara las riendas de su relación. El remordimiento le recorría por el cuerpo y le oprimía el pecho de tal modo que casi no le dejaba respirar. Ninguna mujer, se encontrara en una postura de sumisión o no, nunca debería verse en la tesitura de que su marido le fallase.

Le dio permiso para bajar del coche sin pronunciar una palabra, solo aflojándole la presión que ejercía en su mano. Chessy se desabrochó el cinturón de seguridad con torpeza y se apresuró a bajar del vehículo. Él la siguió por el corto trayecto hasta la entrada principal. Abrió la puerta y dejó que Chessy pasara primero.

Él se retrasó a propósito para que tuviese tiempo de llegar al dormitorio y prepararse. Bueno, él también tenía que mentalizarse para lo que se le venía encima porque le iba a ser muy difícil ser autoritario y dominante cuando lo único que quería era valorarla, colmarla de ternura y compensarla por todo el dolor que le había causado.

Aunque podía dominarla y deleitarse en su sumisión, no pensaba tocar su preciosa piel ni con una fusta ni con la mano. La belleza misma de ese dolor tan placentero había perdido cierto encanto y por el momento no sería capaz de deleitarse en algo que antes les había dado un placer inconmensurable. Esta noche no quería medias tintas ni confusiones en esa línea que separaba el dolor del placer. Solo quería darle placer. Quería restablecer la conexión emocional reforzando sus vínculos físicos.

Pasado un tiempo prudencial y cuando pensó que ya habría transcurrido tiempo suficiente para que Chessy estuviera preparada, se dirigió tranquilamente al dormitorio. Contuvo la respiración ante la expectativa de verla tan hermosa y desnuda, arrodillada en una sublime pose de sumisión, esperándole y aguardando sus órdenes.

Se le aceleró el pulso a medida que empujaba la puerta, ya entreabierta, y fue entonces cuando la vio.

Soltó entonces el aire en una larga exhalación y, de repente, se tambaleó. Se agarró al marco de la puerta hasta que los nudillos se le pusieron blancos mientras recorría lentamente con la mirada su precioso cuerpo.

Era el vivo retrato de la sumisión total. Estaba arrodillada en la suave alfombra delante de la chimenea; la luz que provenía del cuarto de baño recortaba su esbelta silueta. Su mujer guardaba silencio a la espera de sus órdenes, pero él se había quedado sin habla. Si apenas era capaz de formular un pensamiento coherente, aún menos podía articular palabra alguna que hiciera justicia al describirla.

Un largo mechón le caía por la espalda, meticulosamente colocado sobre uno de los hombros; jugueteaba al escondite erótico al dejar entrever uno de los pezones rosados. Se le hacía la boca agua al imaginarse entre sus pechos, lamiéndoselos y succionándole los pezones hasta que se le pusieran tan duros que le dolieran.

Casi le parecía escuchar un suave ronroneo de placer que le recordó cuánto tiempo llevaba sin oír sus gemidos. Había sido muy descuidado al no proporcionarle el placer que merecía.

—Perdóname, Chessy —susurró con una vocecilla que era imposible que escuchara. No porque no pensara que no merecía una súplica de perdón sino porque quería que la relación avanzara sin titubear ni recordar lo mucho que le había fallado. No, no esta noche cuando todo prometía ser perfecto. Por fin iban las cosas bien.

Al notar su escrutinio en silencio, ella alzó el mentón y lo buscó con la mirada. Sus miradas se cruzaron; la de ella ardía del deseo, de las ganas. Estaba convencido de que su mirada era igual.

—Eres preciosa —le dijo para que pudiera oírlo.

Sus ojos reflejaban el placer que sentía al oír sus palabras.

—Me alegra saber que me encuentras atractiva —respondió ella en un tono de voz que a Tate le supo a gloria y que caló en lo más hondo de su ser.

—¿Acaso dudas de que te encuentre atractiva? —preguntó aun a sabiendas de que preguntarle eso no era de recibo. ¿Cómo podía seguir creyendo que la encontraba preciosa después de cinco años de matrimonio si sus últimos actos podían indicar lo contrario?

Un hombre que todavía ama a su mujer y cree que es la mujer más hermosa del mundo, ¿la trataría como lo había hecho él?

Sí.

Sintió vergüenza de la franqueza de su conclusión, pero sí, todavía amaba a su mujer y creía que era la mujer más hermosa de la Tierra. La había tratado como si ninguna de estas dos cosas fuera cierta.

—No —dijo ella sin titubear—. Has eliminado de un plumazo la preocupación que sentía por si no me deseabas o no me encontrabas hermosa. Al mirarme así, me siento muy hermosa.

Tate recorrió la distancia que los separaba y le pasó los dedos por el pelo delicadamente, acariciándolo y dejando que los mechones resbalaran entre sus manos como si fuera la más suave de las sedas.

—Me alegro de que te sientas guapa. Lo eres. Pero la forma en que te miro no tiene que ser la pauta que mida tu belleza. Eres hermosa tanto por fuera como por dentro. Eres la mujer más encantadora y más buena que jamás he conocido. Y, además, eres mía —añadió esto último con satisfacción—. No permitiré que te vayas. Nunca dudes de lo hermosa que pienso que eres tanto para mí como para los demás. Deslumbras, cielo. Cuando entras en un sitio, todo el mundo se detiene y se gira para mirarte. Verte es un auténtico gozo. Tu bondad y compasión emergen de lo más profundo de tu alma. No te merezco, pero gracias a Dios eres mía a pesar de todo.

Chessy inclinó la cabeza y acarició la palma de Tate con la mejilla mientras él le devolvía la caricia rozando su piel satinada con la punta de los dedos. Le encantaba la forma que tenía de reaccionar a sus caricias. Era tan receptiva, tan sincera. No se contenía y esa era una de las muchas cosas que amaba de ella.

No tenía inhibiciones. No solo vivía la vida sino que la devoraba. Lo que le gustaba lo disfrutaba tanto y con tal fervor y diversión que atraía a la gente. Otros simplemente acudían en tropel atraídos por su personalidad, un imán del cual era imposible escapar. Ese también era uno de los motivos principales por los que al principio la había llevado tantas veces a las reuniones de negocios. Antes de sentirse culpable por usarla para avanzar en su carrera, claro. Sonaba peor de lo que era. La palabra «usar» no era una palabra bonita, pero se había aprovechado de su habilidad para encandilar a las personas —sobre todo a los hombres— y conseguir que comieran de la palma de su mano. Las mujeres también se derretían por la calidez y la dulzura genuina que desprendía. No era idiota y era consciente del efecto que su mujer causaba en el sexo opuesto, pero estaba igualmente convencido de que Chessy no le sería infiel en la vida. Su chica no lo haría nunca.

Ella hacía que la gente estuviera cómoda. Les hacía sentir como si la conocieran de toda la vida. Destilaba una calidez auténtica que era imposible de aparentar. No tenía ni un ápice de hipocresía.

Y era suya.

Se inclinó de forma que pudo rozarle la cabeza con los labios, inhalando la fragancia de su pelo. El deseo se desbocó en su interior y le envolvió con una sensación embriagadora. Se sentía ebrio, intoxicado por su esencia. Era el hombre más afortunado del planeta. Lo reconocía, sabía con certeza que lo era. La mayoría de los hombres en su misma situación no hubieran tenido nunca una segunda oportunidad para alcanzar la perfección, la oportunidad de enmendar las cosas después de cometer tantos errores. No estaba dispuesto a desaprovechar ni un momento más. Se aferraría a ellos con ambas manos y se arrodillaría, dispuesto a todo y agradecido por la naturaleza indulgente de su mujer; la mejor cura de humildad.

—Dime qué te gustaría hacer esta noche —le susurró al oído.

Le presionó el lóbulo de la oreja con los labios, acariciándolo con suavidad, mordisqueándolo de forma juguetona, rozando su delicada piel con los dientes. Luego empezó a succionarlo.

Chessy se estremeció y eso lo puso más cachondo; se le marcaba la erección a través de los pantalones que aún llevaba puestos. Era una situación que ya habían representado antes. Tate, el dominante, le preguntaba a su sumisa cómo complacerla. Sí, él tenía el control absoluto, pero en esencia era suya, su placer era el suyo, así como su deseo, pidiera lo que pidiera.

—Átame las manos… a la espalda —susurró cerrando los ojos mientras Tate le lamía el borde de la oreja con la lengua. Se le entrecortó la respiración y él sonrió al tiempo que se apartaba lo suficiente para ver la expresión de su rostro.

—Yo a cuatro patas… y tú detrás de mí —prosiguió con voz tímida, titubeante.

Le encantaba que a pesar de lo desinhibida que era en la cama, siguiera siendo tan tímida al expresar sus fantasías. Era la combinación perfecta de ángel y demonio aderezado con un punto pícaro que afloraba a la superficie cuando jugaban en pareja.

—Fóllame con fuerza —dijo con la respiración entrecortada—. No dejes de follarme ni aunque te pida piedad. Niégate cuando te diga que no. Cógeme del pelo y retuércelo, tira de él mientras me la metes. Ordéname que no me mueva y acepte lo que sea que me des.

Tate cerró los ojos. Inspiró profundamente un par de veces para calmar el pulso. Todo el riego sanguíneo le llegaba dolorosamente hasta el miembro viril. Tenía la polla tan dura que le empezaba a doler. No podía moverse por la fricción que le producía el roce de la ropa interior en la parte más sensible del glande. En la punta ya le habían aparecido las primeras gotas de líquido preseminal. Imaginaba que Chessy llevaba puestas las bolas chinas y que, por el movimiento, se le metían más adentro y con mayor presión. Se imaginaba sujetándola para recibir sus embestidas; que, tal como ella le había pedido, le enredaba la mano en el pelo y la obligaba a resistir lo que fuera que le ofreciera.

Era uno de los muchos juegos que llevaban a cabo mientras hacían el amor. Su vida amorosa era muy amplia y maravillosamente variada. Si podía imaginarse, lo disfrutaban juntos. Tate sabía lo increíblemente afortunado que era al tener a una amante tan encantadora y receptiva. Una esposa. Su mejor amiga. Era un cliché, pero en su situación era verdad.

—Me gusta la forma de pensar que tiene mi chica —dijo en una voz ronca y apasionada.

—¿Crees que mi hombre le dará a su chica lo que quiere? —le preguntó con una mirada pícara.

Tate le levantó el mentón con un dedo y le rozó los labios con los suyos.

—Veré qué puedo hacer. Es difícil, pero me sacrificaré.

—Bien —susurró contra sus labios. En ese instante introdujo la mano por la cara interior del muslo para palparle la erección—. Sería una lástima desaprovechar esta polla tan dura.

# Once

Chessy acarició ligeramente la erección de Tate y luego se volvió algo más atrevida. Su marido estaba muy bien dotado. No demasiado, porque eso imposibilitaría la logística, pero lo suficiente para que no tuviera que quejarse en ese aspecto. Si el miembro fuera demasiado grande, podría provocar una serie de problemas; pero si era demasiado pequeño, sería una decepción asegurada.

Le gustaba su hombre tal como era y no tenía queja alguna de sus proezas en la cama o de su dominación. Sentía vértigo de solo pensar que Tate volvería a tomar el control y a reivindicar su cuerpo. Nadie la conocía como él. No había tenido muchas parejas antes de conocerlo, pero le bastaban para saber qué era la perfección cuando la tenía delante. Al principio, tan joven e ingenua, se lamentaba de que Tate no hubiera sido su primer amante. Tenía esa idea romanticona de darle no solo su sumisión sino también su virginidad. Ahora se alegraba de que no hubiera sido su primera experiencia sexual porque estaba claro que estaba muy por encima de los otros hombres con los que había estado.

En el fondo, y en la superficie también, se sentía orgullosa y encantada de que Tate hubiera reconocido que nunca había tenido una mujer, una sumisa, que se ajustara tanto y fuera tan perfecta para él. Estaban predestinados a estar juntos, por muy cursi que sonara al decirlo en voz alta. Sin embargo, no había nada en su relación y

posterior matrimonio que provocara vergüenza. Se enor-
gullecía de quien era cuando estaba con él. Tate nunca le
había dado ningún motivo para que se avergonzara de
sus deseos y por eso lo amaba, por ensalzar su valentía a
la hora de entregarse a sus deseos y necesidades.

—Amor, me matas —masculló—. Esta noche quiero
darte todo lo que quieres. Será mi honor, y mi privile-
gio, darte todo lo que quieras de mí: mi amor, mi control, todo lo que te haga sentir segura y amada.

Esas palabras le llegaron al alma, a una parte de su
alma que llevaba abandonada hacía tiempo. Se le hizo
un nudo en la garganta de la emoción; cada vez le costaba más respirar. Notaba el escozor de las lágrimas en
los ojos, pero parpadeó para contenerlas. No quería que
la malinterpretara y pensara que no quería pasar con él
esa noche de decadencia y esplendor.

—Me siento segura y amada contigo, Tate. No te
contengas; no soy frágil, no me vendré abajo. Te necesito. Necesito que recuperemos lo nuestro, como estábamos antes, y que volvamos a la normalidad. Quiero tu
control, sentirme absolutamente a salvo contigo.

Él le acarició el rostro con ambas manos y, con unos
labios tremendamente posesivos, la besó con ternura,
despacio y dedicándole un buen rato. Era como si nunca
se hubieran distanciado y retomaran la relación justo
donde la habían dejado antes de que él se alejara.

Entonces le cogió las manos y la ayudó a incorporarse.

—Entonces vamos a la cama. Inclínate sobre la cama,
boca abajo con los brazos estirados hacia el cabecero y
los pies en el suelo. Ponte lo más cómoda posible mientras voy a por la cuerda para atarte.

Esta vez sintió un temblor aún más fuerte por todo
el cuerpo. Se acercó a la cama medio tambaleándose, casi
como si estuviera borracha.

Tate la acompañó en todo momento y la ayudó a co-
locarse en la cama. Ella se inclinó apoyando el vientre y

una mejilla en el colchón. Plantó los pies en el suelo y flexionó los dedos de los pies en la alfombra de piel de oveja que había junto a la cama. Entonces él se fue y, de repente, sintió un enorme vacío mientras esperaba a que regresara con las cuerdas que la dejarían indefensa y a su merced.

No tuvo que esperar mucho. Al parecer Tate estaba igual de impaciente que ella por recuperar esa parte de la relación. Cerró los ojos y se relajó al notar su tacto paciente.

Le levantó un brazo y se aseguró de que estuviera cómoda haciéndole preguntas para valorar su reacción. Primero le pasó la cuerda por la muñeca izquierda, le levantó el brazo por encima de la cabeza y comprobó la fuerza del nudo antes de atarla al cabecero. Entonces hizo lo mismo con el derecho hasta que la tuvo tendida en la cama con los brazos estirados sobre su cabeza.

Estaba completamente vulnerable, incapaz de moverse salvo para ponerse de puntillas, flexionar las plantas de los pies y volver a colocarlos en el suelo. Comprobó la resistencia de las cuerdas y notó un cosquilleo en el estómago al ver lo mucho que apretaban y que apenas podría moverse.

—Eres tan guapa —le dijo con un tono reverente e impresionado—. Mucho más que hace cinco años, cuando nos casamos. Sé que he metido mucho la pata al no decirte lo hermosa que eres, y lo importante que eres para mí, pero cada día que pasa eres más guapa. Para mí no habrá nunca ninguna otra mujer, Chessy. Nadie conoce tanto mi corazón y mi alma como tú.

Como no parara, perdería la batalla de mantener las lágrimas a raya. Todo lo que le había dicho, evidentemente de corazón, desde la crisis que tuvieron la noche del aniversario era muy sentido. Como una ventana abierta a su alma.

Se mordió el labio y cerró los ojos; no quería ver lo

que haría a continuación. Sin embargo, le daba vueltas a cuál sería su próximo movimiento. ¿La atormentaría sin tregua llevando así su placer al máximo? ¿Quizá ejercería su dominación, la poseería y reconstruiría la débil conexión que les unía ahora?

Había mucho en juego esta noche. No era solo sexo duro para satisfacer sus gustos amatorios más atrevidos. Era un punto de inflexión en su matrimonio: Tate podía restablecer su control o bien cambiar la relación en otra dirección.

Se estremeció brevemente cuando la besó en la parte baja de la espalda y luego le mordisqueó las nalgas, tras lo cual le pasó la lengua entre ambas hasta que empezó a temblar del deseo.

¿La embestiría por el culo o la penetraría por la vagina en fuertes acometidas? Tal vez se la follara por el coño primero y dejara el culo para el final. El sexo anal no le resultaba indiferente; era algo que encontraba muy erótico y que le encantaba. No sentía vergüenza por reconocer lo que deseaba ni tenía inhibiciones a la hora de decirle a Tate lo que la excitaba. En todos los juegos era una participante activa. Que él fuera el dominante no quería decir que su papel en el acto sexual fuera pasivo. Para nada.

Él apartó la boca y los dedos tomaron el relevo trazando líneas alrededor de su ano, provocándola sin cesar hasta que la tuvo al borde de la súplica, pero no para que se detuviera, sino para que le diera más. Para que colmara esas necesidades sexuales tan desatendidas.

—Me encantaría pasarme la noche dándote placer —dijo él con una voz forzada—. No mereces menos, pero estoy a punto de correrme. Sé que cuando te penetre no duraré más que unos minutos.

—No me hagas esperar —le rogó—. No nos hagas esperar. Te deseo tanto, Tate. Tampoco sé cuánto aguantaré yo cuando te tenga dentro.

Él se echó a reír y sus manos se volvieron más atrevidas mientras exploraban sus zonas más íntimas.

—Mi chica está ansiosa hoy. Me gusta.

Chessy casi gruñó de la frustración porque, a pesar de que le había dicho que no duraría mucho, se estaba tomando su tiempo calentándola para que llegara a su inevitable final.

Reparó en que en lugar de usar un azote para marcarle la espalda y el trasero, recorrió con la lengua hasta el último centímetro de esa zona que solía besar con cuero. Suspiró. Esta noche disfrutaba de un Tate distinto, pero no le importó lo más mínimo. En el fondo, sabía que no se veía capaz de sacar el azote, que en lugar de eso le demostraba su amor y ternura de una forma completamente distinta. Y muy satisfactoria.

Empezó a mordisquearle el coxis y a ella se le erizó el vello de todo el cuerpo. Siguió con la lengua hasta que comenzó a tirar de las cuerdas con impaciencia.

Y por fin, justo cuando iba a implorarle que la rematara, le separó las nalgas levantándola a la vez para tener acceso a su sexo, y él se colocó en la abertura.

Notó cómo le presionaba con el glande, que se abría paso centímetro a centímetro. Entonces se detuvo y Chessy emitió un sonido ahogado.

—¿Mi chica quiere esto? —le preguntó en un tono provocador.

Se retiró un poco y ella protestó.

—Dime lo que quieres —le pidió con voz ronca y severa.

—A ti —dijo entre jadeos—. A ti. Tate, por favor, te necesito.

La recompensó con una fuerte embestida; llegó hasta el fondo. Con las caderas le apretaba el interior de los muslos y se quedó así un buen rato mientras sus gruñidos de placer se mezclaban con los suspiros de ella.

—Joder, Chessy —dijo con voz ahogada—. Qué sensación tan buena.

Ella solo pudo responder con un gemido gutural. No podía articular palabra del indescriptible placer que la embargaba. Chessy apretó los puños con fuerza; la cuerda la tenía firmemente sujeta al cabecero de la cama.

Poco a poco, se retiró de nuevo; las paredes de la vagina protestaron intentando aspirarlo y envolverlo como un guante. Tate volvió a penetrarla con tal ímpetu que le levantó los pies del suelo. Dio un grito ahogado por la potencia de su estocada y de su pene que, de lo grande y duro que estaba, le dilataba el sexo al máximo.

Él se aferró a sus caderas y la levantó para que recibiera mejor sus arremetidas. Ella cerró los ojos, entregándose al éxtasis que le recorría todo el cuerpo. Tate sabía cómo darle placer, cómo atormentarla con ese placer delicioso y tentador. Sabía hasta dónde llevarla antes de volver a calmarla para que el orgasmo fuera aún más fuerte, aún más arrebatador.

Lo que no sabía era cómo conseguía aguantar tanto; notaba que estaba al borde del abismo. Le clavó los dedos y sus embestidas se volvieron más frenéticas, pero en cuestión de segundos volvió a tranquilizarse, lo que los apaciguó a los dos otra vez.

Chessy estaba desesperada. Estaba prácticamente sollozando por la presión abrumadora que sentía, por la promesa de algo increíblemente hermoso e incontenible.

—Di mi nombre —le dijo con una voz ronca.

—¡Tate! —gritó ella.

—¿Quién es tu dueño, Chessy? ¿A quién le perteneces?

—A ti —sollozó ella—. Solo a ti, Tate.

—Pues entonces córrete para mí.

La penetró enérgicamente, con brío, más fuerte que antes, y la llevó al borde de la locura. Estaba desaforada y se contoneaba tirando de las cuerdas que la sujetaban. Hundió la cara en el colchón y gritó al tiempo que el orgasmo se intensificaba y estallaba como fuegos artificiales.

Él empezó a correrse también, la inundó con su semen. El esperma facilitaba y suavizaba los embates. Empujó más adentro; el cuerpo de ella se abría y lo recibía como a un amante de antaño, como si hiciera mucho tiempo que no lo veía; cosa que era cierta de algún modo. Esta noche renovaban votos. Era el reencuentro de dos almas.

Tate seguía empujando y sus caderas se movían rápidamente mientras el resto de su cuerpo permanecía pegado al suyo. Empezó a acariciarle la columna, como si quisiera tranquilizarla tras ese orgasmo explosivo que la había sacudido. Luego fue bajando hacia su espalda; su pene vibraba aún en su interior.

Él la amparó con su calidez y su fuerza. Ella le notaba el latido, rápido y potente, en el coxis. Tate la acarició con la mejilla. Atrapada entre él y el colchón, tenía el corazón a mil.

Tate giró la cabeza y rozándole la piel hipersensible le besó la columna.

—Eres mi chica, Chessy. No quiero que lo pongas en duda —susurró, y sus palabras le abrigaron el corazón con una capa de amor y esperanza renovada.

Habían vuelto por fin.

—Dímelo, cariño.

—Soy tu chica —dijo ella, obediente.

—¿Y a quién quiere mi chica?

—A ti. Solo a ti.

—¿Y quién es tu dueño? —masculló.

La penetró aún más; su polla seguía dura dentro incluso después de correrse. Ella se estremeció y se le puso la piel de gallina.

—Tú —susurró.

—¿Y quién te quiere? —preguntó con delicadeza.

Tenía el corazón a punto de desbordarse. Las lágrimas se asomaban ya a sus ojos, que tuvo que cerrar para contenerlas.

—Tú.

—¿Quién sabe que eres su mundo? ¿Quién tiene la suerte de tener tu sumisión?

—Tú, Tate, y solo tú.

Volvió a besar su piel; una bendición que acompañaba las palabras susurradas.

—Te quiero, Chessy. Solo a ti. Recuerda que eres mi chica.

—Yo también te quiero, Tate.

Tuvo que callar porque las lágrimas le resbalaban ya por las mejillas y empezaban a mojar el colchón.

—¿Chess?

El tono preocupado de su voz la instó a secarse las lágrimas en las sábanas. No quería venirse abajo precisamente ahora.

Él se retiró con cuidado para no hacerle daño. Entonces le desató las manos y tiró la cuerda a un lado.

—¿Chessy? —repitió mientras se tumbaba a su lado en la cama—. Dime qué te pasa, cielo. ¿Qué es? ¿Te he hecho daño?

La atrajo hacia sí y, colocándola de lado, le puso la almohada bajo la cabeza y la abrazó. Luego le secó las lágrimas con la mano. Se inclinó sobre ella y la besó por todo el rostro antes de cogerle la barbilla y obligarla a que lo mirara.

—¿Qué te pasa, cielo?

Se sintió culpable por la preocupación que leyó en su mirada. Joder, volvía a llorar. Le entró hipo por tratar de mantener a raya las emociones y se notó una presión en el pecho.

Era como si se hubiera demolido una presa y las lágrimas se desbordaran mientras miraba a su marido. Volvían a estar juntos. Como si se hubieran borrado los dos últimos años y solo importara el aquí y el ahora. Ella en sus brazos y él al mando otra vez.

—Chessy, me estás empezando a asustar. ¿Qué te pasa? Dímelo.

—No pasa nada —consiguió decir con una voz temblorosa—. Todo va bien.

Él suspiró, aliviado, y le tocó la frente con la suya.

—Casi me provocas un ataque al corazón, cielo. Pensaba que había hecho algo mal o te había hecho daño.

Ella negó con la cabeza y Tate le secó otra remesa de lágrimas.

—Te quiero muchísimo. Llevo mucho tiempo esperando esto. Parece que haga una eternidad. Y ahora por fin estamos juntos. Te he echado mucho de menos.

Él la abrazó con fuerza y la besó con ternura.

—Siempre me has tenido, Chessy. Sé que no lo parece porque no te lo he dejado claro. No te he dado lo que necesitabas… lo que mereces, pero te juro que esto va a cambiar. No quiero perderte. No concibo el futuro sin ti.

Ella se acurrucó entre sus brazos y acomodó la cabeza bajo su barbilla.

—No me perderás nunca, Tate. Yo tampoco quiero estar sin ti. Me temo que vas a tener que aguantarme.

Él soltó una carcajada que le retumbó en el pecho y vibró en su mejilla.

—Entonces sufriré el inconveniente de tener que aguantarte.

# Doce

Chessy entró al Lux Café con una sonrisa en los labios y dando saltitos prácticamente. Como siempre, Kylie ya estaba ahí, salvo la última vez que habían quedado para comer, y Joss llegaba tarde. Kylie arqueó una ceja cuando Chessy se acercó bailando al reservado. Por suerte, cuando se levantó para abrazarla su mirada era de alivio.

—Gracias a Dios —dijo su amiga con fervor—. Nos tenías muy preocupadas a Joss y a mí. ¡No hemos sabido nada en todo el fin de semana! Jensen me decía que era buena señal, pero no he estado segura hasta ahora mismo. ¡Estás radiante!

En ese momento las interrumpió Joss, que se acercaba corriendo a la mesa. Al igual que Kylie, su mirada reflejaba preocupación, pero al observar lo sonriente que estaba, esa inquietud se esfumó y esbozó una sonrisa.

—Qué contenta pareces, Chessy —le dijo en un susurro.

—Sentémonos, anda —las instó ella—. No quiero que todo el restaurante oiga los sórdidos detalles de mi fin de semana de aniversario.

—¡Ohhh, sórdidos! —repitió Kylie con aspavientos mientras tomaba asiento en el reservado y le hacía un gesto a Chessy para que se sentara a la cabecera de la mesa y pudieran flanquearla las dos.

Chessy obedeció y Joss se sentó a su lado.

—Nos tienes en ascuas; queremos oír los detalles escabrosos —dijo esta última—. Al no saber de ti pensé que tenía que ser una buena señal porque de haber ido mal nos hubieras llamado.

Chessy sonrió y asintió; luego suspiró con aire melancólico.

—Ay, niñas, fue maravilloso. Como en los viejos tiempos. He recuperado a mi Tate.

—Entonces, ¿se lo contaste todo? —preguntó Kylie—. Dime que no te echaste atrás y que pudiste contarle lo que sentías.

Ella negó con la cabeza.

—No, no me eché atrás —contestó con suavidad—. De hecho, empezó siendo un desastre.

Joss se quedó con la boca abierta y Kylie entrecerró los ojos.

—¿Un desastre? ¿Y eso? —exclamó Joss.

Ella hizo una mueca.

—No se presentó a la cena. Cuando estaba a punto de salir por la puerta me lo encontré en la barra del bar con otra mujer.

—Por el amor de Dios —dijo Kylie con una rabia que se hacía patente en su voz—. ¿Pero qué narices…? ¿En vuestro aniversario?

—No fue algo agradable, no —reconoció—. Me precipité al sacar conclusiones y me fui. Él me siguió y discutimos fuera.

—Normal —murmuró Joss.

—Pero ahora ya está —continuó Chessy—. Sé que os he dado una versión muy abreviada, pero prefiero no darle más vueltas. La mujer era una posible clienta. Quedó con ella en el bar para poder ir directo a la cena y perdió la noción del tiempo. Cuando le dije sin tapujos lo infeliz que me sentía, se quedó horrorizado. Me pidió perdón un millón de veces y me prometió que sería su prioridad a partir de entonces.

—¿Lo crees? —preguntó Kylie con tacto.

Ella asintió.

—Fue muy sincero. Estaba alterado y tenía miedo; tenía miedo de que fuera a pedirle el divorcio. La verdad es que estaba aterrorizado. Eso fue lo que me hizo ver que aún me quiere y me desea. Y se ha pasado el resto del fin de semana demostrándomelo.

Se le encendieron las mejillas de un color rosado.

Joss y Kylie se sonrieron, cómplices.

—¿Sacó el látigo? —preguntó Joss, provocadora.

Kylie se quedó conmocionada y eso hizo reír a Chessy. Kylie no comprendía el estilo de vida que sus dos amigas llevaban, pero lo aceptaba de buen grado si bien ella no se veía en una relación así. Negó con la cabeza y miró a Joss con aire acusador.

—Lo has hecho a propósito para picarme, ¿no? —le dijo con cierto resentimiento.

Chessy se echó a reír y Joss parecía jovial.

—Hoy rebosas alegría —comentó Joss—. Es como ver a la Chessy de siempre. Me alegro de que hayas vuelto a ser tú, cariño. Me destrozaba verte tan triste. Me alegro de que Tate y tú lo hayáis arreglado, bueno, que él lo esté arreglando. Es fantástico que le hayas plantado cara y se lo hayas dicho. Yo no sé si tendría el valor de hacer algo así.

Kylie resopló.

—Y lo dice la mujer que le cantó las cuarenta a Dash cuando metió la pata.

Chessy volvió a reírse y las otras dos se partieron de la risa también. Qué bueno era volver a sentirse tan ligera, tan descansada. El peso de los últimos dos años se había vuelto opresivo y poder decirle a Tate lo infeliz que era había sido muy liberador.

—Bueno, entonces no sacó el látigo —dijo Joss con un brillo travieso en los ojos—. ¿Qué hizo, pues? Quiero todos los detalles jugosos.

Kylie puso los ojos en blanco y se tapó los oídos de broma.

—Soy demasiado inocente para escucharlo.

Chessy resopló.

—Venga, va, como si Jensen y tú no montarais vuestro numeritos pornográficos. ¿Sabes aquello de «hay quien las mata callando»? Pues esa eres tú. Las mosquitas muertas son las peores.

Kylie se ruborizó y Joss se rio a carcajada limpia.

—La has calado, Chessy. Mírala, si hasta menea el rabo.

Chessy se atragantó y estuvo a punto de echar la bebida por la nariz.

—Ay, has dicho «rabo». Me va a dar un ataque…

—Parad ya, anda —protestó Kylie—. ¿Es que a todo le encontráis un doble sentido sexual?

—¡Sí! —dijeron sus amigas al unísono.

En ese momento llegó el camarero para tomarles nota y se callaron. En cuanto se fue, rompieron a reír otra vez. Joss estaba llorando y tuvo que secarse las lágrimas con la servilleta.

—Sois incorregibles —masculló Kylie—. Dejemos mi vida sexual al margen.

—Eso sí es una novedad —la chinchó Chessy—. Que tengas vida sexual, me refiero. Hace unos meses te hubiera horrorizado la idea. Ya es hora de que entres en acción.

Kylie agachó la cabeza y se apoyó la frente en la mesa.

—¿Qué he hecho yo para merecer esto?

—Mmm, me da a mí que Jensen es muy generoso —dijo Joss con una mirada fantasiosa.

Kylie esbozó una sonrisa apesadumbrada.

—No sé qué deciros, pero ¿podemos cambiar de tema, por favor? Chessy aún no nos ha contado los detalles más jugosos.

Su amiga sonrió.

—Digamos que Tate y yo vamos por el buen camino. Al principio supo contenerse y no ejerció su dominación; supongo que le preocupaba más que me largara. Después de esa horrible noche de aniversario, se puso las pilas. Me hizo el amor de una manera que... vaya. Nada de dominación, solo una ternura que me derritió el corazón. Sin embargo, yo quería que me dominara; no quería que cambiara la relación. Solo quería recuperarlo.

—Ya imagino —dijo Joss en voz baja.

—Te entiendo —admitió Kylie—. Jensen es dominante en todos los aspectos salvo en nuestra vida sexual. Ahí me cede todo el control. Pero un día... un día me gustaría ser capaz de dárselo. Estamos yendo a terapia y espero que eso me ayude a confiar más en él. Suena fatal, ya. Sí confío en él; en el fondo sé que nunca me haría daño, pero es duro. Y por encima de todo, es él quien tiene que convencerse de que nunca me haría daño.

Chessy le cogió una mano y le dio un apretón.

—Lo entiendo perfectamente, cariño. Y lo conseguirás. Roma no se construyó en un día, dicen. Jensen es perfecto para ti. Es paciente y comprensivo. Que esté tan dispuesto a cederte el control en la cama es increíble. Negarse esa parte de sí mismo demuestra lo mucho que te quiere.

A Kylie se le llenaron los ojos de lágrimas.

—Pero es que no quiero que tenga que negarse nada, eso es lo que me duele. Quiero que tenga el control, pero aún no he llegado a esa parte.

—Ya llegarás —replicó Joss—. Date tiempo. Lleváis juntos muy poco.

—Entonces Tate... ¿no te dominó? —preguntó Kylie a trompicones, como si no supiera qué etiqueta poner a la relación que tenían Chessy y Tate.

Ella sonrió con dulzura. Le soltó la mano cuando el camarero acudió con los primeros platos. En cuanto se fue, respondió la pregunta de su amiga.

—Al principio no. Supongo que no lo creyó apropiado. De hecho, parecía humillado incluso. Por un momento pareció que él era el sumiso y yo la dominante, algo surrealista porque soy todo lo contrario a una dominatriz. Imagino que le incomodaba un poco volver a la rutina. Creo que fue una especie de disculpa porque fue muy cuidadoso y respetuoso. No me malinterpretéis, fue increíble, pero yo quería —necesitaba, mejor dicho— su dominación. Así que después del segundo intento de cena romántica, él volvió a coger las riendas.

—Me alegro por ti —dijo Joss con sinceridad—. No me gusta nada verte triste. Seguro que ahora que le has comentado a Tate cómo te sientes, verás el cambio en su forma de tratarte.

Chessy hizo una mueca.

—Eso suena bastante mal dicho así. Es como si me pegara o algo por el estilo.

—La falta de atención también es una forma de maltrato —le recordó Kylie—. Y nadie mejor que tú para saberlo.

A Chessy se le encogió el corazón al recordar su infancia. Nunca le pegaron, pero tampoco la quisieron. No sabía qué era peor. Era imperdonable que unos padres hubieran sometido a un hijo a algo así. Había vivido una niñez con unos padres que la ignoraban, la desatendían y no la querían; no había sido más que un estorbo para una pareja que nunca quiso tener hijos.

Tate era consciente de las circunstancias de su infancia. Él fue el primero en quien confió. Al cumplir dieciocho años, se marchó de casa y se pagó los estudios con el trabajo. Sus padres no se dignaron siquiera a acudir a la graduación del instituto, aún menos a la de la universidad.

Le sonó el móvil: era un mensaje de texto. Se alegró de la interrupción porque así la conversación no acabaría siendo una disección de su niñez. Introdujo la mano en el bolso y abrió el mensaje. Era de Tate.

Tengo una reunión muy importante con un cliente a las 16:30 h. Antes de las 18 h estoy en casa, te lo prometo. Traeré la cena. Te quiero.

Se le hizo un nudo en el estómago y notó una presión en el pecho del miedo. Cuando levantó la vista del teléfono, sus amigas la miraban con preocupación. Se esforzó por sonreír. Al fin y al cabo, hacía mucho tiempo que no le contaba sus planes y, aún menos, le decía que la quería y que traería la cena. Se quedó con ese dato y se dejó de paranoias. Lo último que quería ahora era echar al traste un día tan bueno con lo bien que iban las cosas desde hacía dos días.

—Es Tate, que hoy trae él la cena.

Obvió el resto porque no quería ver las miradas cómplices de sus amigas.

# Trece

$\mathcal{A}$ las seis y cinco, Chessy se paseaba por el salón mirando el reloj con un rictus de preocupación en los labios. No le creía capaz de llegar tarde el primer día de trabajo tras su accidentado fin de semana de aniversario.

Inspiró hondo e intentó tranquilizarse. Tenía una reunión a las cuatro y media, era hora punta y, para más inri, iba a recoger la cena. Había varias razones que explicaran por qué llegaba unos minutos tarde.

Volvió a mirar el reloj. Solo llegaba siete minutos tarde, tampoco se acababa el mundo por eso. Qué paranoica era. No tenía por qué tenerla al corriente cada dos por tres ni tenía que rendirle cuenta por hacer su trabajo.

No obstante, estaba preocupada. ¿Y si este fin de semana se había limitado a pulsar el botón de emergencia y le había dicho lo que fuera para aplacarla? ¿Y si no tenía intención de cambiar sus hábitos?

El sentimiento de culpa la invadió cuando oyó su coche en la entrada. ¿Cómo podía haber dudado de él? Tuvo que contenerse para no abrirle la puerta corriendo. No quería que viera lo preocupada y agitada que había estado sin motivo.

Al cabo de un rato se abrió la puerta y apareció Tate con una bolsa de plástico que contenía las cajitas de la comida para llevar. Hacía malabarismos con el maletín y la chaqueta mientras cerraba la puerta con un pie.

Chessy se le acercó para cogerle la bolsa y se puso de puntillas para darle un beso en la mejilla.

—Perdona por llegar tarde —le dijo con el ceño fruncido con aire de arrepentimiento—. El restaurante se ha equivocado con el pedido telefónico y he tenido que esperar a que lo volvieran a preparar. Es tu comida favorita.

Se derritió al ver la preocupación en su mirada. Se sentía culpable por haber dudado de él, por haberse preocupado de que no cumpliera su palabra.

Llevó la bolsa con la comida al rincón del desayuno donde ya había dispuesto los platos y los cubiertos mientras Tate dejaba la chaqueta en el respaldo del sofá.

—¿Quieres vino? —preguntó ella—. He sacado una botella hace un rato, pero si prefieres otra cosa, voy a por ella.

Él la cogió por la cintura y la besó en los labios.

—Lo que hayas elegido estará bien. ¿Te he dicho ya lo guapa que eres?

El corazón le dio un brinco y le dedicó una sonrisa de oreja a oreja. Lo abrazó con fuerza y también se dejó envolver por sus brazos.

Sonrió con aire soñador; su corazón desbordaba amor.

—Nunca me cansaré de oírtelo decir.

—Mmm, ¿y qué me dices de eso de que te quiero y que eres mi chica?

Ella suspiró.

—Aún mejor. Siéntate y te sirvo una copita de vino, cuéntame qué tal el día y cómo ha ido la reunión con ese cliente. ¿Ha ido bien?

Su rostro adoptó una expresión de incomodidad antes de darse la vuelta para acercarse la silla. Cuando se sentó, volvió a mirarla a los ojos. Ya no había rastro de la incomodidad de antes, de modo que pensó que habían sido imaginaciones suyas.

—Bueno, lo de siempre —dijo él con un tono casual—. La reunión ha sido con un posible cliente que quiere transferir su cartera a la empresa. Sería un buen golpe si pasara.

Ella le puso la copa de vino delante y se sentó a su lado.

—Eso es maravilloso, Tate. Has trabajado mucho. No me sorprende que cada vez tengas clientes más importantes.

Él le cogió la mano para atraerla hacia sí y la hizo sentar sobre su regazo. Le introdujo una mano por el pelo y le acercó la cabeza a sus labios.

—Tu apoyo y tu confianza significan muchísimo para mí. Saber que mi chica me respalda me hace sentir que tengo el mundo a mis pies.

Ella sonrió, le acarició el rostro y le devolvió el beso.

—No tengo ninguna duda de que lo conseguirías si te lo propusieras.

—Prefiero tenerte a ti a mis pies.

—Y así es. Te pertenezco en cuerpo, corazón, mente y alma.

—Tengo una sorpresa para ti —murmuró—. Bueno, en realidad son dos.

Chessy no pudo controlar la emoción y esbozó una sonrisa de oreja a oreja. Le encantaban las sorpresas y Tate lo sabía. Daba igual si era algo simple o elaborado. Recibía y atesoraba con cariño cualquier cosa que él le regalaba.

—¡Dímelas! —exclamó casi brincando sobre él. Se reía y saltaba sobre su regazo de la agitación.

Él se echó a reír también y le dio unas palmaditas en la cadera.

—Levántate para que pueda coger la primera; la tengo en el bolsillo de la chaqueta.

Ella se incorporó y se sentó en su silla, esperando con impaciencia mientras él se acercaba al sofá para coger la chaqueta. Introdujo la mano en un bolsillo y sacó una cajita envuelta con esmero con un lacito plateado brillante. Chessy puso los ojos como platos y casi se levantó de un brinco cuando fue hacia ella.

Deslizó el paquetito por la mesa hasta que lo tuvo enfrente.

—Feliz aniversario, mi vida —le dijo con voz ronca—. Quería dártelo el viernes por la noche, pero nos... me despisté.

Se controló para no fruncir el ceño. Pensar en su noche de aniversario, tan angustiante y dolorosa, bastaba para empañar ese momento, de modo que se centró en el presente y en que volvía a tener a su marido.

Desenvolvió el paquetito con cuidado para no romper el papel. Él se reía mientras la contemplaba y meneaba la cabeza.

—No he entendido nunca por qué no lo rompes sin más. Si solo es papel...

—Pero es un papel bonito —protestó—. No me gusta romper las cosas bonitas.

Él volvió a reírse, pero no dijo nada más hasta que llegó a la caja que había debajo. Con los dedos temblorosos, Chessy abrió la tapa y movió el estuche que había en su interior. Contuvo la respiración cuando al final vio el contenido.

Dentro había una pulsera de diamantes que brillaba y deslumbraba bajo la luz. La cogió y la miró embelesada, aunque las lágrimas se asomaban ya al rabillo de los ojos y empezaba a ver borroso.

—Ay, Chess, no llores.

Ella esbozó una sonrisa vacilante y luego se sorbió la nariz.

—No puedo evitarlo. ¡Es preciosa, Tate! Me encanta. Pónmela, anda. Me tiemblan tanto las manos que no voy a atinar con el cierre.

Él se rio, pero obedeció y le cerró con cuidado la pulsera en la muñeca izquierda. Se sentía colmada de lujos con la preciosa alianza de diamantes y ahora esa pulsera, igual de bonita. Se sentía luminosa como un árbol de Navidad.

Cuando terminó de abrochársela, levantó el brazo y empezó a moverlo a un lado y a otro, observando fascinada cómo reflejaba la luz y brillaba como el árbol de Navidad con el que acababa de compararse.

Entonces se le sentó en el regazo otra vez y lo besó como si le fuese la vida en ello.

—Me chifla —le dijo con entusiasmo—. ¡Me encanta! Gracias. Has hecho de este fin de semana y este lunes unos días geniales.

Sus facciones se ensombrecieron de forma fugaz; seguramente acababa de recordar lo accidentado que había sido el inicio de su aniversario. La pena y el pesar inundaban su mirada y ella volvió a besarlo en un intento de aliviar el doloroso recuerdo.

Cuando se apartó, se acordó de que le había hablado de dos sorpresas.

—¿Y cuál es la otra sorpresa? —preguntó, animada otra vez.

Él sonrió y le apartó un mechón rizado de la mejilla.

—No es inmediata; es una sorpresa que tengo preparada para nosotros.

—Me encanta cuando hablas de «nosotros» —dijo ensoñadoramente—. ¿Qué es? ¡Cuenta!

Soltó una carcajada.

—Qué impaciente es mi chica.

Ella fingió que le ahogaba con ambas manos y frunció el ceño.

—Deja de hacerte el misterioso y desembucha.

Él le besó la punta de la nariz y se inclinó hacia atrás para poder mirarla a los ojos.

—Sé que llevamos mucho tiempo sin visitar The House, así que he preparado una noche para los dos. Será el viernes dentro de dos semanas. Ya he escogido al hombre que participará en nuestra fantasía.

Se le empezó a acelerar el pulso y no pudo controlar la excitación cuyas llamas le abrasaban la piel. Por la cabeza, le pasaron imágenes del pasado, del placer que ambos habían disfrutado al ver cómo otro hombre la tocaba y la complacía a petición de Tate. A sus órdenes y siempre al mando, él intervenía cuando Chessy estaba a punto de tener un orgasmo. Ese momento le pertenecía solo a él. Era una de las dos cosas que no le permitía a otro hombre, junto con no dejar que la besaran en los labios. Puede que algunos pensaran que era una «regla» extraña, pero ella lo comprendía.

Besarla en los labios era sin duda mucho más íntimo que la besaran en otro lugar. Indicaba una conexión más emotiva, algo que ella solo compartía con Tate.

—¿Alguien que yo conozca? —preguntó en voz baja—. Me refiero a que si es alguien que ya hubieras escogido antes.

Él le acarició la mejilla.

—¿Estás preocupada? No hace falta que lo hagamos si no quieres. Solo quería hacer algo especial para ti, para nosotros. Es algo que hemos disfrutado mucho en el pasado y me sabe mal haber dejado pasar tanto tiempo sin darte algo que nos proporciona tanto placer a ambos.

—No, no era por eso —desmintió—. Era por curiosidad. Si no debería preguntártelo o no quieres que lo sepa, no pasa nada. Pero ¿cuándo has tenido tiempo para prepararlo? ¿Ya lo tenías pensado antes de nuestro aniversario?

Tenía mucha curiosidad por saber si lo había planificado antes o después de la debacle de la cena.

—Estás en tu derecho de saber todo lo que te concierne —dijo él con firmeza—. Y respondiendo a tu pregunta, no, no es alguien con quien hayamos jugado antes. Hablé con Damon y me dio algunos nombres de hombres que no tenían ningún problema en hacer de dominante si bien yo estaría al mando de todos los detalles. He quedado esta mañana con ellos para conocerlos, por eso he tenido que retrasar la reunión con mi cliente. Me gustaría decirte que lo tenía pensado antes del aniversario. Tendría que haber estado más pendiente y lo siento mucho. He escogido un hombre que creo que podrá darte mucho placer y que acatará mis decisiones. Cuando le he enseñado tu foto parecía que fuera a tragarse la lengua de la impresión.

Él se echó a reír al decir esto último y Chessy sonrió.

—¿Le ha gustado lo que ha visto? —preguntó inocentemente.

—Y tanto que le ha gustado.

Chessy cayó en algo que la hizo ponerse roja como un tomate. Literalmente le ardía la cara.

—No me digas que le has enseñado una foto de esas —susurró.

Esas fotos eran las que Tate le había hecho en diferentes posturas sexuales y en diferentes fases de desnudez. Atada de pies y manos. En algunas estaba en cueros con los brazos en cruz y las piernas separadas, atada por todos los sitios.

Eran unas instantáneas eróticas muy hermosas, pero eran solo para Tate. Sin embargo, pensar algo así la hacía quedar como una hipócrita, ya que estaba dispuesta a dejar que otro hombre la tocara, la azotara, la marcara y le diera placer. Así que ¿por qué debería tener reparos para que enseñara esas fotos a otro hombre?

Pero esas fotos eran personales y solo eran para su marido y ella misma. Le daba lo mismo que su razonamiento no tuviera sentido para otros.

Tate se puso serio, le cogió la barbilla y le acarició la mandíbula con el pulgar.

—Nunca traicionaría tu confianza —le dijo en un tono formal—. Esas fotos son solo para nuestro disfrute personal. Le he enseñado a ese hombre, James, una de mis fotos favoritas de nuestras vacaciones en el Caribe. Esa en la que llevas ese vestido de tirantes tan *sexy* y sonríes de tal forma que brillas más que el Sol. No hay hombre en este mundo que no hiciera lo que fuera para tener a una mujer como tú. Y eso me incluye. Eres solo mía —añadió con un tono de voz triunfante.

Ella sonrió aunque se sentía fatal por haber dudado de él para empezar. Este giro en la relación le resultaba desconcertante; parecía que lo cuestionaba todo.

Nunca lo había hecho antes. Siempre acataba sus decisiones y aceptaba sin reservas cualquier cosa que él escogiera. ¿Por qué ahora no? Se mordió el labio; sabía exactamente por qué había empezado a ponerlo en duda aunque no lo hubiera reconocido hasta ahora. No podía quitarse de encima esa sensación de traición por mucho que Tate se esforzara e intentara resarcirse. Tal vez estas cosas necesitaran un tiempo. Ambos habían reconocido que tardarían más de un fin de semana en arreglar dos años de infelicidad y en olvidar el miedo a que su matrimonio terminara.

—Lo siento —dijo ella en voz baja.

Su mirada sorprendida la dejó de piedra.

—¿Qué sientes, cielo?

—Cuestionarte. No confiar en ti.

Las facciones de él se suavizaron y su mirada se tornó cálida. La abrazó y le acarició la espalda como si quisiera tranquilizarla.

—Tienes motivos para ambas cosas —reconoció—. No he actuado como alguien en quien puedas confiar en los últimos dos años. Soy yo quien debería disculparme y no al revés.

—Ya lo has hecho y varias veces —dijo ella con firmeza—. Y mis disculpas siguen en pie. Te di mi confianza antes de casarnos incluso. Después, te di todo mi amor, mi sumisión y mi vida cuando nos casamos. Nunca me arrepentiré de estas decisiones, Tate. Quiero que lo sepas. Por lo que a mí respecta, el pasado pasado está. Ya hemos superado ese punto y tengo fe en ti; sé que mantendrás tu promesa de anteponerme a todo a partir de ahora.

—Tienes un corazón tan grande que no te cabe en el pecho —dijo él con la voz tomada por la emoción—. No te merezco. No merezco tu perdón y mucho menos tu confianza después de haberte fallado tantas veces.

Ella le puso los dedos en los labios para callarlo antes de que pudiera continuar.

—Preferiría saber más de esta noche de placer que me has prometido —dijo ella con una sonrisa pícara—. ¿O no puedo saber nada más?

Él también sonrió y toda preocupación se esfumó. Ese momento era como los de antaño. Ella sentada en su regazo, hablando con él, provocándolo... estaban juntos, sin más. Era perfecto.

—Lo único que te diré es que escogeré personalmente la ropa que llevarás en The House y ya te aviso de que será muy picante. Por lo menos mientras la lleves puesta, claro —le dijo con un tono malicioso que la hizo estremecer del gusto.

—Salvo los zapatos —murmuró pensativamente—. Quiero averiguar dónde compró Kylie esos zapatos tan sexis porque pienso comprártelos. Cuando te folle quiero que solo lleves puestos esos zapatos y nada más. Así los «ayudantes» tendrán algo con lo que agarrarte para que estés completamente indefensa y a mi voluntad.

¿Ayudantes? Le estaba dando mil vueltas a la cabeza imaginando la situación. En todas las fantasías que habían escenificado en The House esos años, solo estaban Tate y algún hombre que él mismo había escogido para que participara en ese juego lujurioso, pero nadie más. Eran Tate y cualquiera a quien considerara merecedor de ponerle las manos encima a lo que él consideraba su propiedad. Y ahora usaba la palabra en plural: ayudantes. Habría más de uno.

—Oye, Tate, sé que acabo de disculparme por cuestionarte y no confiar en ti, pero ¿podrías contarme algo más de esta excursión a The House? Acabas de hablar de ayudantes, es decir, más de uno. Has escogido personalmente a James como el que me va a azotar y a marcar la piel hasta que me quede rosadita, de modo que cuando me tomes, verás esas marcas que no has hecho tú, pero que habrás pedido que me hagan. Sé lo mucho que te gusta eso.

Él asintió.

—Pero ¿incluirás a alguien más además de James? ¿Qué tienes pensado exactamente para mí… para nosotros esa noche? ¿Acaso es un secreto y debo enterarme al llegar?

—Si tienes miedo o dudas, no vamos. Punto. No quiero obligarte a hacer nada con lo que no estés completamente de acuerdo, pero viéndome a mí y sabiendo que soy el único dominante para ti, creo que estarás la mar de satisfecha con los planes para esa noche.

—Eres un provocador —masculló—. ¡Quiero saber más! Me muero por conocer los detalles más sucios.

Él se rio, pero decidió darle más información. Aunque quizá decidiera reservársela al final para excitarla y que lo deseara aún más.

«Miedo» era una palabra que nunca había salido de su boca y aún menos de su mente. Nunca tenía miedo cuando Tate estaba ahí, aunque fuera a unos metros de ella. Sí, tenía un trabajo de oficina, pero era muy serio cuando se trataba de entrenar. Siempre lo picaba diciéndole que era el más fuerte, apuesto y mejor vestido de la oficina; todo un figurín para pasarse el día hablando con clientes por teléfono.

Claro que no solo era eso; le restaba en broma importancia a su trabajo. Sabía que tenía muchas cenas y comidas importantes, copas al acabar la jornada y llamadas a altas horas de la noche. Al principio no le importaba porque con cada logro se sentía más orgullosa. Pero por el camino, con las dificultades al marcharse su socio, las cosas se torcieron y entonces tuvo que dedicar todos sus esfuerzos y energías a la empresa para volver a tener éxito. Las comidas eran incontables, así como las cenas, los partidos de golf y las reuniones: su trabajo empezó a absorberlo demasiado.

—Te haré entrar a la sala principal llevándote por el collar.

Se llevó la mano al cuello automáticamente, donde tenía el precioso collar de diamantes.

—He pedido que hagan uno especial para esa noche. Me lo tendrán listo esta semana. Lo recogeré cuando vaya a recoger la ropa que vestirás para la ocasión. Y esos zapatos estupendos, claro. Los zapatos son lo primero de la lista.

Chessy sonrió.

—Pero todos los hombres de The House sabrán que me perteneces. También están haciendo la correa, que es otra cosa que tengo pendiente de recoger cuando vaya a comprar. Ah, no olvidemos la ropa interior que ya le he comprado a mi chica porque imaginarte con el conjunto que llevaba ese maniquí me la puso tan dura que tardé media hora en desempalmarme.

Chessy no pudo contener más la risa. Se apoyó en su pecho y su camisa amortiguó las carcajadas.

Pero Tate se lo decía muy serio.

—Tengo el collar y los pendientes perfectos. Quiero cubrirte de joyas y nada más. Todas las miradas estarán puestas en ti. Llevarás el pelo suelto; me encantan tus rizos. Y puedes prescindir del maquillaje porque te garantizo que, para cuando la noche termine, no quedará ni rastro.

Añadió eso último con una sonrisa de suficiencia que le decía que él obtendría tanto placer en ese juego como ella.

Una de sus fantasías preferidas era que otro hombre la follara por el culo mientras Tate se lo hacía por la boca. Y sí, eso le fastidiaría el maquillaje, y si le esperaba semejante placer hedonista, accedería de buen grado a no emperifollarse para la ocasión.

Volvía a perderse en sus ensoñaciones. Hasta ahora, había recordado el placer que Tate había recibido como si ella fuera una muñeca, un juguete que los niños usaban para su disfrute y luego abandonaban sin más miramientos, pero eso no era verdad.

Aunque fuera un dominante enérgico, también era amable y tierno; a menudo interpretaba las señales de su cuerpo antes que ella. Parecía saber exactamente lo que le gustaba: de qué quería más y de qué quería menos. O qué la enloquecía de deseo. Estaba muy en sintonía con su cuerpo. Si hasta lo estaba con sus pensamientos la mayoría de las veces. Y a pesar de todo, sus amigas siempre le habían dicho que era transparente como el cristal.

Cuando estaba contenta irradiaba felicidad. Iluminaba allá donde iba con su calidez. Pero cuando estaba triste, era igual de evidente. Se le apagaba la luz que la acompañaba por regla general. De hecho se le marcaban bolsas bajo los ojos y arrugas en la frente debido al estrés y a la preocupación.

—No necesito saber más —dijo, afable—. Confío en ti, Tate. La curiosidad puede conmigo. Ya lo sabes. Puedo esperar; no quiero fastidiar la sorpresa ya que es evidente que llevas todo el día preparándola.

—¿Y qué te parece la idea, Chess? Sé sincera. ¿Te da miedo o estás nerviosa?

Negó con la cabeza.

—Siempre que estés a mi lado todo el tiempo, que las órdenes vengan de ti, que sepa que lo controlas todo, sí, quiero ir. No tengo miedo ni estoy nerviosa. No si estás conmigo.

—¡Te quiero tanto! —le susurró en la boca—. Te prometo que no olvidarás la noche en The House.

# Catorce

$J$oss y Kylie recibieron la noticia de la inminente noche de Chessy en The House con reacciones muy distintas. Kylie se esforzó por ocultar su confusión; no entendía el estilo de vida que sus amigas habían escogido.

Y aunque, en realidad, Joss era una recién llegada al mundo de la sumisión, ese deseo lo había tenido desde hacía mucho tiempo. Era lo único que su marido no le había podido dar, pero ella lo amaba demasiado como para presionarlo. Esa necesidad no había sido correspondida ni satisfecha. Hasta que conoció a Dash, el mejor amigo de su difunto marido.

Ahora Joss comprendía a la perfección la excitación que le producía a su amiga una noche en The House. Era un lugar que Joss y Dash frecuentaban antes de quedarse embarazada. Dash no haría nada que pudiera hacer daño al bebé —ni a ella, claro estaba—, pero solía guiarla con una dominación tremendamente protectora. Algo que Tate y Dash compartían en teoría, pero no en la práctica, durante estos dos últimos años.

No obstante, Chessy y Tate estaban tratando de solucionar sus problemas y ambos estaban dispuestos y entregados a reparar su frágil relación. No podía pedir más. Tate se había replanteado las cosas y había reforzado su compromiso. Hasta ella misma se veía con un compromiso renovado, más fuerte, más duradero esta vez para que nada volviera a interponerse entre los dos.

Las tres amigas disfrutaban de una comida más tarde de lo habitual justo el día antes de la velada de Chessy y Tate en The House. Chessy estaba exultante por la expectativa. No era porque otro hombre fuera a llenar un vacío en su matrimonio con su marido, sino precisamente al contrario. Las noches en The House se sucedieron con frecuencia en los primeros años de su matrimonio. Era algo que les gustaba y que los unía aún más. Para algunas parejas una incursión semejante al mundillo podría suponer una brecha. Cuando se introduce una tercera persona, los celos pueden ensombrecer todo lo demás. Sin embargo, ella, o mejor dicho, Tate, nunca había mostrado señales de celos, claro que Chessy nunca había tenido que lidiar con otra mujer en la escena. Era lo bastante sincera consigo misma para reconocer que los celos la consumirían si otra mujer tocara a su hombre. Por suerte, Tate nunca había contemplado la idea, que ella supiera. Parecía satisfecho con la situación actual. De hecho, parecía que sentía el mismo placer durante el acto como ella. No podía ser casual que el distanciamiento se produjera cuando dejaron de explorar el lado oscuro de sus deseos.

Cuando un matrimonio perdía la conexión emotiva y física, se perdían de vista los jueguecitos sexuales y el interés radicaba entonces en su supervivencia. La supervivencia de su amor y su matrimonio.

Cuando el camarero les sirvió los primeros y tuvieron una privacidad absoluta, Chessy hizo la pregunta que sabía estaba consumiendo a su amiga Joss también. Le cogió la mano a Kylie y le dio un apretón cariñoso.

—¿Cómo fue la primera sesión de terapia con Jensen?

Kylie entrecerró los ojos y apartó brevemente la mirada. Luego, como si cayera en la cuenta de que eran sus mejores amigas y confidentes, levantó la vista con la vulnerabilidad que se reflejaba en sus ojos.

Chessy le dio otro apretón en la mano al tiempo que Joss le cogía la otra.

—No hace falta que nos lo cuentes —dijo Joss en voz baja—. Lo último que queremos es que te sientas incómoda. Las dos estábamos preocupadas; sabíamos que al ser la primera vez, puede que las cosas no fueran como querrías. Dinos lo mucho o lo poco que quieras. Chessy y yo estamos contigo. Eres como una hermana. Queremos que sepas que puedes hablar con nosotras de lo que necesites y que nunca traicionaremos tu confianza. No diremos nada ni a Dash ni a Tate.

Mientras hablaba, Joss miró a Chessy para comprobar si hablaba por las dos y si estaba de acuerdo en lo que ella tenía que decir.

Ella asintió inmediatamente.

—Pues claro. Que sepas que te queremos y que nos preocupamos por ti. Tú y Joss sois mis mejores amigas y solo Dios sabe lo mucho que me habéis ayudado en estas temporadas de tristeza y arrebatos de autocompasión.

Kylie esbozó una débil sonrisa y Joss le tendió un pañuelo. Sabían que Kylie odiaba llorar, sobre todo en público. Se moriría de vergüenza si alguien la viera perder la compostura en un sitio repleto de gente.

Aceptó el pañuelo y se secó las lágrimas rápidamente.

—Por suerte no llevo maquillaje —dijo con pesar.

—Eres guapísima; no lo necesitas —dijo Joss con firmeza.

Chessy sonrió a modo de confirmación.

Las lágrimas se volvieron sonrisas.

—No decís más que gilipolleces, pero os quiero. —Se serenó y suspiró—. La sesión fue bien. Bueno, todo lo bien que podía ir teniendo en cuenta que para mí era un suplicio. La terapeuta quiere vernos por separado antes de hacer una sesión juntos. El lunes le toca a Jensen y luego imagino que comparará las notas que haya tomado de nuestras locuras y montará el rompecabezas o tratará de averiguar cómo un par de tarados pueden estar juntos.

Chessy frunció el ceño.

—Espero que estés siendo sarcástica o que tu humor sea retorcido, porque Jensen y tú sois perfectos el uno para el otro.

Ella sonrió.

—Está bien, puede que esté siendo un poco sarcástica.

Joss resopló.

—¿Tú crees? Venga, va. Danos la exclusiva al menos. A menos que sea demasiado personal y prefieras no entrar en detalles.

Kylie puso los ojos en blanco y sacudió la cabeza.

—Creo que ya ha quedado claro que con vosotras no tengo límites personales. No sé si recordaréis que no hace mucho cogí un pedo impresionante en casa de Joss y que os conté lo imbécil que había sido Jensen y luego os revelé mi maravilloso plan de hacerle el amor y atarlo a la cama. Chicas, sobreviví al contaros eso, así que la visita a la terapeuta no tiene ni punto de comparación.

Chessy y Joss se echaron a reír.

—En eso tiene razón —reconoció Chessy—. Hasta Dash se enteró de ese arrebato. Pero era un plan brillante. Al César lo que es del César.

Kylie gimió y se tapó la cara con las manos unos segundos.

—¿Hace falta que me recuerdes que Dash estaba allí y presenció mi borrachera?

—Oye, pero al final funcionó, ¿verdad? —preguntó Joss—. Diría que el plan te salió de maravilla.

Kylie esbozó una sonrisa que borró las anteriores emociones, reflejadas también en su mirada.

—Sí, funcionó —contestó con un tono distante que hizo pensar a sus amigas que estaba evocando unos recuerdos no aptos para menores.

Entonces meneó la cabeza como si bajara de las nubes y volvió a adoptar una expresión seria.

—Hablamos de mi infancia y mi incapacidad, al menos hasta conocer a Jensen, de tener relaciones con hombres y, sobre todo, de mis miedos hacia los más fuertes y dominantes. Me hizo sentir… normal.

Eso último lo dijo en un tono desconcertado como si hasta entonces nunca se hubiera considerado normal.

—Cariño, pues claro que eres normal —la defendió Chessy—. Después de lo que tuviste que soportar a manos de tus padres, lo raro sería que no te afectara en tu vida adulta. Piénsalo bien. El hombre en el que tiene que confiar una niña por encima de todo, quien tenía que protegerte a toda costa, te traicionó. Abusó de ti. Ninguna mujer, ni siquiera Super Woman, podría superar ese horror indemne.

—Además, solo has sido exigente en cuanto a hombres —apuntó Joss, convencida—. Eso no te hace rara, sino precavida; todas las mujeres deberían serlo a la hora de escoger al hombre en quien confiarán y a quien le darán su corazón. ¿Imaginas tu vida sin Jensen? ¿Y si te hubieras liado con otro tío? Seguro que no tendrías lo que ahora, así que a tomar por culo lo normal.

Chessy y Kylie se quedaron boquiabiertas. Chessy se echó a reír hasta que las lágrimas empezaron a resbalarle por las mejillas. Tosió en la servilleta al tiempo que Joss las miraba estupefacta.

—Es una forma de verlo —dijo Kylie con cierto pesar—. Y es como lo ve Jensen. Creo que él también dijo algo así como «lo normal puede irse a tomar por el culo».

—Siempre lo he tenido por un hombre muy listo —dijo Joss con un tono de suficiencia acorde con su expresión facial.

—Me hace mucha gracia oíros decir palabrotas —terció Chessy, que seguía riéndose—. No es la primera vez, ya lo sé, pero no es habitual en vosotras.

Joss puso los ojos en blanco.

—Parece que penséis que soy una mojigata.

—No, no, sabemos que eres la malota que las mata callando —añadió Kylie fríamente—. Te tenía por una beata, pero eso fue antes de que nos dijeras que ibas a ir a The House a liarte con un dominante. Puedo hablar por las dos al decir que hemos cambiado la idea que teníamos de ti en el pasado.

A Joss se le encendieron las mejillas y sus dos amigas rompieron a reír.

—¡Pillada! —la picó Chessy.

Kylie volvió la cabeza para mirarla y cambiar de tema; para que la conversación volviera a tratar de Chessy y no de ella. Había evolucionado mucho, pero no le gustaba ser el centro de atención, ni aunque fuera entre amigas.

—Entonces, veamos, alguna vez en el pasado contaste lo que hacías con Tate en The House, pero para serte sincera desconectaba un poco. Sé que suena fatal, pero mis oídos vírgenes no podían soportarlo.

—Por el amor de Dios —murmuró Joss—. Y eso lo dice una tía que ata a su novio a la cama. La única diferencia aquí es que son nuestros maridos los que nos atan.

Chessy se tapó la boca para sofocar la risa.

—Pillada otra vez, cariño. No hay respuesta a eso.

—Bueno, ¿nos lo contarás o no? —insistió Kylie obviando las provocaciones—. Parece que hoy estamos todas morbosas porque confieso que no concibo que Tate quiera compartirte con otro hombre. Por muchas dificultades que hayáis tenido en el pasado, él es y siempre será muy posesivo contigo.

Chessy estaba dispuesta a dejarse de timideces en

este tema. No era una conversación que pudiera tener con cualquiera, pero ellas eran sus mejores amigas. Sus hermanas, como Joss había dicho con tanto acierto. Y no se avergonzaba de las preferencias sexuales que tenían Tate y ella.

—Suena más complicado de lo que es —explicó Chessy con seriedad—. Básicamente, Tate escoge a un hombre que me dominará pero que, a su vez, acatará sus órdenes.

Hasta Joss parpadeó, sorprendida, por su explicación y entonces Chessy se dio cuenta de cómo había sonado eso. Masculló.

—De acuerdo, no es lo que pensáis.

—Uy, esto me interesa —terció Kylie.

—Tate escogerá a un hombre que normalmente haría las veces de dominante y que no obedecería a otro dominante. La tarea de este hombre es… complacerme. Tate le dirá lo que tiene que hacer y lo que no mientras observa a cierta distancia, por decir algo. Él siempre estará ahí controlando todo lo que pase, pero será el que dirija la acción.

Kylie adoptó una expresión pensativa, pero no interrumpió a su amiga.

—El otro hombre llevará a cabo todos los pasos.

Chessy miró alrededor, intranquila, para asegurarse de que no había nadie cerca que pudiera oírla y bajó la voz para continuar su explicación.

—El hombre me desvestirá poco a poco según se lo vaya pidiendo Tate. A partir de ahí, será Tate el que decida qué quiere ver o experimentar.

Kylie frunció el ceño.

—¿Y no lo que tú decidas?

—Claro que sí —dijo Chessy con una sonrisa radiante—. Tate está muy enterado de lo que me gusta y lo que me da placer, pero le gusta sorprenderme. Nunca me dice qué esperar de antemano. A veces me ata a la cruz de pies y manos. Entonces me azota o echa mano del cuero. Otras veces me ata a un banco de azotes y cuando el hombre me ha «preparado» ya suficientemente, Tate coge el relevo y me folla mientras tengo la piel rosada del látigo. —Notaba que se estaba ruborizando por el calor que le subía desde el cuello al describir la escena.

Kylie miró a Joss con un aire de recelo.

—Vaya. No pareces ni sorprendida ni consternada. ¿Es porque es algo que hacéis también Dash y tú?

—La verdad es que sí —contestó ella alegremente—. Solo que sin una tercera persona y, bueno, tampoco hemos vuelto a hacerlo desde que supimos que estaba embarazada.

Kylie negó con la cabeza.

—Está claro que soy la aburrida del grupo.

Chessy sonrió con picardía.

—No sé yo. No creo que atar a un tío a la cama se considere aburrido.

—No dejaréis de echármelo en cara, ¿verdad? —preguntó Kylie con un suspiro, exasperada.

—¡No! —exclamó Joss con una sonrisa enorme en los labios.

—Creo que sois vosotras las que necesitáis terapia —refunfuñó Kylie—. Yo soy la más normalita.

Joss miró el reloj y luego a sus amigas con cara de pena.

—Perdonad que esto sea comer y marcharme, pero tengo que salir ya o llegaré tarde a la cita con el ginecólogo.

Chessy hizo un ademán con la mano.

—Ve, ve. Hoy invito yo.

Joss se detuvo a medio levantarse de la mesa y la fulminó con la mirada.

—Kylie y yo esperamos todos los detalles el sábado. Como no des señales de vida, nos plantaremos en tu casa.

# Quince

$\mathcal{A}$ Chessy le sonó el teléfono: era Tate. Respondió al momento. Era la hora en la que solía salir del trabajo y esperaba que no llamara para decirle que llegaría tarde.

—¿Sí?

Tate respondió con una voz ronca y cargada de deseo.

—Cuando llegue a casa, te quiero desnuda y arrodillada en el salón.

Se le aceleró el pulso y se quedó sin aliento, incapaz de responder.

—Ahí te espero —contestó al final.

—Te quiero.

—Y yo a ti.

—Nos vemos en diez minutos.

Chessy colgó y fue al servicio porque no disponía de mucho tiempo. Se cepilló el pelo y se lo atusó lo mejor que pudo. Había mucha humedad y tenía la melena mucho más rizada y menos controlable que de costumbre. Sin embargo, a Tate le encantaban sus rizos.

Se miró en el espejo con ojo crítico; quería estar impecable. Se puso brillo en los labios, aunque era una tontería teniendo en cuenta que desaparecería al poco de llegar él.

Se desvistió y tiró las prendas al cesto de la ropa sucia del lavabo, volvió corriendo al salón y se arrodilló en la alfombra suave que había frente a la chimenea.

La espera se le hizo interminable, pero, por fin, oyó

que el coche de Tate accedía a la entrada de la casa. Contuvo el aliento y luego empezó a respirar entrecortadamente.

Tenían la visita a The House al día siguiente y se preguntaba qué le tenía preparado para hoy.

Se abrió la puerta principal y apareció Tate en el salón con el abrigo doblado sobre un brazo y el maletín en la otra mano.

Su mirada de aprobación la excitó sobremanera. Le brillaban los ojos del deseo. Que después de tantos años de matrimonio la mirara con el mismo deseo que cuando se casaron, le hacía sentir una inmensa satisfacción. Sin embargo, nunca había cuestionado que Tate la deseara.

Dejó las cosas en el sofá y se aflojó la corbata, pero se la dejó puesta en lugar de quitársela como había hecho con las demás cosas.

Se acercó a ella despacio, pausado, como si disfrutara de cada segundo. Cuando llegó a su lado, le acarició el pelo y luego le echó la cabeza hacia atrás sin contemplaciones para arrancarle un beso.

—Piensa que esto es un calentamiento de lo que te espera en The House —murmuró.

A Chessy se le aceleró el pulso y se le endurecieron los pezones.

—Te aviso de que quiero darte duro —dijo—. Recuerda tu palabra de seguridad.

—Me acuerdo —susurró.

Le rodeó la espalda con los brazos mientras ella seguía arrodillada y le ató las muñecas con la corbata. Entonces se le puso enfrente, se bajó rápidamente la cremallera de los pantalones y se sacó la polla sin quitarse la ropa.

—Abre —ordenó.

Le cogió del pelo y le echó la cabeza hacia atrás otra vez al tiempo que se agarraba el pene con la mano que le quedaba libre. Ella obedeció, abrió la boca y Tate se la metió con brío. Empezó con rudeza y a ella le encantó. Quería suspirar, aliviada, por la satisfacción que le producía volver a los orígenes de su relación. Por fin.

—Veamos lo que puedes resistir —le dijo con voz ronca.

Empujó con más fuerza y le alcanzó el fondo de la garganta con la punta del pene, ancha y gruesa. Se le hincharon las mejillas y tuvo que respirar con fuerza por la nariz para poder seguir. Estaba dispuesta a aguantar lo que fuera que él quisiera hacer.

—Muy bien —la halagó él mientras seguía introduciéndola hasta el fondo.

El líquido preseminal le humedeció la lengua, con lo que las embestidas eran más fáciles de resistir. Se le llenó la boca de su sabor mientras succionaba con ganas; quería más. Quería que se corriera en su garganta y le manchara la cara con su esperma.

Pero al parecer tenía otros planes.

Cuando creía que eyacularía en su boca, se retiró y le soltó el pelo.

—Ahora vuelvo —dijo en voz baja—. No te muevas.

Ella asintió y él salió del salón. Chessy se quedó pensando en qué se llevaba entre manos. Le había dicho que sería el calentamiento para la noche en The House; estaba excitadísima y hasta un poco mareada ante semejante expectativa.

Tardó unos minutos en volver: estaba desnudo y el pene erecto le llegaba hasta el abdomen. Planease lo que planease, estaba igual de excitado que ella.

Le desató las muñecas y la sorprendió usando la corbata para taparle los ojos. Le cogió las manos para ayudarla a incorporarse.

Cuando estuvo seguro de que no se tambalearía, le pasó el brazo por la cintura y la llevó al dormitorio. Al poco de entrar, la empujó contra lo que supuso que era el aparato para azotes que solían tener guardado en el cuarto de invitados.

Hizo que se inclinara sobre la pieza revestida en cuero y luego le pasó una cuerda por una muñeca y tiró hasta que la tuvo bien tensa y atada a la pata que soportaba el peso del equipo. Repitió el proceso con la otra muñeca antes de empezar con los tobillos.

Le ató ambas piernas para tenerla completamente inmóvil e indefensa. Fue entonces cuando le quitó la corbata de los ojos para que pudiera ver, aunque fuera poco.

—Solo te dejaré elegir con qué quieres que te azote —le dijo con una voz ronca que la excitaba siempre.

Este era su Tate, su dominante. Lo que más echaba de menos de su pasado era la dominación y su propia sumisión. Y también que él fuera tan cuidadoso con ella en todos los aspectos, pero que pudiera ser duro y firme y que la llevara al límite.

—Cuero —susurró—. El cinturón de cuero.

Quería un punto de dolor esta noche. No quería unos preliminares suaves. Lo quería todo.

—Mi chica está intrépida hoy, ¿verdad? —murmuró él—. Pues cuero usaremos.

Pronto notó la caricia sinuosa del cuero mientras se lo pasaba por la espalda y luego por las nalgas. La provocaba, negándose a darle lo que quería. Siguió atormentándola, le pasaba el cuero por las piernas e insistía en el surco entre sus glúteos.

El golpe le vino de sorpresa. Andaba tan adormilada por el beso que el latigazo le cortó la respiración. El fuego se le propagó por el trasero y estuvo a punto de gritar, pero no era tan indisciplinada. Inspiró hondo y se abstuvo de dar una respuesta verbal al golpe, y luego aguardó la inevitable oleada de placer que siempre surgía.

Cerró los ojos, la quemazón desapareció y se convirtió en un placer intenso. Para el azote siguiente estaba más preparada y solo aumentó la sensación de calidez, que la embargó por completo.

Como ya le había advertido, le estaba dando todo lo que podía resistir. El cuero le besaba la piel una y otra vez hasta que le ardía tanto la espalda como el trasero, pero ella ya había entrado en el subespacio y solo sentía como una especie de nube a su alrededor.

Ardía en deseos de disfrutar de su posesión, de ese momento en el que dejara a un lado el cinturón y la follara con fuerza, pero Tate parecía dispuesto a hacerla llegar al límite.

Cuando cesaron los azotes, ni siquiera se dio cuenta. No fue hasta que él se inclinó y le hizo levantar la cabeza por el pelo, que salió de esa dulce ensoñación en la que estaba sumida.

—¿Quién es tu dueño, Chessy?

Su voz era áspera, tenía incluso un deje cruel, pero ella paladeó cada una de las palabras.

—Tú, Tate.

Se sorprendió de ser capaz de hablar en ese momento.

—¿Quién te va a follar ese culo tan bonito?

Ay, Dios. Estaba a punto de llegar al orgasmo de solo imaginar lo que le esperaba.

—Tú —respondió.

—Exacto —repuso él en un tono de satisfacción.

Introdujo los dedos entre sus nalgas y le aplicó lubricante por el ano y alrededor. Le metió un dedo con más gel y luego uno más, lo que la volvió loca.

La folló con los dedos unos segundos hasta que, al parecer, creyó que ya estaba preparada. Pero cuando pensó que al final le daría lo que más deseaba, volvió a notar el cuero, que la sobresaltó.

Le atizó una y otra vez. Sabía que tenía el culo enrojecido, tal como a él le gustaba antes de follarla por detrás. Era una manera de probar su resistencia y esa línea que separaba dolor y placer, pero Tate la conocía bien a ella y a su cuerpo. Sabía hasta dónde podía llegar sin propasarse.

Antes de llegar al punto de gritar la palabra de seguridad, terminaron los golpes. Entonces le separó las nalgas con rudeza y la embistió con ímpetu.

Su cuerpo protestó al principio y se tensó alrededor de su miembro como si quisiera expulsarlo, pero él no lo permitiría. Se aferró a sus caderas, se retiró unos milímetros y luego se la introdujo hasta el fondo, apretando el vientre contra su trasero.

Estaba totalmente dentro; su cuerpo entero gritaba por la vastedad de su entrada. Sin embargo, era una sensación deliciosa que quemaba y se extendía por doquier, tan agradable y placentera.

Le acarició la espalda para mitigar el escozor en la espalda. Era un contraste muy marcado con la rudeza que había mostrado hasta entonces.

Y entonces empezó a follarla con fuerza, sin piedad, cabalgándola y embistiendo sin parar. Solo se oía el ruido del combate piel contra piel. Ella se sacudió, pero las cuerdas se tensaron y apenas permitían que se moviera. El aparato entero se movía con la fuerza de sus estocadas.

—¿Mi chica quiere dos pollas?

A este paso iba a correrse mucho antes que eso.

Pero a pesar de todo contestó que sí con una voz desesperada; sabía que haría lo que fuera por complacerla.

Se separó de su cuerpo dolorido y al cabo de un momento notó la presión de un consolador lubricado en el sexo. Se lo introdujo poco a poco y con cuidado. Cuando estuvo todo dentro, colocó el pene frente a su ano y volvió a penetrarla. Se le cortó la respiración.

Tener ese consolador tan grande en el coño y su enorme polla en el culo era demasiado. Estaba tan a punto de correrse que no sabía si podría esperar a que él le diera permiso para hacerlo.

Se mordió los labios y cerró los ojos, tratando de controlarse con todas sus fuerzas.

Al final él pronunció las palabras mágicas.

—Córrete para mí, Chessy, mientras yo me corro en tu culo.

Con su siguiente estocada, ella llegó al orgasmo de una forma casi violenta. Él se retiró y le echó el semen en el culo y la espalda. Entonces volvió a penetrarla hasta que terminó de correrse.

Ella seguía inmersa en la espiral de placer, como si el mundo hubiera explotado a su alrededor. Seguramente perdió el conocimiento un instante ya que al abrir los ojos, vio cómo Tate la desataba y la cogía en brazos.

La llevó al baño y abrió el agua de la ducha. Se metió bajo el chorro y a ella consigo. La limpió por todos lados y luego se limpió él. Cuando terminó, hizo que se arrodillara frente a él.

—Aún la tengo dura —dijo en un tono áspero—. Consigues que te desee solo con respirar. Cómemela, Chessy. Quiero correrme en tu boca.

Le echó la cabeza hacia atrás con una mano y con la otra le acercó la polla a la boca. No hubo más preliminares. Estaba claro que tenía ganas de volver a correrse.

Empezó a empujarla una y otra vez con movimientos bruscos y breves como si aún estuviera muy sensible por el orgasmo de antes.

Pero a los pocos minutos, gimió y el semen le inundó la boca, le resbaló por los labios y la barbilla, y desapareció por el sumidero de la ducha.

Se la sacudió con la mano para descargarse del todo en su boca y luego se la introdujo hasta el fondo de la garganta y se quedó ahí unos segundos. Le acarició la cara y el pelo, y se retiró a tiempo para que pudiera volver a respirar con normalidad. La levantó y volvió a enjabonarla y a aclararla bien antes de cerrar el grifo.

Él salió primero y se secó deprisa. Luego la sacó a ella y la envolvió con una toalla para secarla. Le secó un poco el pelo y la besó en la frente.

—¿Te ha gustado? —le preguntó con la voz tomada.

Ella asintió y se entregó a sus brazos.

—Bien. Pues esto es solo un aperitivo comparado con lo de mañana.

# Dieciséis

Chessy se vistió con sumo cuidado y siguió las estrictas instrucciones que Tate le había dado. Un mensajero le había entregado varias cajas por la mañana y Tate la había llamado desde el trabajo para decirle que estuviera lista cuando él llegara a casa.

Se subió las medias de blonda hasta el muslo, disfrutando del tacto de la textura sedosa en la piel. Entonces abrió el portatrajes de una conocida marca de diseñador de lujo y sacó un vestido aguamarina palabra de honor con lentejuelas que brillaba con la luz.

Miró la prenda con recelo porque le parecía pequeña. Y corta. Seguro que no le taparía el trasero. Y Tate había sido muy explícito cuando le dijo que no llevara nada de ropa interior. Lo único que quería que llevara era el vestido, las medias, los zapatos y las joyas que el mismo mensajero le había traído antes.

El collar, que aún no había visto, se lo pondría Tate ceremoniosamente justo antes de partir para The House.

Le llegó el turno al calzado y se le cortó la respiración mientras tocaba e inspeccionaba los hermosos zapatos de tacón de aguja. Entre el vestido, las joyas y los zapatos se sentía como Cenicienta preparándose para un baile erótico. Sin embargo, no se imaginaba al Príncipe Encantador atando a Cenicienta y follándosela después en la misma pista de baile.

La ocurrencia la hizo desternillarse de risa y luego sacudió la cabeza porque era una tontería.

Se puso el vestido retorciéndose y contoneándose para que le cupiera todo y se lo subió hasta los pechos. Daba gracias por la tela elástica en forma de V que había entre los omóplatos, porque el vestido le sentaba como un guante y el elástico hacía que los pechos parecieran más grandes y turgentes.

Se miró en el espejo con escepticismo mientras se atusaba el pelo ya que Tate quería que lo llevara suelto. Cuanto más miraba a la mujer que le devolvía la mirada, más satisfecha se sentía con su aspecto. Estaba… preciosa. *Sexy* incluso. ¿Se lo parecería a él también?

Tate tenía un gusto impecable, como evidenciaban las compras para esta noche. El vestido le quedaba perfecto y si hacía caso a su intuición, seguro que aunque a ella le parecía que le iba justo por la parte del pecho, el vestido era así. Seguro que estaba pensado para realzar el busto y el escote. Y las joyas eran increíbles. No quería saber lo que le habían costado.

Cuando ya estuvo contenta con su pelo, entró tranquilamente en el dormitorio para ponerse los zapatos que había encima de la otomana, frente a la butaca que Tate llamaba su «nidito de lectura» porque a ella le encantaba leer allí.

Solo tenía cinco minutos antes de que Tate llegara a casa. Le había pedido que estuviera en el salón esperándolo para poder ponerle el collar. Hizo una mueca. El significado de un collar era hermoso y simbólico para la relación, pero prefería el término «gargantilla» o, sencillamente, considerarlo la prueba de su posesión. Los collares eran para los perros, pero suponía que algunos dominantes consideraban mascotas a sus sumisas de una forma cariñosa. Una vez escuchó a un hombre en The House llamar a su sumisa «mi perrita» y por el tono quedó claro que era un apelativo cariñoso. No era burlón ni degradante. Pero, personalmente, a ella no le iba. Prefería el «mi chica» de Tate, algo infantil quizá, pero para gustos los colores. Era su chica al fin y al cabo.

Se sentó en el sofá para esperar a Tate y, al cabo de unos minutos, la puerta se abrió y él entró en el salón. Se detuvo en seco nada más verla.

—Levántate —pidió con voz ronca.

Ella obedeció y se incorporó; estaba mucho más alta gracias a esos zapatos impresionantes.

Se quedó callado un buen rato. La miraba examinando hasta el último detalle. El silencio se prolongó tanto que Chessy empezó a preguntarse si había metido la pata o no estaba tan guapa como creía.

Entonces cruzó el salón y le levantó la barbilla, que ahora estaba más cerca de la suya por la altura adicional que le proporcionaban los zapatos, y le plantó un buen beso en la boca. La besó apasionadamente como si quisiera comérsela. Se disiparon todas sus dudas cuando notó la dura prueba de su excitación a través de los pantalones.

Cuando se apartó, le brillaba la mirada del deseo.

—Estas magnífica —le dijo con voz profunda.

—Gracias —susurró—, pero todo lo has escogido tú así que tienes un gusto excelente.

—Cielo, ese vestido no le sienta igual a cualquier mujer. Estás impresionante y es por ti, no por el vestido. Eres tú al ciento por ciento.

Ella sonrió complacida por ese halago tan sincero. Entonces él introdujo su mano en el bolsillo y extrajo una bolsita de terciopelo con cordón dorado con el nombre de un famoso joyero grabado en la parte frontal.

—Siéntate —le pidió en voz baja.

Ella se sentó en el sofá y él sacó un collar de cuero de detalles intrincados y piedrecitas de aguamarina que hacían juego con el vestido. Se quedó maravillada al ver lo mucho que había estado pensando en su conjunto para la velada. Y aún se quedó más impresionada sabiendo el margen que había tenido para tenerlo todo con tan poco tiempo.

Entonces le dio la vuelta y por el lado que estaría en contacto con su garganta vio que había grabado las palabras «Mi chica».

Joder, no podía echarse a llorar ahora. Ya había derramado suficientes lágrimas de alegría y tristeza últimamente. No quería echar a perder la noche antes de que pudiera empezar como era debido.

—Es precioso, Tate —susurró.

—¿Te gusta de verdad?

Le sorprendió la vulnerabilidad que le notó en el tono de voz. Nunca se hubiera imaginado que le preocupara hasta tal punto si le gustaba un regalo o no. Le gustaba todo lo que le regalaba, pero el mejor presente era él, sin duda alguna.

Se inclinó para besarlo y luego le dio un toquecito cariñoso en la mandíbula.

—No me gusta, me encanta.

Él sonrió y tal vez fueran imaginaciones suyas, pero le dio la sensación de que relajaba hasta los hombros.

—Veo que mi chica está juguetona esta noche. Perfecto porque quiero que juguemos mucho. Me cambio en un santiamén y nos vamos.

—Te estaré esperando —le dijo.


Una hora después, Tate accedió al camino serpenteante que llevaba a The House, en lo alto de una colina y rodeado de un exuberante paisaje verde. The House transmitía riqueza y poder, aunque ser miembro no requería ninguna de las dos cosas. Sin embargo, Damon Roche, el propietario de The House era el paradigma de la riqueza y el saber estar. Además, era extremadamente sagaz en cuanto a las admisiones en su club.

Investigaba a los miembros y la comprobación de los antecedentes era una condición indispensable para todos. Aparte de seleccionar a la clientela con esmero, prestaba especial atención a la seguridad. Había cámaras de seguridad incluso en las salas privadas que podían usar los miembros si no querían permanecer en la sala común; la seguridad de los participantes se controlaba continuamente. Aunque estas salas menos públicas ofrecían la ilusión de la privacidad, estaban bajo una estricta vigilancia para poder garantizar la seguridad de todas las partes involucradas.

Tate paró el motor después de aparcar y se volvió para mirar a Chessy.

—¿Mi chica está lista para que empiece la noche?

—Y tanto —respondió.

Le apretó la mano y luego abrió la puerta. Chessy conocía el procedimiento. Esperó a que se acercara por su lado y le abriera la puerta. Se inclinó y le prendió una correa con cristales engastados al collar por la parte de atrás, tras lo cual le tendió la mano para ayudarla a salir del coche.

El tacón se le introdujo en una grieta del suelo y tropezó, pero Tate la sujetó por la cintura para que no cayera.

—¿Bien? —preguntó.

—Sí, solo se me ha enganchado el tacón.

La acompañó hasta la entrada custodiada por un hombre con un traje negro y caro que les hizo registrarse y ante quien Tate tuvo que enseñar su identificación. Hacía tanto que no iban a The House que Chessy no reconoció al nuevo portero, claro que podía llevar ahí mucho tiempo.

Tate cerró el puño y apoyó la mano en su espalda, bajo su melena, para que no se viera tanto que la llevaba atada y la llevó al salón social donde había gente hablando, conociéndose y bebiendo vino caro mientras comían unos aperitivos deliciosos. También era el sitio para ligar. Solteros que buscaban una noche de aventura o personas que simplemente querían conocer a otros individuos con los que compartieran los mismos gustos y preferencias sexuales.

—¿Te apetece un poco de vino? —le preguntó Tate al entrar.

Chessy negó con la cabeza y se dedicó a examinar a los allí presentes con su fascinación habitual. Una de sus actividades preferidas cuando visitaban The House las otras veces era jugar a las adivinanzas y relacionar a la persona con sus tendencias aunque, claro estaba, no tenía forma de confirmar sus hipótesis. Era divertido, sin embargo.

De alguna forma era un alivio no reconocer a nadie de la sala porque entonces les preguntarían inevitablemente por qué hacía tanto tiempo que no se pasaban por ahí. Al cabo de unos minutos de dar vueltas por el lujoso salón, él la llevó hasta la puerta. Sabía que se habían paseado para, en palabras del propio Tate, presumir de mujer. Siempre la había halagado que le pareciera hermosa, que se enorgulleciera de llegar con ella del brazo y que lo proclamara de una manera tan pública.

—Cuidado con los escalones, cielo —le dijo cuando llegaron al primero—. Te he comprado los zapatos porque quiero follarte con ellos puestos, pero no quiero que te caigas y te rompas la crisma.

Ella se rio en voz baja.

—En ese caso me cogerías; no tengo la menor duda.

Él se le acercó más mientras subían las escaleras, pero en cuanto llegaron arriba, le retiró la mano del pelo y sacó la correa para que se le viera el collar. Era una manera de demostrar que era su dominante y ella su sumisa.

En cuanto cruzaron el umbral de la sala común, los ruidos y los jadeos la abrumaron. El ambiente olía mucho a sexo. Le dio un repaso rápido a la sala, en busca de alguien a quien reconociera. Sin embargo, todas las caras que veía eran desconocidas, a excepción de Damon Roche, que estaba en un rincón con una copa en la mano de algo que debía de ser caro mientras charlaba con otro hombre.

No era muy habitual verlo por The House últimamente, sobre todo sin su esposa. Aunque seguía al cargo del funcionamiento y la supervisión de ese club selecto, desde que se casó pasaba la mayor parte del tiempo libre con su mujer, Serena. Dash le había comentado que ahora, además, tenían una niña.

Damon levantó la vista como si hubiera notado que lo miraban y les hizo un gesto con la cabeza al reconocerlos. Entonces le dijo algo al hombre que tenía al lado, cruzó la sala y se acercó a hablar con Chessy y Tate.

—Me alegro de veros —les dijo Damon con sinceridad. Se inclinó y besó a Chessy en la mejilla y luego le dio la mano a Tate—. James está esperando junto al banco. Todo lo que pedisteis está preparado. Espero que disfrutéis mucho esta noche.

Damon, un anfitrión consumado, los acompañó al otro extremo de la sala, donde los esperaba un hombre alto, moreno y guapo, vestido con vaqueros y polo. Chessy sintió mariposas en el estómago cuando el hombre levantó la barbilla a modo de saludo al acercarse los tres.

Así que ese era James. El hombre que Tate había escogido para ella esa noche. Llevó cuidado para no ser irrespetuosa con Tate y demostrar demasiada admiración, pero su marido había elegido muy bien. James era un hombre fuerte y de espalda ancha. Los músculos de los brazos se le marcaban bajo las mangas cortas del polo y su expresión era de total dominación. Y a pesar de todo estaba dispuesto a ceder todo el control a Tate; sería una extensión de él.

Ya lo habían hecho antes, pero ninguno de los otros

hombres que había escogido antes parecía tan... dominante. James no parecía ser un hombre de los que le daban el control a otro. Notó un escalofrío por la espalda mientras lo observaba. La inquietud empezó a oprimirle el pecho hasta que se reprendió por sentir semejante recelo. Tate nunca la pondría en una situación dolorosa o agobiante.

—James, me alegro de verte. —Tate entregó la correa al hombre ceremoniosamente—. Te presento a mi hermosa sumisa, Chessy. Esta noche será tuya para que le hagas lo que yo te pida —añadió con formalidad—. Su palabra de seguridad es «Lluvia». Tienes que tratarla con cuidado. Su boca es mía y solo mía. Espero que la trates con sumo respeto.

James parecía impaciente con las instrucciones de su marido; la mirada le brillaba al repasarla de arriba abajo. Era como si quisiera dejarse de ceremonias e ir directo al grano.

Le levantó una mano a Chessy y le besó los nudillos.

—Será un honor darte placer mientras tu marido nos observa.

Volvió a estremecerse y esa sensación en el vientre se intensificó. ¿Por qué estaba tan nerviosa? Esto no era nuevo para ella por mucho tiempo que hubiera pasado desde la última vez. Quizá se debía a que deseaba con toda su alma que esta velada fuera perfecta para ambos, para que pudieran sellar su compromiso otra vez.

Tate le cogió la otra mano y durante un momento ella quedó entre los dos hombres: su marido y su dominante para la ocasión. Tate le dio un apretón cariñoso como para darle ánimos, pero ella no verbalizó nada de lo que leía en su mirada.

—Los otros se quedarán al margen —dijo su marido en voz baja—. Los verás solamente cuando sea el momento de participar. Disfruta de este regalo, cariño. Sé que te gustará de principio a fin.

Entonces se volvió hacia James. Chessy parpadeó, incrédula, porque Damon se había apartado con tanto disimulo que ni siquiera lo había visto irse.

—Desnúdala poco a poco —ordenó Tate—. Y luego prepárala como ya te he explicado.

La orden de Tate le hizo sentir un delicioso escalofrío por todo el cuerpo. Apretó los puños para que no se le notara que temblaba. Los nervios y las ganas se disputaban el control.

James tiró con firmeza de la correa para apartarla de Tate y acercársela. Tate, a su vez, dio un paso atrás, pero no dejó de mirar a Chessy mientras James empezaba a desvestirla.

—Preciosa —murmuró James cuando ella se quedó con solo las medias y los zapatos.

Le acarició el trasero y luego, como si se envalentonara, le pasó la palma debajo de un pecho. Le rozó el pezón con el pulgar, que reaccionó endureciéndose.

Se le cortó la respiración y luego dio un grito ahogado cuando agachó la cabeza y le succionó el pezón poquito a poco.

—Delicioso —murmuró—. Sabes tan bien como parece.

Se acaloró de repente y levantó la vista para mirar a Tate; solo le preocupaba él aunque era otro hombre el que le daba placer.

Esa acción le acarreó una reprimenda de James. Tiró de la correa y la obligó a mirarlo. Por la mirada parecía molesto.

—Yo soy tu amo esta noche. Él es un mero espectador. Solo tienes que mirarme a mí y obedecer mis órdenes.

Quiso protestar porque estaba muy equivocado. Nadie salvo Tate podría ser su amo; además era una palabra estúpida. Ni ella ni su marido la empleaban. Sin embargo, algo en su mirada acalló su objeción. Se estremeció y quiso mirar a Tate para sentirse más segura, para ver su reacción tras lo que acababa de decirle el otro, pero no se atrevió a apartar la vista otra vez.

James le acarició la mandíbula y luego le dio la vuelta para que estuviera de espaldas a Tate y evitar así la tentación de buscar la aprobación de su marido. Que Tate le diera tanta manga ancha la sorprendía mucho.

El hombre la colocó sobre el banco que tenía un soporte acolchado para el abdomen. Entonces le estiró los brazos y le ató una muñeca a uno de los dos postes situados en la parte frontal del banco. Después de asegurarle una muñeca, fue a por la otra para tenerla completamente tendida sobre el banco, con el trasero elevado y ambos brazos atados con la fuerza suficiente para que la cuerda no cediera cuando pusiera a prueba la fuerza de los nudos.

James desapareció de su vista y entonces notó las cintas de cuero alrededor de los tobillos que le atarían las piernas a las patas del mueble. Estaba de piernas abiertas; sus partes más vulnerables quedaban expuestas.

—Empieza con el látigo de cuero —le indicó Tate.

Al oír la voz de su marido, se sintió aliviada al instante. La aprensión de antes desapareció al ver que Tate tomaba el control de la situación. Se relajó, preparándose mentalmente para el primer beso de fuego.

—Dale diez azotes bien repartidos para que la piel le quede marcada y colorada de manera uniforme —prosiguió—. Cuando termines, halágala como es debido y luego llévala al borde del orgasmo con las manos y la boca. Luego pásate a la correa de cuero y márcale bien el culo para que cuando la folles por detrás tenga la piel encendida. Como te he dicho, su boca es mía y se la follaré mientras tú le das por detrás. No quiero que vuelva a correrse hasta que la hayas azotado y desatado después, y hasta que la sujeten los demás hombres que están esperando.

Chessy cerró los ojos; esas palabras se le quedaron marcadas a fuego en la cabeza. La bombardearon imágenes lascivas y pecaminosas; estaba a punto de llegar al orgasmo y eso que aún no habían empezado.

Dio un grito cuando le dio el primer latigazo en el trasero. Estaba tan absorta en la fantasía que Tate describía que no se había preparado para el primer golpe.

Abrió los ojos y no vio a ninguno de los dos; ni a James ni a su marido. Solo la pared de enfrente le devolvía la mirada. Estaba de espaldas a la sala, de modo que seguramente todo el mundo estaba observando cómo la azotaban. No le importaba. Hacía tiempo que había superado la timidez de estar desnuda frente a extraños, pero no le gustaba no poder ver a Tate. Sabía que estaba allí, pero no lo veía.

Quería ver su mirada de aprobación. Quería poder mirarlo a los ojos y compartir esa conexión tan personal; olvidar que existía alguien más aunque fuera otro hombre el encargado de su dominación.

Apretó la mandíbula e hizo una mueca cuando llegó el segundo golpe. James no era tan cuidadoso como Tate cuando la azotaba. Sus azotes eran indisciplinados, como si no tuviera suficiente experiencia. Tal vez no fuera más que un sádico que solo buscaba su placer y le daba igual la delicada línea que separaba el dolor del placer para ella.

James no le regalaba palabras de aprobación o de adulación tal como Tate le había ordenado. Ni siquiera le estaba dando el placer que Tate le había exigido. ¿Dónde coño estaba Tate? ¿Por qué no le estaba cantando las cuarenta por pasarse sus órdenes por el forro?

No hubo momento de descanso entre el látigo y la correa de cuero. El fuego le abrasaba la piel y tuvo que morderse el labio para no gritar de dolor. Ahí ya no había placer. Al menos, no para ella.

Entonces notó una insistente presencia en el ano y se

dio cuenta de que James intentaba penetrarla sin aplicarle antes lubricante. Así no era como le había indicado Tate. ¿Por qué no le paraba los pies?

—Relájate, joder —bramó James, clavándole los dedos en las caderas. Estaba convencida de que le saldrían moratones—. Te voy a follar y de ti va a depender que sea fácil o difícil.

Ella gritó, atónita por ver que seguía insistiendo y que Tate no abría la boca. Y entonces, para penalizar su resistencia, James le dio un latigazo en la espalda mientras la embestía a pesar de su reticencia.

Las lágrimas empezaron a brotar y a resbalarle por las mejillas; estaba sollozando.

—¡No! ¡Para! No quiero seguir —dijo con una voz confundida.

Su palabra de seguridad. Mierda, ¿cuál era? Tenía la cabeza hecha un lío del miedo y del dolor.

—¡Lluvia! —exclamó con la voz quebrada—. ¡Lluvia!

# Diecisiete

$\mathcal{T}$ate acababa de darle la última orden a James cuando le vibró el teléfono en el bolsillo. Por pura costumbre, bajó la vista y se lo sacó un poco para identificar la llamada, aunque pensaba cancelarla.

Soltó un improperio en voz baja antes de levantar la mirada hacia James, que acababa de darle el segundo latigazo a Chessy. Era una llamada importante, pero ¿por qué tenía que ser precisamente ahora? Hacía dos semanas que Tabitha Markham le tenía en ascuas y aún no sabía si iba a pasar la cartera de clientes de su difunto marido —su herencia— a la empresa de Tate. Su compromiso en firme podía llegar en cualquier momento. Al parecer había escogido ese preciso instante para comunicarle su decisión.

Tendría que ser una conversación rápida.

Cogió el teléfono, miró a Chessy, que le daba la espalda y luego contestó con un «¿Diga?» algo crispado.

—¿Tate? ¿Dónde estás? No te oigo.

La voz de Tabitha era estridente y no estaba de humor para cotorreos. Quería que le dijera de una vez qué había decidido para poder atender asuntos más importantes. Como a su esposa y salvar su matrimonio.

Se acercó a un rincón donde no había tanto ruido, pero desde donde aún podía echarle un ojo a Chessy.

—¿Me oyes ahora? —preguntó.

—Sí, mucho mejor. Te llamaba porque estoy un poco

preocupada. Últimamente me ha sido muy difícil contactar contigo y, como mi asesor financiero, necesito poder localizarte en todo momento.

Tate frunció el ceño y le dio la espalda a Chessy y a James. Le entraron ganas de darle un puñetazo a la pared.

—Te aseguro que para mis clientes estoy disponible a todas horas —repuso él, tenso.

—Bueno, eso está por ver, ¿no te parece? Si no estás disponible antes de ser clienta tuya, me parece poco probable que lo estés cuando me tengas en el saco.

Impaciente, Tate apretó los puños y se tapó la otra oreja para oír mejor.

—A ver, ¿quieres que lleve tu cartera o no? —preguntó sin rodeos—. Ahora mismo no puedo hablar porque estoy con mi esposa y es tiempo personal. Si quieres que sigamos hablando del tema, llámame en horario de oficina el lunes.

Entonces oyó un grito que le heló la sangre.

—Lluvia. ¡Lluvia! —gritó Chessy con una voz desgarrada.

Tiró el teléfono y se volvió en dirección al grito. Cuando vio las lágrimas que le resbalaban por las mejillas y los dedos de James hincados en sus caderas, echó a correr hacia él. Sin embargo, antes de que tuviera tiempo de llegar, Damon y dos de sus guardias de seguridad apartaron a James. Tate se abalanzó sobre él.

—¿Qué hostias le has hecho, hijo de la gran puta? —vociferó Tate.

Le dio un puñetazo en la mandíbula con tanta fuerza que le hizo tambalear. Luego se volvió con el corazón en un puño y vio a Damon desatando a Chessy, que se hizo un ovillo en el suelo en un mar de lágrimas.

Seis ojos acusadores le miraban fijamente mientras se arrodillaba junto a su esposa, que no paraba de sollozar.

Lo fulminaban con la mirada. Había hecho lo imperdonable. Había roto la regla implícita por la que se regían todos los dominantes: no había protegido a su sumisa.

—¿Qué hostias ha pasado? —preguntó Tate.

Damon lo miró con desdén.

—¿No deberías saberlo tú? ¿Dónde estabas cuando se desgañitaba gritando la palabra de seguridad? ¿Cómo has podido hacerle esto? Esto… esto es imperdonable. Te aseguro que aquí no vuelves a entrar.

Tate alargó el brazo hacia Chessy y, temeroso, le rozó la piel fría en un intento de tranquilizarse y comprobar que estaba bien. Evidentemente no lo estaba.

Ella se encogió; le rehuía.

—No me toques —le espetó con una voz ronca por haber llorado y gritado.

Damon pidió a uno de los hombres que había allí que le trajera una manta. Tate estaba destrozado al ver todo aquel dolor en los ojos de Chessy, pero peor era el miedo que lo atenazaba. La había cagado. Había hecho eso imperdonable de lo que Damon lo había acusado. No tenía —y no debería tener— perdón por no haberse asegurado de que su mujer estuviera a salvo en todo momento allí en The House.

Volvió el hombre con la manta y cuando Tate intentó ponérsela encima, ella se apartó con tanta brusquedad como antes. Entonces la cogió Damon, que se la colocó con cuidado sobre los hombros. Luego la rodeó con los brazos y la ayudó a incorporarse sin despegarse de ella.

—Todo irá bien, Chessy —le dijo en voz baja—. Te llevaré a mi despacho; tendremos más privacidad. Mandaré que te traigan la ropa para que puedas vestirte. ¿Te ha hecho daño? ¿Quieres que vayamos al hospital?

Ella empezó a sollozar otra vez y cada lágrima era como una daga en el corazón de Tate.

Ignorando a su marido en todo momento, Damon la

sacó en brazos de la sala común. Tate los seguía, notaba las miradas asqueadas de todos los presentes.

Seguro, sensato y consensuado. Él solito se las había apañado para violar los tres preceptos del estilo de vida dominante y sumisa. Y ahora su hermosa mujer había pagado por su error. Igual que las muchas otras veces que le había fallado en los cinco años que llevaban casados. Al parecer no hacía nada a derechas, lo que no tenía ningún sentido porque la quería muchísimo.

Damon bajó a Chessy por las escaleras, entró con ella en el despacho y la sentó en el sofá de piel. Le recolocó la manta que la envolvía para que no se viera su desnudez. En algún punto se le habían caído los zapatos; sin zapatos, con las medias y la manta encima era la viva imagen del desconsuelo.

Tate se arrodilló frente a ella e intentó cogerle las manos, pero ella las retiró y apretó los puños en el regazo para que no pudiera tocarlas. No quería mirarlo a los ojos y no la culpaba.

—Chessy, lo siento mucho —susurró—. Lo siento muchísimo. Me he apartado un momento para atender una llamada de teléfono. Ya había terminado cuando te he oído gritar tu palabra de seguridad.

Ella lo miró fijamente entonces: era una mirada tan fría que congelaría el mismo infierno.

—Ajá. ¿Era eso lo que hacías mientras me violaba el hombre que escogiste para dominarme? ¿Atendías una puta llamada?

Sus palabras lo paralizaron. No había sido consciente de la magnitud de la traición hasta entonces. Había estado al teléfono como un pasmarote mientras otro hombre, que él mismo había elegido para que intimara con su mujer, le estaba haciendo daño.

—En parte la culpa es mía —terció Damon en voz baja a unos metros de ellos—. Le di a Tate los nombres de varios hombres que pensé que serían buenas opciones. No había nada en el pasado de James que pudiera hacerme sospechar que tendría semejante comportamiento hoy. La seguridad de mis miembros, todos ellos, es mi prioridad absoluta y esta noche te he fallado.

Ella negó con la cabeza.

—No —repuso ella con vehemencia—. La culpa no es tuya, Damon, y no permitiré que cargues con eso. Aquí la que tiene la culpa soy yo por haber confiado en mi marido cuando me dijo que me anteponía a todo. Por creerlo cuando me prometió que cambiaría. No tendría que haberme puesto en esta situación y créeme que no volverá a pasar.

Tate no podía respirar. Era como si alguien lo agarrara por la garganta y lo estuviera apretando hasta dejarlo mareado por la falta de oxígeno. Sus palabras parecían tan... definitivas, pero se las merecía. Aun así, el miedo le estaba destrozando los nervios. ¿Vivir sin Chessy? Impensable.

Al cabo de un momento, se oyó un golpe en la puerta. Era Damon que se había marchado y volvía ahora con su ropa. Chessy se quedó mirando las prendas con cierto asco. Eran un recordatorio de lo que Tate había planeado para la noche y ella solo quería olvidarla.

Le temblaban los labios y cerró los ojos con el ceño fruncido en un intento de recobrar la compostura.

—Dime qué quieres hacer —le preguntó Damon con suavidad—. Pediré que te lleven donde sea que quieras ir. ¿Hay alguien a quien quieras que llame?

Tate se enfadó y estaba a punto de explotar cuando se volvió para mirar a Damon.

—Yo llevaré a mi mujer a casa —espetó con frialdad.

—No recuerdo haberte consultado —contestó Damon—. Has perdido esa opción al renunciar a tus responsabilidades como dominante y permitir que le hicieran daño.

Tate no tenía respuesta para eso, lo que aún lo cabreaba más. Le temblaban mucho las manos. Era un manojo de nervios y eso que era de los que abordaba cualquier situación con tranquilidad y firmeza.

—Iré con Tate —dijo ella tan bajito que Tate no sabía si lo había dicho o no.

Él tenía miedo de esperar o dar por supuesto algo más de su aceptación; no quería hacerse ilusiones. Chessy seguía sin querer mirarlo a los ojos, como si no soportara mirarlo siquiera.

—Deja que te ayude a vestirte —le dijo Tate con tacto—. No te preocupes por los zapatos, yo te llevo al coche.

Ella negó con la cabeza.

—Puedo vestirme sola. Déjame sola un rato. Saldré cuando haya terminado.

Tate insistió.

—Quiero asegurarme de que estás bien y quiero cerciorarme de lo que te ha hecho ese cabronazo.

—Ah, ¿pero te importa? —espetó con un tono lleno de resentimiento.

Él apretó la mandíbula.

—Pues claro que me importa. Joder, Chessy.

Ella hizo un ademán con la mano como para quitarle importancia al asunto.

—Os espero fuéra —dijo Damon omitiendo que esperaría por si ella cambiaba de opinión y prefería que fuera él quien la llevara. Estaba implícito en el tono.

En cuanto salió, Chessy dejó caer la manta, pero se encogió un poco de forma protectora como si no quisiera que Tate la viera. Su marido le dio la vuelta y soltó un improperio cuando le vio los verdugones en la espalda. Se le empezaban a marcar los moratones en las caderas, allí donde le había hincado los dedos aquel hijo de puta.

—¿Hasta dónde ha llegado? —preguntó él con voz ronca.

Ella se encogió de hombros con aire indiferente.

—Lejos.

Tate se pasó una mano por el pelo, frustrado. Chessy lo fulminaba con la mirada; eran unos ojos acusadores y llenos de dolor.

—Lo siento. Lo siento muchísimo. ¿Te duele? Qué egoísta por mi parte no haberte dedicado toda mi atención.

Su sarcasmo le partía el corazón. Se odiaba tanto que ese mismo odio rebosaba y se convertía en una emoción viviente, como de carne y hueso. Estaba tremendamente apesadumbrado porque sabía que no merecía perdón por lo que había hecho; por lo que había permitido que le sucediera.

Ella se incorporó y se apartó de él para vestirse. Se puso la ropa sin miramientos y luego bajó la vista hacia el vestido ceñido.

—Estoy lista —dijo.

—Chess, ¿estás segura de que no quieres que te lleve al hospital? —preguntó él, incómodo—. ¿Te ha hecho mucho daño?

Ella lo miró entonces sin parpadear.

—No tanto como tú.

# Dieciocho

*E*l trayecto a casa fue tenso y en completo silencio. Chessy estaba apoyada en la puerta del acompañante con la frente pegada en el cristal a través del que veía pasar las farolas de la calle. Estaba paralizada, como insensible. Se sentía vacía y desolada; no conseguía sentir ninguna emoción. Ni enfado ni pesar. Simplemente... nada.

Su matrimonio había terminado. Para ella, Tate había cruzado una línea que nunca podría borrar. Y aunque ese pensamiento la hubiera dejado hecha polvo veinticuatro horas antes, ahora mismo no sentía más que resignación.

Notaba que la miraba, pero no le hizo ni caso. En lugar de eso fingió que no estaba y empezó a hacer planes para un futuro que no lo incluía.

Cuando llegaron a casa, ella abrió la puerta antes de que detuviera el coche del todo y salió. Al pisar el suelo de cemento se le rompieron las medias. No llevaba llaves, de modo que tenía que esperar a que Tate abriera la puerta. En cuanto lo hizo, se abrió paso y se fue derecha al dormitorio.

Sin tiempo que perder, abrió el armario, sacó una de las maletas grandes y la tiró sobre la cama.

—Chessy, ¿qué narices haces? —preguntó Tate desde el umbral.

Ella hizo caso omiso y empezó a descolgar la ropa de

las perchas y a tirarla dentro de la maleta sin preocuparse por doblarla.

Le cogió la muñeca y ella se quedó petrificada cuando le pidió que levantara la cabeza y lo mirara. Tenía las facciones ensombrecidas y unas arrugas profundas le marcaban la frente. Sus ojos estaban llenos de dolor y pesar. Parecía torturado.

No era problema de ella.

Se zafó de él, dio un paso atrás y cuando se acercó a le mesita para coger unas braguitas y unos sujetadores, Tate le repitió la pregunta.

—¿Qué narices haces? ¿Dónde te crees que vas?

Ella se detuvo con los brazos llenos de prendas íntimas. Entonces se dio la vuelta y lo miró fijamente hasta que empezó a sentirse incómodo.

—Me voy —dijo sin más—. Creo que está claro, pero si quieres que te haga un croquis: haré la maleta, lo cargaré todo en el coche y luego me iré cagando leches de aquí.

Él hizo una mueca y se quedó blanco.

—Chessy, por favor, no te vayas. Sé que estás enfadada. Joder, estás en tu derecho, pero no te vayas así de cabreada. Ya me iré yo; esta es tu casa. Me iré a un hotel y volveré mañana para que podamos hablarlo con calma.

—¿Y de qué vamos a hablar, si se puede saber? ¿De que me mentiste? ¿De que me hiciste promesas que volviste a romper? ¿O de que respondiste una llamada cuando tu mujer estaba desamparada y no podía defenderse de un hombre al que tú escogiste y a quien tendrías que haber guiado en todo momento? A ver si te queda claro: no quiero oír nada de lo que tienes que decirme. No hay vuelta atrás. No puedo olvidar lo que ha pasado. Esto no se puede deshacer. El que ha elegido eres tú, no yo.

Tate se sentó en la cama con la cabeza agachada. Le

temblaban las manos y tenía los hombros hundidos; libraba una dura batalla con sus emociones. Chessy terminó de llenar la maleta de ropa. Quería acabar lo antes posible para largarse de allí antes de derrumbarse del todo.

Cogió un neceser grande de debajo del lavamanos del baño y vació los cajones de productos de belleza. Decidió que lo que no cogiera ahora, lo recogería cuando volviera en otro momento, a poder ser cuando Tate no estuviera. Sus queridos clientes podían hacerle compañía a partir de ahora. No estaba dispuesta a seguir esperando las migajas de la atención que le daba.

Después de tirar el neceser en la cama, cerró la maleta con cremallera. Tate no se había movido, parecía congelado y completamente conmocionado al ver que se iba. No la sorprendía. En su relación ella siempre daba y él se limitaba a recibir. Ella nunca lo contradecía; siempre lo complacía y le cedía el control.

Todo eso se había acabado a partir de esta noche.

—Al menos deja que te lleve allá donde vayas —le pidió en voz baja—. Me preocupa que cojas el coche ahora, Chessy. Permíteme eso al menos. Quiero estar seguro de que no te pasa nada.

Ella lo miró con desdén y luego negó con la cabeza.

—Eso sí que es gracioso. Quieres estar seguro de que no me pasa nada. Perdona que me haga gracia la hipocresía de esa frase.

Tate cerró los ojos y suspiró.

—Merezco toda esa rabia. Merezco toda la mierda que me eches encima, pero, por favor, Chessy, quédate para que podamos solucionarlo. No te vayas. Te quiero.

—Creo que me quieres, sí —contestó ella sinceramente—, pero no lo suficiente y no de la misma forma que te quiero yo a ti. Me hubiera conformado en otro momento, pero ya no. Merezco algo mejor.

Cogió la maleta de la cama con una mano y el neceser con la otra antes de salir del dormitorio con Tate a la zaga. Ojalá la dejara en paz. No iba a conseguir que cambiara de opinión. Si la conocía, sabría que era inútil disuadirla cuando se le metía algo en la cabeza.

Antes hubiera apreciado sus ganas y la voluntad de salvar su matrimonio, pero por aquel entonces, aún pensaba que tenían una relación viable. Ahora solamente quería tenerlo lejos para poder dar rienda suelta a su aflicción, pero estaba resuelta a no derrumbarse delante de él.

Tenía que ser fuerte por ella misma. No quería volver a depender de Tate para tener estabilidad emocional. Había depositado su fe y su confianza en alguien que no las merecía. Nunca lo habría creído capaz de lo que había hecho esta noche. Sí, hacía tiempo que anteponía el trabajo a todo lo demás, pero nunca en una situación de peligro en la que su seguridad pudiera verse comprometida. En el fondo, había creído que él la protegería cuando fuera necesario.

Le desgarraba el corazón darse cuenta de lo mucho que se equivocaba.

De una patada abrió la puerta, que habían dejado entornada al entrar, y arrastró la maleta por el escalón y el porche. Tate lo intentó una vez más y la agarró con cuidado por el brazo. No le hacía daño, pero era un gesto firme; quería captar su atención.

Ella lo fulminó con la mirada y luego bajó la vista a su mano como diciéndole que la soltara, pero sin hablar.

—Chessy, no te vayas, te lo pido por favor —le rogó en voz baja—. Quédate esta noche, por lo menos. Hablaremos por la mañana. No iré a trabajar. Si quieres nos vamos a algún sitio tranquilo. Haré lo que sea para que no te vayas.

—Ahora ya es demasiado tarde. Irnos no arreglará lo que va mal, solo retrasará lo inevitable. No puedo obligarte a que me antepongas a todo ni ser tu prioridad y, además, tampoco quiero que nadie sienta por mí algo que no es. Al final sale siempre la verdad. Lo de hoy lo demuestra.

—Si al final sale siempre la verdad, te recuperaré —juró él—. Haré todo lo que esté en mi mano para traerte a casa, Chessy. Ya lo sabes. No voy a rendirme y no permitiré que te vayas de mi vida ni renuncies a nuestro matrimonio.

—Tú ya has renunciado a él —repuso ella con pesar.

Y con eso, se dio la vuelta, arrastró la maleta hasta el Mercedes y la dejó en los asientos traseros. Ni siquiera se volvió para verlo. Abrió la puerta, se sentó al volante y arrancó. Sin embargo, mientras se alejaba, no pudo evitar mirar por el retrovisor: la luz del porche recortaba la silueta de Tate ahí de pie viéndola marchar.

# Diecinueve

Chessy no tenía el destino decidido cuando salió del barrio. Tenía tres opciones: pasar la noche en un hotel, ir a casa de Joss o ir a la de Kylie.

Descartó el hotel porque lo último que quería era estar sola. Así pues, o iba a casa de Joss o a la de Kylie, al final se decantó por Kylie porque estaba más cerca y Joss estaba embarazada. No quería ponerla nerviosa ni que pasara la noche en blanco. Además, ahora mismo le vendría muy bien una copa y Joss no podía beber.

Accedió al camino de entrada a la finca de Jensen y aparcó junto al coche de su amiga. Se quedó ahí un rato tratando de reordenar sus pensamientos. De repente fue consciente de que había dejado a Tate. Acababa de poner fin a su matrimonio.

Estaba al borde de las lágrimas, pero tragó saliva varias veces para contenerlas. Entonces se armó de valor y salió del coche. Cogió la maleta y tomó el caminito que llevaba a la puerta de entrada. No había llamado al timbre aún cuando Jensen apareció en el umbral con un semblante preocupado. En ese momento reparó en la maleta.

—Mierda —murmuró—. Lo mato.

Ella se echó a llorar y Jensen la abrazó al tiempo que apartaba las bolsas y cerraba la puerta.

—Va, entra —le dijo con dulzura—. Voy a buscar a Kylie. Acaba de salir de la ducha.

Chessy se sorbió la nariz.

—Gracias. Siento plantarme aquí así sin decir nada. No sabía adónde ir.

Jensen adoptó una expresión muy seria.

—Aquí eres siempre bienvenida, Chessy. Siéntate, anda. Voy a buscar a Kylie.

Antes de que tuviera tiempo de darse la vuelta, Kyile entró en el salón con el cabello envuelto en una toalla.

—¿Jensen? ¿Era la puerta lo que acabo de...?

Se le apagó la voz al ver a Chessy ahí sentada.

—Oh, no —susurró. Corrió hacia su amiga y la abrazó—. ¿Qué ha pasado?

Jensen le dio a Chessy un pañuelo, pero lo cogió Kylie para secarle las lágrimas a su amiga.

—Todo ha terminado —le dijo con la voz entrecortada—. He dejado a Tate.

Kylie y Jensen se miraron estupefactos. Él se quedó perplejo, como si no lograra entender por qué estaba Chessy en su salón contándoles que había dejado a su marido.

—¿Qué ha pasado? —repitió Kylie.

Chessy cerró los ojos y luego les contó toda la fea historia. Cuando hubo terminado, Jensen tenía tanto odio en la mirada que parecía que la rabia le corría por las venas.

—Maldito sea. No me lo puedo creer —estalló—. Lo mato —dijo repitiendo lo que había soltado en la puerta hacía tan solo un momento—. Lo que ha hecho es imperdonable. ¿Cómo ha permitido que ocurra?

Kylie, que la miraba sin pestañear, estaba pálida y parecía aterrada.

—Chessy, ¿te ha hecho daño? ¿Quieres que te llevemos al hospital?

Ella negó con la cabeza.

—Estoy bien. Bueno, bien, bien, no, pero físicamente sí.

—Enséñanos la espalda —dijo Jensen, cortante—. O,

si te incomoda que yo esté delante, al menos enséñasela a Kylie. Dudo que sola puedas apreciar si te ha cortado la piel, pero hay que echarle un ojo por si acaso.

Chessy no había reparado en el dolor en los omoplatos porque el dolor del corazón ensombrecía todo lo demás. Se dio la vuelta despacio y mostró la espalda a sus amigos. Kylie le levantó la camiseta que se había puesto en casa para que pudiera ver el daño que le había infligido la correa.

Oyó como se le cortaba la respiración a Kylie y cómo maldecía Jensen. Hizo una mueca al oír toda la retahíla de palabrotas que salían de la boca de él.

—¿Tan mal está? —susurró ella.

—Pues sí, bastante —dijo Jensen, aunque no era dado a edulcorar las cosas. Chessy lo conocía desde hacía solo unos meses, pero le gustaba su sinceridad y que no se anduviera con rodeos.

—No te ha cortado, gracias a Dios —anunció Kylie en un tono más suave que contrarrestaba la respuesta más cortante de su pareja—, pero están empezando a salir los moratones y a hincharse los arañazos.

Volvió a bajarle la camiseta y Chessy se dio la vuelta para mirar a sus amigos. Acababan de ver los resultados de la negligencia de su marido y se moría de la vergüenza.

Kylie abrió la boca y la cerró otra vez, visiblemente incómoda por lo que fuera que iba a decir. Luego la miró a los ojos.

—Sé que ya me has explicado alguna vez lo que hacéis Tate y tú, pero ¿esto es… normal? —preguntó titubeante—. Es decir, ¿eso es lo que te hace? No recuerdo haberle visto moratones a Joss, claro que tal vez no estaban a la vista. Quizá no entiendo las dinámicas del estilo de vida que lleváis.

Jensen suspiró y le puso una mano en el hombro, al que dio un pequeño apretón.

—No es algo que debiera pasar, cariño. El dominante está a cargo de la seguridad y el bienestar total de su sumisa. Se supone que debe salvaguardar ese regalo y respetarla. Lo que ha hecho Tate esta noche… —Se quedó a medias y negó con la cabeza como si estuviera confuso—. No termino de concebirlo. ¿En qué estaba pensando? La sola idea de dejar que hicieran daño a Chessy estando él tan cerca me revuelve el estómago.

Chessy rompió a llorar de nuevo y Jensen parecía arrepentido de haberle causado más dolor.

—No, no es así como funciona nuestra relación —dijo ella respondiendo a la pregunta de Kylie—. Nunca me ha dejado marcas. Siempre ha sido muy sensato y ha llevado cuidado al usar la fusta o el látigo. No espero que entiendas los motivos, pero la línea entre el dolor y el placer, si se hace bien, puede ser muy excitante. Y muy placentera. Lo de hoy no era nada nuevo. Es algo de lo que ya habíamos disfrutado antes, aunque en el pasado Tate solo tenía ojos para mí. Siempre se aseguraba de que mi placer fuera lo primero y que el hombre con quien estuviera no se pasara de la raya. Hoy no ha sido el caso. Ha contestado una llamada mientras otro hombre me tenía atada, indefensa e incapaz de protegerme.

La rabia se reflejaba ya en su voz y aumentaba con cada palabra. Hasta ella misma se sorprendió. Esperaba sentir muchas cosas, pero, por un momento, ese arrebato de rabia encubrió su sentimiento de absoluta desesperación.

—Quiero ir a darle una paliza —dijo Jensen en un tono amenazador.

Chessy esbozó una frágil sonrisa.

—Gracias, pero no hace falta.

—Me sabe muy mal que te haya pasado algo así, Chessy —añadió él con sinceridad—. Tate es un completo imbécil. No puedo creer que no vea el tesoro que tiene en casa, pero me alegro de que lo hayas dejado. Ya era hora de que te hicieras valer.

Ella suspiró; sabía que había sido un mero felpudo durante demasiado tiempo. Hasta sus amigos se daban cuenta y le daba una vergüenza tremenda no haberlo visto hasta ahora.

—Odio preguntaros esto —dijo Chessy, retraída—, pero ¿puedo pasar la noche aquí? He salido corriendo y ni siquiera he tenido tiempo de pensar dónde ir o qué hacer.

Jensen frunció el ceño y Kylie hizo lo mismo.

—Eso no hace falta ni que lo preguntes —contestó él—. Quédate todo el tiempo que necesites. No vamos a darte la patada por la mañana. Ahora mismo necesitas a tus amigos

Kylie asintió.

—Te quedas hasta nuevo aviso —dijo, tajante—. Sé lo que es estar sola cuando estás hundida en la miseria y, créeme, no es nada agradable ni divertido.

Jensen hizo una mueca de dolor porque sabía que se refería al tiempo que pasó triste y sola después de que la dejara.

—No, no es nada divertido —convino él—, por eso te vas a quedar aquí, con tus amigos. Siempre has sido un gran apoyo para Kylie y nunca podré agradecértelo lo suficiente. Que te quedes es lo mínimo que puedo hacer para devolverte el favor. Y no aceptaremos un no por respuesta.

—Gracias —dijo Chessy, aliviada. Por mucho que le fastidiara irrumpir así en la reformada relación de Kylie y Jensen, la verdad era que necesitaba a sus amigos. Y ahora más que nunca porque no hacía falta fingir. Kylie y Joss ya no se morderían la lengua ni se guardarían sus opiniones. Se había abierto la veda contra Tate.

Formaba parte de la etiqueta y el código de honor de las amigas, que tenía premisas como que una amiga te saca de la cárcel, pero una muy buena amiga estará contigo en la celda si hace falta.

Ahora mismo necesitaba ver a su marido a través de los ojos de los demás. Solo tenía lo que se había montado en la cabeza y eso era lo que se había convertido en su verdad cuando, en realidad, era todo una gran mentira. Era hora de quitarse la venda y ver lo que todo el mundo había visto durante tanto tiempo. Aunque tal vez no esta noche…

—Esto… ¿Kylie? —tanteó.

—¿Qué pasa, cariño? ¿Necesitas algo? ¿Quieres que te traigamos algo?

—Andamos cortos de vino, así que no me importa ir a por unas botellas para reaprovisionar el mueble bar —dijo Jensen con una sonrisa—. Parece que cuando mis chicas se juntan, el alcohol se evapora. Empiezo a pensar que tumbaríais a un ejército entero en un mano a mano etílico.

A Chessy le gustó el comentario y, al mismo tiempo, le entristecía esa muestra de cariño. Sus chicas. Eso le daba a entender que había aceptado el papel que desempeñaban Joss y ella en la vida de Kylie desde hacía tiempo y que alentaba esa amistad. No se sentía amenazado por ella.

La tristeza se debía a que Tate siempre se refería a ella como «su chica» o «mi chica» y al oírlo le había dado un vuelco el corazón. Le había tocado la fibra sensible, ese lugar recóndito de su alma donde guardaba los años de abandono y de desapego sentimental. Él había conseguido aliviarla, pero ¿y ahora? Todo volvería a la oscuridad de los recuerdos de infancia y de cómo había crecido: sin atenciones, sin amor. Porque era exactamente así como se sentía después de ver cómo la había tratado Tate.

—Creo que es muy buena idea, amor —dijo Kylie dedicándole una mirada cálida a su pareja. Lo de «novio» siempre le había parecido muy pueril y de los ochenta.

—Oye, antes de que salgas, y sí, ya sé que las opciones son mínimas, pero quiero deciros un par de cosas —apuntó Chessy. Le temblaba ligeramente la barbilla de los nervios.

Jensen se sentó junto a ella como si quisiera reforzar el apoyo que le brindaba Kylie, al otro lado.

—Si coincidís con Tate, no hagáis una escena, por favor os lo pido. Preferiría que pasarais de largo. No por mí. Él también es vuestro amigo y no quiero que lo odiéis ahora solo porque hayamos tenido problemas entre nosotros.

Jensen resopló, pero no dijo nada.

—Otra cosa… Sé que esto es pura cobardía, Kylie, pero ¿podrías llamar a Joss por la mañana y contárselo tú? No creo que esté en condiciones para volver a contar la misma historia. No quería ir a su casa a estas horas para no ponerla nerviosa. Lleva tiempo sin dormir bien y las náuseas matutinas le están dando mucha guerra, así que quizá podrías esperar un poco a que esté bien para contarle mis penas.

Su amiga le apretó la mano en un gesto cariñoso.

—Claro. Tú no te preocupes. Mañana enviaremos a Jensen a recoger el resto de tus cosas. Hazle una lista para que pueda traerte todo lo que quieras.

—Puedo ir yo —dijo ella en voz baja—. Necesito ir. Tal vez sacar mis cosas sea el principio de la clausura por decirlo de algún modo y pueda aceptar que mi matrimonio ha terminado.

—De ninguna manera —terció Jensen con énfasis—. No vas a ir a enfrentarte a él tú sola.

Ella esbozó una sonrisa de tristeza.

—No estará en casa. Seguro que tiene una reunión importante con algún cliente. ¿Por qué iba a coger el teléfono mientras se suponía que tenía que prestarme atención?

—También creo que es mejor que te acompañe Jensen —intervino Kylie—. Mira, hasta iré yo. Entre los tres acabaremos antes. Dash puede llevar la oficina solo. Te digo más: no me extrañaría que cuando Joss sepa lo que ha pasado, Dash aparezca también.

—De acuerdo —convino Chessy.

—Bueno, ¿te apetece beber algo o prefieres acostarte ya? —preguntó Jensen—. Seguro que a Kylie no le importa quedarse levantada y como soy su jefe puedo decirle que se quede durmiendo por la mañana en lugar de ir a trabajar.

Kylie puso los ojos en blanco.

—Espera a que me asciendan, Jensen, y ya veremos quién es el jefe entonces.

—Ya lo sé ya —respondió él con fervor—. Dash y yo nos pasaremos los días en nuestros despachos escondidos bajo la mesa.

Chessy se echó a reír y luego, como si no lograra entender cómo podría reírse mientras se desmoronaba todo su mundo, escondió la cara entre las manos y empezó a sollozar.

—¿La llevas tú a la cama? —Chessy oyó como le preguntaba Kylie a Jensen—. A nuestra cama. No quiero que esté sola esta noche. ¿Te importa dormir en la habitación de invitados?

Chessy levantó la cabeza y la sacudió enérgicamente.

—No. No pienso echar a Jensen de su cama. Ese es su sitio, contigo. Nunca haría nada que cambiara vuestra relación.

Él sonrió y le alborotó el pelo con cariño.

—Te aseguro que nuestra relación sobrevivirá si paso la noche en otra habitación. Si puede sobrevivir teniéndome atado al cabecero de la cama es porque es sólida. Además, si duermo allí, la viciosa de mi novia no tendrá que atarme.

—¡Jensen! —le reprendió Kylie—. ¡Por el amor de

Dios! ¿Es que no tienes filtro al soltar las cosas por esa boca?

—Y eso es lo que me encanta de él —dijo Chessy, divertida—. Creo que no tengo un gusto tan malo en cuanto a hombres.

—Venga, vamos a la cama —le dijo Jensen en un tono suave y amable—. Has llegado al límite de tus fuerzas. Descansa un poco y mañana Kylie, Joss y tú podréis soltaros en uno de esos terribles… digo, agradables almuerzos donde amenazáis con exterminar a todos los especímenes masculinos de la faz de la Tierra. Si no estuviera tan cabreado por lo que te ha hecho ese capullo, ahora mismo lo compadecería. Pero él solito se lo ha buscado. Y solo se va a quedar.

—Tú lo sabes bien —repuso Kylie, pensativa.

—Uy, uy, reconozco ese tono —dijo Jensen con cierta sequedad.

—A ver, mañana nos levantaremos y cuando esté lista, la acompañaremos a su casa a recoger lo que quiera llevarse. Entonces llamaré a Joss, la pondré al día y le diré que venga aquí. Luego, como el hombre dulce y atento que eres, irás a comprar comida para llevar y nos la traerás a casa para no montar ninguna escenita en un restaurante. Estás invitado, si quieres —añadió Kylie de manera burlona.

—Es un buen plan y no me importa llevar la comida a mis chicas, pero tendrás que poner a Joss al corriente antes de ir porque tendré que llamar a Dash para decirle que ni tú ni yo iremos a trabajar y me preguntará por qué. Si eso pasara, Joss se enterará por un tercero, heriréis sus sentimientos, se asustará y vendrá corriendo a ayudar con la mudanza. Creo que estamos todos de acuerdo en que todo eso no es necesario.

—Perfecto, pues quedamos así —dijo Kylie abrazando a Chessy otra vez—. Ahora, acuéstate, que tienes un aspecto horrible, cariño. Me imagino que estarás hecha polvo. Me quedaré despierta contigo en la cama todo lo que quieras.

Pero en cuanto Kylie volvió del baño después de dejar la toalla mojada y de peinarse, vio que su amiga ya se había quedado frita en la cama con una expresión de tristeza en el rostro.

Se le cayó el alma a los pies. Sabía lo mucho que podía sanar un corazón a otro, pero también lo mucho que podía dañar. La cuestión era qué pasaría con los de Tate y Chessy.

## Veinte

*E*n la cocina de Jensen, Kylie asía la taza de café con ambas manos. Chessy había dado alguna que otra cabezada aquella noche, pero ella no había pegado ojo. Se la había pasado en vela, preocupada y afligida por su amiga.

Jensen se le acercó por detrás y la abrazó para atraerla hacia sí, contra su pecho, mientras le acariciaba la oreja con la barbilla.

—¿Cómo ha pasado la noche? —preguntó en un tono preocupado.

Kylie suspiró.

—Mucho mejor que yo.

Dejó la taza en la encimera y luego se dio la vuelta para abrazarlo también. Apoyó la mejilla en su pecho y suspiró otra vez.

—¿Qué vamos a hacer, Jensen? Está destrozada. Rebosaba esperanza y optimismo después de esa horrenda noche de aniversario, cuando Tate prometió cambiar tras darse cuenta por fin de lo infeliz que era ella. Pero luego, a las primeras de cambio, deja que se interpongan los negocios.

—No solo ha dejado que se interpusiera el trabajo —repuso Jensen con seriedad—. Puso a su mujer en peligro por una puta llamada de teléfono. Tendría que haber dejado el dichoso teléfono en casa y haberse dedicado en cuerpo y alma a Chessy. Sé que recelas del estilo de vida de tus amigas, pero, cariño, créeme, lo que pasó anoche no tendría que haber pasado. Siempre he creído que Dash y Tate se cortarían un brazo antes de permitir que les hicieran daño a sus esposas, pero ya no sé qué decir después de ver cómo ha actuado Tate. No sé en qué narices estaría pensando, pero lo que hizo es imperdonable y tienes que prepararte porque tal vez sea la gota que haya colmado el vaso para Chessy. Os necesitará a ti y a Joss más que nunca. Estoy orgulloso de ella por haberse hecho valer por fin. Tuvo muchas agallas para decirle que se iba.

—Ya lo sé —dijo Kylie con tristeza y pesar por su amiga—. Chessy es muy buena persona. No se merece esto. Tiene un corazón que no le cabe en el pecho, pero hace mucho tiempo que no es feliz. Ojalá pudiera decir que no me lo olía, pero hace tiempo que Joss y yo nos imaginábamos que pasaría. Sin embargo, no creímos que pasara de esta manera porque, al igual que tú, nunca pensé que Tate dejara que hicieran daño a Chessy. Por mucho que haya estado absorto en sus cosas, nunca imaginé que pudiera ponerla en una situación de peligro. Lo odio por eso —añadió con una rabia visceral que le salía del pecho.

Jensen la abrazó con fuerza y la besó en la cabeza.

—Tampoco es santo de mi devoción ahora mismo. Tengo unas ganas tremendas de darle una paliza.

—Y a mí me gustaría verlo —murmuró ella—. Podrías inmovilizarlo mientras le doy una patada en los huevos.

Él soltó una carcajada.

—Me encanta cuando te pones salvaje. Estás muy atractiva.

Ella le sonrió.

—Te quiero.

Por su expresión, Jensen parecía extremadamente feliz. Sus facciones se suavizaron y le dio un beso largo, dulce y pausado.

—Yo también te quiero —dijo con una voz tomada por la emoción.

Se oyó un ruido en la cocina; Kylie se dio la vuelta y vio a Chessy, que acababa de verlos besándose. Parecía que le hubieran dado una paliza y sus ojos transmitían tristeza.

—Siento interrumpir —dijo ella en voz baja.

—No pasa nada —repuso Jensen tranquilamente, que dejó que Kylie abandonara sus brazos—. ¿Cómo te encuentras?

—Ven aquí, siéntate y te preparo un café —dijo Kylie al tiempo que se acercaba a su amiga y le señalaba la barra americana.

—Me siento… entumecida —contestó ella algo confundida—. Es como si nada de esto fuera real. Cuando me he despertado, pensaba que estaba en casa y he ido a tocar a Tate…

—Ya, es comprensible —intentó tranquilizarla Kylie.

Le dejó la taza delante, pero Chessy se limitó a sujetarla con ambas manos como si quisiera que esa calidez le traspasara.

—¿Qué hora es? —preguntó Chessy, cansada.

—Son casi las diez —contestó Jensen—. Kylie llamará a Joss y entonces iremos a tu casa para que puedas recoger tus cosas.

Ella asintió con lágrimas en los ojos.

—¿Qué voy a hacer? Dependía completamente de Tate. Siempre se hacía lo que él quería. No quería que trabajara; insistió en cuidar de mí económicamente. ¿Y qué he conseguido con eso? Ahora no tengo ni marido, ni casa, ni dinero. —Escondió el rostro entre las manos. Levantaba y encogía los hombros como si sollozara en silencio.

Kylie miró a Jensen con preocupación; no sabía qué hacer para consolar a su amiga. Jensen sacudió la cabeza y se llevó un dedo a los labios. Entonces se acercó a su oreja para que Chessy no lo oyera.

—Dale tiempo. Estará mal unos días. Apóyala y deja que llore sobre tu hombro. Ya veremos después qué va a hacer. Si Tate y ella se divorcian, le pertenecerá la mitad, así que estará bien económicamente.

Kylie se estremeció. ¿Chessy y Tate divorciados? Sí, claro, sabía que su matrimonio no pasaba por un buen momento, pero nunca pensó que llegara la sangre al río y que Chessy estaría en la mesa de su cocina hecha un mar de lágrimas por haber dejado a Tate.

—Voy a llamar a Joss —dijo Kylie—. ¿Te das una ducha? Ya verás como te sienta bien.

Chessy suspiró, pero dijo que sí con la cabeza y se fue al baño de invitados arrastrando los pies. Kylie esperó hasta que estuvo segura de que se había metido en la ducha y entonces marcó el número de Joss.

Como ya imaginaba, Joss no se tomó la noticia nada bien. Hizo una mueca de dolor al oír todas esas palabrotas. Si Joss soltaba semejantes tacos quería decir que la cosa iba mal.

—La verdad, no concibo que Tate permitiera que le pasara algo así —decía Joss, hecha una furia—. Dash se lo va a cargar.

—Pues tendrá que coger número, porque Jensen va antes —espetó Kylie.

—Pobre Chessy —dijo Joss con una voz temblorosa por las lágrimas—. ¿Qué vamos a hacer?

—Bueno, para empezar, en cuanto salga de la ducha, Jensen y yo la acompañaremos a su casa para que recoja lo que necesite. Y después de eso se quedará aquí. La ataré si es necesario.

—¿Quieres que vaya? —preguntó—. Podemos quedar allí directamente.

—Creo que lo mejor para ella es que vengas a casa una vez haya recogido sus pertenencias. Será una experiencia terrible y lo mejor es que esté rodeada de amigos. Si quieres, te envío un mensaje cuando salgamos de su casa y te vienes derecha a la mía.

—Me parece muy bien —contestó Joss—. No me lo creo, Kylie. Me alucina que haya permitido algo semejante.

—Ya, a mí también —secundó en voz baja.

# Veintiuno

Chessy se puso en tensión cuando Jensen entró con el coche en el barrio en el que compartía casa con Tate. Cerró las manos con fuerza, apretó los dedos y luchó contra la oleada de lágrimas que brotaba de sus ojos. Kylie se giró para mirar a Chessy por encima del hombro, mientras sus ojos reflejaban empatía.

—Lo superarás, Chessy. Jensen, Joss, Dash y yo te apoyaremos.

—Lo sé —dijo ella.

—Mierda —dijo entre dientes Jensen cuando giró para entrar en la casa.

Chessy miró y el corazón le dio un vuelco cuando vio el coche de Tate aparcado fuera del garaje. ¿Qué hacía en casa? ¿Por qué?

—¿Qué hacemos, Jensen? —preguntó nerviosa Kylie.

Jensen apagó el motor y se giró para mirar a Chessy.

—Depende de ti, niña. Kylie y yo entraremos contigo, pero si prefieres volver cuando él no esté aquí, estaré encantado de traerte cuando sea.

Ella se puso derecha con decisión y habló con una tranquilidad que no acababa de sentir.

—No. Voy a hacerlo ahora. En algún momento tendré que enfrentarme a él. No permitiré que me haga tener miedo de entrar en mi propia casa.

—De acuerdo, entonces. Vamos —dijo Jensen, abriendo su puerta.

Chessy bajó del asiento trasero y se dirigió hacia la entrada con piernas temblorosas. Antes de llegar a mitad del trayecto, la puerta se abrió de golpe y apareció Tate en el umbral con un aspecto demacrado y desaliñado. Como si no hubiera dormido en toda la noche. Su rostro mostraba cierto alivio ahora.

—Chessy, gracias a Dios que has vuelto —dijo con voz ronca.

Entonces miró detrás de ella, como si hubiera estado tan concentrado en Chessy que no se hubiera fijado en que Jensen y Kylie estaban ahí.

—¿Chessy? ¿Qué pasa? —preguntó en voz baja.

—Jensen y Kylie me han traído para ayudarme a llevarme mis cosas —dijo Chessy, orgullosa de lo calmada y firme que sonaba.

Tate se quedó como si le acabaran de soltar un bofetón en toda la cara. Se estremeció de forma visible y luego se pasó una mano por el pelo ya despeinado.

—¿Te vas de casa?

El dolor de su voz hizo que se le encogiera el corazón. Pero se mantuvo en su sitio y no permitió que él la manipulara emocionalmente. Esto no se trataba de él. Iba de ella plantándose por fin y haciendo lo que debería haber hecho hacía mucho tiempo.

Jensen se acercó para situarse junto a Chessy, le ofreció su apoyo silencioso mientras miraba a Tate de arriba abajo. La expresión de Jensen era claramente de enfado. Tate ni siquiera miró a Jensen a los ojos. La culpa se reflejaba en el rostro de Tate y luego apareció resignación inundando su mirada mientras se hacía a un lado para que Chessy pudiera atravesar la puerta.

Chessy pasó a su lado, con Kylie siguiéndola. Sin embargo, Jensen se quedó donde estaba. Chessy se detuvo nada más cruzar el umbral. Su amiga la miró inquisitivamente, pero ella se limitó a llevarse un dedo a los labios y señalar hacia la puerta.

—¿Qué narices estabas pensando, Tate? —preguntó Jensen—. ¿Cómo pudiste permitir que le hicieran daño a tu mujer mientras tú contestabas una puta llamada de negocios? Joder, ¿es que no piensas las cosas?

Chessy se estremeció, pero a Kylie le entraron ganas de vitorearlo.

—Esto es entre Chessy y yo —dijo Tate con un tono de voz gélido—. No quiero tu opinión para nada que tenga que ver con mi matrimonio.

—Alguien tiene que hacerte entrar en razón. Solo Dios sabe por qué ha aguantado tanto tiempo contigo. Has tenido muchas oportunidades para hacer las cosas bien hechas y la has cagado del todo.

—La quiero —dijo Tate—. He cometido errores. Ojalá pudiera volver atrás. Pero no permitiré que se vaya. Lucharé por ella hasta mi último aliento. No voy a echarme a un lado y dejar que salga de mi vida, aunque eso sea lo que me merezco.

Jensen emitió un sonido de asco.

—No actúas como un hombre que ama a su mujer. Y está más que claro que nunca la has puesto en primer lugar en ningún aspecto de tu vida.

Chessy inclinó la cabeza mientras se le llenaban los ojos de lágrimas. Sabía que lo que estaba diciendo Jensen era verdad, pero oír esa verdad de boca de un tercero era doloroso. Que los problemas de su matrimonio fueran tan obvios para los demás era humillante.

—Vamos, Chessy —dijo Kylie en voz baja, mientras la cogía del brazo para que entrara en casa—. No servirá de nada quedarte aquí a escuchar. Solo conseguirás ponerte peor. Recogemos tus cosas y nos vamos.

Chessy se dejó llevar al dormitorio y empezó a sacar su ropa del armario de forma mecánica. Lo tiró todo encima de la cama y luego abrió los cajones y cogió todas las cajas de zapatos de las estanterías del armario. Jensen había llevado consigo varias maletas que entraría en la casa, y las cosas que no cupieran tendrían que ir apiladas en el asiento trasero del coche.

Aparte de ropa, ¿qué más tenía que llevarse? Había recuerdos por toda la casa. Cosas que tenían un significado especial. Y fotos. Las fotos de su boda. Las fotos de la luna de miel. Aunque mirarlas ahora le produciría un dolor punzante, ¿se sentiría de forma diferente cuando hubiera pasado un tiempo? ¿Querría tener esas cosas o debería dejarlas allí, en el pasado, que era el sitio al que pertenecían?

Ay, Dios, ¿debería contratar a un abogado? ¿De verdad iba a tener que pasar por un divorcio? Se le encogió el corazón y el pánico le recorrió la columna vertebral y le hizo un nudo enorme en el estómago.

—¿Qué pasa, Chessy?

El tono de preocupación de Kylie atravesó la bruma de su desconsuelo.

—Necesito un abogado —dijo Chessy débilmente—. O al menos eso creo. ¿No debería pedir el divorcio?

Kylie la rodeó con los brazos y la abrazó con fuerza.

—No nos preocupemos por eso ahora, cariño. Tienes mucho tiempo para pensarlo. Por ahora vamos a recoger tus cosas y a acomodarte en casa. Todavía estás conmocionada y no deberías tomar ninguna decisión importante en tu estado emocional actual.

Chessy suspiró.

—Lo sé, lo sé. Tienes razón. Es que nunca creí que estaría en mi dormitorio pensando en contratar a un abogado matrimonialista.

La realidad de la situación se precipitó sobre ella y ya no pudo más. Empezó a sollozar de forma desgarradora.

—¿Chessy?

La voz ronca de Tate procedente del umbral la hizo estremecerse. En un abrir y cerrar de ojos estaba a su lado, rodeándola con los brazos y abrazándola con fuerza mientras ella lloraba de forma desconsolada.

Tate tenía la boca pegada a su melena y sus brazos parecían de hierro, fuertes e inquebrantables. Durante un instante Chessy se sintió… a salvo. Como si no hubiera pasado nunca nada malo. Como si todo eso no hubiera sido más que un sueño y ahora no estuviera en su dormitorio recogiendo sus cosas para romper su matrimonio.

—Por favor, no llores, cielo —murmuró Tate—. Todo irá bien. Te lo prometo. No tienes que hacer esto. Por favor, quédate para que podamos solucionarlo. Estoy dispuesto a hacer lo que sea. Lo juro por mi vida. Te quiero.

Chessy sacudió la cabeza y se separó de él. Dio un paso atrás e intentó controlar sus emociones.

—No puedo quedarme —susurró—. Has elegido ya, Tate. Y no a mí. Si los demás no hubieran intervenido a tiempo, podría haberme hecho daño de verdad. Me hizo daño —corrigió—. Has roto tus promesas una vez tras otra. No voy a seguir dejando que me pisotees. Al menos me debo eso a mí misma.

—No permitiré que cruces esa puerta —dijo Tate con dureza.

—Ya basta, Tate.

La voz de Jensen era un aviso y su tono claramente hostil.

—Apártate ahora mismo. Deja que acabe de recoger sus cosas o llamaré a la policía para que te lleven a la fuerza y ella pueda acabar.

Tate se puso blanco para a continuación cambiar al rojo a medida que la ira reemplazaba a sus anteriores palabras de súplica.

—No te metas en esto, joder —gruñó a Jensen.

—Si la amas, no le pondrás las cosas difíciles para que haga esto —insistió Jensen—. Dices unas cosas, pero tus actos contradicen tus palabras. Si quieres recuperarla, así no lo vas a conseguir. Intentando manipularla y luego amenazándola no lograrás nada excepto hacer que se aleje todavía más de ti. Usa la cabeza, tío. Ahora no es el momento de presionarla. Está al límite.

Cualquiera podría verlo. Dale tiempo. Y luego ya te arrastrarás y le rogarás que te perdone.

Al final estas palabras parecieron hacer mella en Tate. Bajó la vista, avergonzado y sabiendo que Jensen tenía razón, lo que se reflejaba en su rostro.

—Lo siento, Chess —dijo con sinceridad—. Te dejaré para que puedas acabar con lo que estás haciendo. Pero hay dos cosas que tienes que saber. Una es que te quiero y que nunca querré a nadie más. La segunda es que no me rindo. Haré lo que sea para recuperarte y para ganarme tu confianza y tu perdón, aunque me cueste toda una vida conseguirlo.

La convicción de su declaración era incuestionable. Antes de que Chessy pudiera responder, Tate se dio media vuelta y cruzó lentamente la puerta. Al cabo de un momento, oyó cómo se cerraba la puerta principal de un portazo y cómo encendía el motor del coche.

Kylie inclinó hacia abajo una de las tablillas de las persianas de la ventana del dormitorio y se asomó.

—Se ha ido —dijo en voz baja.

Chessy debería sentirse aliviada, pero lo único que sintió fue una tristeza devastadora.

Jensen la tomó entre sus brazos y la abrazó con fuerza.

—Anímate, niña. Te ayudaremos a superarlo. Sé que también hablo por Joss y Dash. Puedes estar segura de que haremos todo lo que podamos para ayudarte.

Chessy le sonrió entre lágrimas.

—Gracias. Os lo agradezco a todos. No se pueden tener mejores amigos que vosotros.

—Voy a empezar a llevar tus cosas al coche mientras tú y Kylie acabáis de hacer las maletas. Joss vendrá en cuanto volvamos a casa y yo prepararé la cena.

—Si no paras voy a ponerme a llorar otra vez —dijo Chessy, moqueando—. Ya veo por qué Kylie te quiere tanto. Eres realmente dulce y comprensivo, Jensen.

Jensen sonrió.

—Con tal de que Kylie reconozca que soy un buen partido…

Kylie resopló.

—Y si no lo hago, no tengo ninguna duda de que me lo recordarás cada día.

—Ya te digo —dijo Jensen con suficiencia.

A continuación agarró un montón de ropa de Chessy y salió del dormitorio. Al cabo de un momento, volvió con las maletas del coche, que abrió encima de la cama.

—Si hay algo que quieras del resto de la casa, dímelo y lo recogeré —le dijo Jensen.

—Sinceramente, no lo sé —dijo Chessy en voz baja—. Haré un repaso antes de irnos. No creo que tarde más de unos minutos. No creo que tenga mucho sentido mover tantas cosas de sitio dos veces. Tal vez cuando tenga mi propia casa, vendré a buscar lo que falta. Por ahora no tengo sitio donde dejar todo esto.

Kylie le frotó la espalda arriba y abajo con la palma de la mano para reconfortarla.

Su propia casa. Qué estéril y solitario sonaba. Pero era algo a lo que tenía que enfrentarse. No podía quedarse con Kylie y Jensen para siempre. No hacía mucho que habían empezado su relación y lo último que necesitaban era cargar con alguien deprimido.

Tal vez algo en la ciudad. Algo pequeño y acogedor que no hubiera que mantener demasiado. Había muchos barrios de clase alta en los Woodlands con viviendas que iban desde complejos de apartamentos a dúplex y casas adosadas. Podía empezar por alquilar algo hasta tener un plan sólido para ganarse la vida. No importaba si tenía derecho a una pensión compensatoria por parte de Tate tras el divorcio, porque aun así necesitaba sopesar sus opciones profesionales.

Tenía estudios en el campo de los negocios y experiencia laboral en una empresa de márketing, aunque no había trabajado en ningún sitio durante los cinco años que ella y Tate habían estado casados. Echando la vista atrás, había sido una enorme estupidez dejarlo todo y depender únicamente de su marido para vivir, pero en su momento le pareció increíblemente romántico que él estuviera tan resuelto a ofrecerle todo lo que necesitara.

Dejó de lado los pensamientos sobre el divorcio y su falta de independencia, acabó de meter en las maletas lo que quería del dormitorio y Jensen lo llevó todo al coche mientras ella y Kylie repasaban el resto de la casa.

En la repisa de la chimenea de la sala de estar había una foto de ella y Tate tan felices que le dolió mirarla. La acarició con la mano; quería llevársela, deseaba poder volver a capturar una época de su matrimonio en la que eran dos enamorados totalmente despreocupados. Antes de que el trabajo ocupara todo el tiempo y la atención de Tate y todo eso la hubiera relegado a ella a un segundo plano.

Cerró los ojos. ¿De verdad podía culparle por querer ser un hombre de éxito? ¿Estaba siendo egoísta por no mostrarse más comprensiva?

No. Puede que eso fuera cierto antes de esa noche en The House. Pero haberla dejado en su momento más vulnerable, indefensa frente a los actos de otro hombre, no tenía excusa alguna. Pero ¿no tenía ella también algo de culpa por participar en una perversión que ambos disfrutaban y que tantas veces habían compartido antes de esa noche?

Al final se decidió, cogió la foto con cuidado y se la puso debajo del brazo antes de coger el álbum de las fotos de la boda de las estanterías empotradas situadas a ambos lados de la chimenea.

Había otras fotografías. Vacaciones. Fotografías de la luna de miel. Fotografías espontáneas de esas que se toman sin avisar. Se sintió desbordada por la añoranza de esa época sencilla en la que solo importaban ellos y en la que no existía ninguna preocupación relativa a trabajos ni carreras ni nada más; en la que lo único que importaba era amarse y vivir.

—He acabado —anunció Chessy con calma mientras ponía en las manos a Jensen el montón de marcos de fotografías y los álbumes de fotos—. Ya nos podemos ir.

Kylie le puso una mano en el hombro a Chessy y le dio un apretón a modo de apoyo silencioso.

—Llamaré a Joss y le diré que vamos de camino. Es probable que ya esté en casa esperándonos cuando lleguemos.

—Gracias —dijo Chessy en voz baja—. Gracias a los dos. No sé lo que haría sin unos amigos tan buenos como vosotros. Si tuviera que hacer esto sola… —Cerró los ojos, incapaz de acabar la frase.

—Nunca tendrás que hacer nada de esto sola, Chessy —le dijo Jensen con determinación—. Estuviste junto a Kylie cuando yo me porté como un imbécil. Estuviste junto a Joss cuando Dash se portó como un imbécil. Y ahora es Tate quien se está portando como un imbécil. La cosa acabó bien para Joss y Kylie, así que tal vez haya esperanzas para Tate.

Chessy intentó sonreír, pero fracasó de forma estrepitosa. Las cagadas de Dash y Jensen no eran nada en comparación con la gran cagada de Tate. Chessy nunca tuvo ninguna duda de que esos dos hombres adoraban a sus mujeres, e incluso cuando metían la pata hasta el fondo, sabía que las cosas acabarían bien.

Antes de esa noche en The House, Chessy se había sentido optimista sobre su futuro con Tate. Había creído de verdad que estaban pasando un pequeño bache en su camino para ser felices para siempre. Pero, cuando su marido le dio la espalda en su momento más vulnerable para contestar una llamada de negocios en horario fuera de oficina, ¿qué más podía pensar aparte de que su matrimonio se había acabado de verdad para siempre?

## Veintidós

*T*al como había dicho Kylie, Joss la estaba esperando en su coche frente a la casa de Jensen. En cuanto aparcaron, Joss salió, corrió hacia el lado del coche donde estaba sentada Chessy y le dio un fuerte abrazo en cuanto bajó.

—Dios, Chessy, lo siento mucho —dijo su amiga con voz llorosa—. Cuando Kylie me contó lo que había pasado, no me lo creía. ¡Qué ganas tengo de darle un par de hostias a Tate!

A pesar de su tristeza, Chessy no pudo evitar sonreír ante la vehemencia de Joss. El amor hacia sus dos mejores amigas le comprimía el corazón.

—Eres un amor —le dijo Chessy con sinceridad—. Gracias por venir. No querría molestarte ahora que te encuentras tan mal por las náuseas matutinas.

Joss frunció el ceño en señal de desaprobación.

—Si no estuvieras tan hecha polvo, te pegaría una hostia por decir eso. Siempre que me necesites, estaré a tu lado. Dios sabe que tú has estado a mi lado innumerables veces.

Todos se dieron media vuelta al oír que llegaba un coche.

—Ahí llega Dash —dijo Joss—. Le he llamado cuando Kylie me ha puesto el mensaje para decirme que estabais de camino y ha salido del trabajo para encontrarse con nosotros aquí.

Chessy suspiró. Sabía que era inevitable que todo su

grupo de amigos se enterase del fracaso de su matrimonio, pero tener que hacer frente a todos al mismo tiempo era algo que la sobrepasaba.

Dash salió de su coche con el ceño fruncido mientras avanzaba a grandes zancadas hacia Chessy y Joss. No se molestó siquiera en saludar a su mujer primero, sino que abrazó de inmediato a Chessy con fuerza, apretándola contra su cuerpo musculoso.

—Voy a matar a ese hijo de puta por lo que ha hecho —dijo Dash de forma amenazante.

—No si yo lo mato primero —murmuró Jensen.

Dash soltó a Chessy y le pasó con delicadeza un mechón de cabello por detrás de la oreja.

—¿Estás bien, niña? ¿Hay algo que pueda hacer?

—Estoy bien —respondió Chessy con calma—. Kylie y Jensen me están cuidando mucho y Kylie me ha dejado llorar sobre su hombro un buen rato. Ahora mismo me he quedado sin lágrimas y, si lloro más, creo que me explotará la cabeza.

La empatía oscureció la mirada de Dash.

—Siento mucho lo que ha pasado. Ojalá Tate hubiera abierto los ojos un poco antes, joder. No hay excusa para lo que hizo.

—Lo sé —dijo Chessy con tristeza—. Dejarle ha sido lo más duro que he hecho en la vida, pero no podía quedarme. Él tomó su elección anoche, y no me eligió a mí. Si había alguna esperanza para nuestro matrimonio, desapareció en un abrir y cerrar de ojos en ese momento. Me hizo darme cuenta de que tardé demasiado tiempo en aceptar que nuestra relación estaba condenada al fracaso.

—Cariño —dijo Joss, rodeando la cintura de Chessy con un brazo—. Lo siento mucho. Ni siquiera sé qué decir para hacerte sentir mejor.

—No hay gran cosa que puedas decir en este punto —dijo Chessy con ironía—. ¿Cómo es el dicho? ¿El tiempo lo cura todo? Supongo que tendré que esperar que sea verdad en mi caso. Pero me gustaría poder pulsar un botón de avance rápido hacia delante y saltar hasta el momento en el que todo vuelva a estar bien.

—Vamos dentro, chicas —dijo Jensen—. Aquí fuera nos ve todo el barrio. Dash y yo prepararemos la cena mientras vosotras os relajáis en la sala de estar. Abriré una botella de vino, o algo más fuerte si lo preferís, y estáis más que invitadas a poneros tan ciegas como queráis. Bueno, excepto tú, Joss —añadió con una sonrisa—. ¡No queremos que el bebé se emborrache!

Joss y Kylie se situaron a ambos lados de Chessy, pasándole cada una un brazo por la cintura mientras se dirigían hacia la puerta. Una vez dentro, dejaron a Chessy en el sofá mientras los hombres se dirigían a la cocina para empezar a preparar la cena.

Fiel a su palabra, Jensen descorchó una botella de vino y sirvió copas para Kylie y Chessy y luego dejó a mano la botella en la mesa auxiliar con otra botella sin abrir.

—Parece que supone que vamos a beber mucho —dijo Kylie con brusquedad.

—Yo beberé suficiente por ti y por mí, Joss —murmuró Chessy—. No dejes de llenarme la copa.

Joss cogió la mano libre a Chessy, la que no sujetaba la copa de vino.

—¿Has pensado en lo que vas a hacer? Sabes que eres bienvenida en casa cuando quieras. Puedes quedarte todo el tiempo que necesites. Tenemos una habitación para ti.

—No lo sé —dijo Chessy con impotencia—. Cuando estaba en casa antes pensaba lo débil y dependiente que he acabado siendo. Tengo estudios y experiencia laboral, pero no he aprovechado ninguna de las dos cosas en los cinco años que he estado casada con Tate. No tengo forma de ganarme la vida, lo cual es una estupidez tan tremenda que no sé ni por dónde empezar. Soy el peor ejemplo de mujer del planeta. La cosa es que sería la primera en aconsejar a cualquier mujer que se asegurase de poder ganarse la vida ella sola y no tener que depender nunca por completo de un hombre. Y luego voy yo y lo dejo todo porque me pareció muy dulce y romántico que Tate quisiera cuidarme. Estaba tan metida, tan ensimismada en la vida que llevábamos que nunca me paré a pensar en que necesitaba ser autosuficiente, lo que no solo me convierte en una inocente sin remedio, sino también en la mujer más tonta del mundo.

—Vale ya de ser tan dura contigo misma —le dijo Kylie a modo de reprimenda—. Te ayudaremos a recuperarte. No puedes pretender tener todas las respuestas en un día. Lo que tienes que hacer ahora es darte tiempo. Apóyate en nosotras y deja que te ayudemos. Joss y yo estaremos contigo en cada paso que des y ya se nos ocurrirá un plan.

—Por supuesto —dijo Joss con firmeza—. Durante los próximos días, lo único que tienes que hacer es relajarte y evaluar la situación. No hay prisa. Haremos una lista con las cosas que hay que hacer. Dash conoce a un abogado matrimonialista y podemos pedirle asesoramiento si eso es lo que quieres hacer después de haber tenido unos días para pensarlo. No tienes que tomar decisiones precipitadas y menos en tu estado emocional actual. Luego, cuando decidas si quieres seguir adelante con el divorcio, veremos cuáles son tus opciones laborales y te buscaremos un lugar para vivir, aunque eres más que bienvenida si deseas quedarte con nosotros o con Kylie y Jensen todo el tiempo que quieras.

Kylie asintió.

—Tienes que estar segura de que esto es lo que quieres —dijo Kylie con calma—. El divorcio es un gran paso. Está claro que quieres a Tate y no voy a negar el hecho de que la ha cagado a base de bien, pero ¿estás segura de que no es posible una reconciliación? Sé que tiene que currárselo mucho, aunque también creo que te quiere de verdad.

—No pongo en duda que me quiera —dijo Chessy en voz baja—. Pero a veces el amor no basta, ¿sabes? Sus acciones no se corresponden con sus palabras. Siempre elige otras cosas por delante de mí. Lo he dado todo en nuestro matrimonio y él se ha limitado a recibir. Lo he apoyado de forma incondicional. Le he entregado mi sumisión, mi corazón y mi alma. ¿Qué más puedo darle excepto mi perdón? No estoy segura de poder dárselo esta vez.

—Tienes toda la razón —admitió Joss—. Si fuera tú, sinceramente no tengo ni idea de lo que haría. Pero decidas lo que decidas, te apoyaré al cien por cien y siempre estaré aquí para lo que necesites.

—Lo mismo digo —dijo Kylie con aplomo—. Y Jensen. Decidas lo que decidas, sin importar si estoy de acuerdo o no contigo, estaremos a tu lado. Haremos todo lo que necesites que hagamos. La amistad verdadera no tiene límites. No se cuantifica. Y sin duda es incondicional. Te quiero como a una hermana… en mi corazón eres mi hermana… y nunca olvidaré todo el apoyo que me diste cuando empecé mi relación con Jensen. Me cogiste de la mano de principio a fin. Nunca lo olvidaré ni podré pagarte todo el amor y toda la amistad que me ofreciste.

Chessy dejó su copa de vino medio vacía en la mesa auxiliar y les cogió a las dos las manos, apretándoselas con un amor muy sentido.

—Os quiero muchísimo. Ninguna mujer ha tenido unas amigas tan buenas como vosotras.

—La sopa está lista —gritó Jensen desde el umbral de la sala de estar—. ¿Estáis listas para comer?

Chessy no tuvo el valor de decirle que lo último que le apetecía en ese momento era comer después de todas las molestias que se había tomado para animarla. Suspiró, se levantó del sofá y siguió a Kylie y a Joss a la cocina, donde Dash estaba acabando de poner la mesa.

Dash separó una silla para Chessy y la besó con cariño en la cabeza cuando se sentó.

—Vas a salir de esta, niña —le dijo—. Sé que ahora mismo no te lo parece, pero eres una mujer preciosa, fuerte y encantadora. Sobrevivirás.

Al otro lado de la ciudad, Tate miraba de forma siniestra por la ventana de la sala de estar, reconociéndose a sí mismo que buscaba a Chessy. Esperaba contra todo pronóstico que hubiera cambiado de idea y volviera a casa.

Sin duda estaría en casa de Joss o Kylie rodeada por el apoyo incondicional de sus amigas y de Dash y Jensen. Jensen había tenido todo el derecho a estar enfadado y cabrearse con Tate. En su momento, no se lo había tomado muy bien porque sabía que Jensen tenía toda la razón en reaccionar así. La verdad era difícil de aceptar. Era dolorosa y directa. Y se le clavó como una lanza en el corazón.

Había vuelto a fallar a Chessy otra vez. Siempre acababa fallándole. La había puesto en un grave peligro, había puesto en peligro su seguridad, su propia vida, y eso era imperdonable. Y aun sabiendo que era inexcusable, no podía enfrentarse a la posibilidad de que Chessy no le perdonara.

Su mayor miedo era que se hubiera pasado demasiado de la raya esta vez, que hubiera gastado ya su cuota de segundas oportunidades. Joder, ni siquiera era una segunda oportunidad, más bien una tercera, cuarta o quinta.

Se frotó la cara, cansado. No podía dormir. Lo único que podía hacer era permanecer ahí sentado, con el teléfono en la mano, enviándole un mensaje tras otro, rogándole que le cogiera el teléfono. Que hablara con él. Que volviera a casa y le diera otra oportunidad.

Ningún mensaje obtuvo respuesta. La última vez que intentó llamarla, saltó directamente el buzón de voz, lo que le indicó que había apagado el teléfono. El rechazo le llegó al corazón.

Las lágrimas le ardían en los párpados y se los frotó con impaciencia, negándose a rendirse ante la desesperación desbordante que le inundaba el corazón.

Tenía que reparar los graves daños causados. Empezando por su carrera. Tenía que demostrar a Chessy que podía contar con él de ahí en adelante. Costara lo que costara. Había realizado varias llamadas a otros asesores financieros que habían expresado su interés en asociarse con él tras la marcha de su último socio. El orgullo le había llevado a negarse. Quería conseguir un éxito rotundo por sí solo, pero ahora se daba cuenta de que estaba sacrificando lo que más le importaba debido a su tozudez. Tenía suficientes clientes para asociarse al menos con una o dos personas. Con los clientes que ellos aportarían, tendrían muchas cuentas para repartir entre los tres. Y tendría más tiempo para dedicárselo a Chessy y a su matrimonio. Siempre que ella le diera otra oportunidad.

Lo único que podía hacer era poner en marcha la asociación y esperar lo mejor. Las palabras no servían de nada. Hasta ahora sus actos no se habían correspondido con sus palabras, con sus promesas. Había llegado la hora de demostrarle las cosas a Chessy en lugar de decírselas. Se negaba a darse por vencido y alejarse con el rabo entre las piernas, mientras ella rompía su relación.

Iba a ser la mayor batalla de su vida, pero estaba totalmente preparado para pelear. Nada le retendría en su lucha por recuperar a Chessy. Su amor, su fe, su confianza. Lo quería todo. Y, a cambio, él se entregaría a ella por completo.

## Veintitrés

Las semanas siguientes fueron una prueba de resistencia para Chessy. Estaba arropada por Kylie, Joss, Jensen y Dash, y recibía el apoyo constante de todos y bien sabía Dios que lo necesitaba, porque Tate no cejaba en su campaña para recuperarla.

Llegaban flores cada día. Chessy ya se hablaba por el nombre de pila con la florista que le entregaba los ramos. Con la misma insistencia, llegaban los regalos. Pendientes —ella misma admitía que era una adicta a los pendientes—, un delicado collar y notas escritas a mano, cada una con un recuerdo de su matrimonio.

Chessy estaba al borde del colapso emocional. En la práctica, Tate le había declarado una guerra emocional. Todo cuanto él hacía le tocaba inexorablemente la fibra sensible. Le hacía recordar tiempos más felices. Si hubiera invertido antes la mitad del esfuerzo que le estaba dedicando, ahora no estarían durmiendo en camas separadas.

¿Qué se suponía que tenía que hacer ella?

Kylie y Joss habían volcado decididamente todo su apoyo en Chessy y habían jurado matar a Tate mientras dormía si no ponía fin a esa guerra emocional. Había llegado al punto en que Chessy detestaba responder al timbre de la puerta para recibir la entrega diaria. Puede que necesitara mudarse ella sola y no darle la dirección.

Parecía la opción más cobarde, pero no estaba preparada para verse cara a cara con Tate. No lo había visto en las dos semanas que habían pasado desde que lo había dejado. Y no había sido precisamente porque él no se hubiera esforzado. Primero había ido a casa de Joss y Dash, porque pensaba que ella estaría ahí. Joss había llamado inmediatamente a Chessy para advertirle de que lo más probable era que fuera de camino a casa de Kylie y, ¿cómo no?, llamó decididamente a la puerta para encontrarse con un Jensen ceñudo que le echó.

Pero no se había desanimado por eso. Había seguido con su incesante carga, lo que hizo pensar a Chessy que, si hubiera abandonado la seguridad de la casa de Kylie para ir a alguna parte, muy probablemente Tate habría aparecido de la nada y habría provocado una incómoda escena en público. No adrede. Él nunca haría nada que pudiera humillarla, pero seguramente le habría suplicado que le diera otra oportunidad y la habría hecho parecer la zorra más grande del mundo por negarse. En público.

Así que se había quedado dentro de la casa de Kylie, sin atreverse a salir por miedo a encontrarse con Tate. Cosa que la repateaba. Era una cobarde. Una idiota debilucha y gallina que dejaba que él dirigiera todos sus movimientos.

Era el momento de recuperar el control de su vida y dejar de vivir con el miedo a la inevitable confrontación con Tate. Tarde o temprano tendría que pasar. No podía evitarlo para siempre, pero era simplemente incapaz de decidir sobre su futuro. Un día se convencía de la necesidad de pedir cita con el abogado matrimonialista que conocía Dash y, al día siguiente, abandonaba la convicción y se dejaba llevar por el pensamiento de que no era buena idea dar ese gran paso. Si empezaba, ya no había marcha atrás. Mandar a Tate los papeles del divorcio sería tan definitivo... Y sencillamente, no estaba segura de estar preparada para eso.

Además, tenía problemas con su estómago. No podía mirar ni oler la comida sin sentir náuseas. Estaba apática, decaída y no dormía bien por la noche. También los ataques de Tate le estaban haciendo mella.

Tenía una ansiedad tan fuerte que había acabado por pedir cita con el médico para que le recetara algo que la calmara. Se avergonzaba solo de pensar en tener que depender de la medicación para estabilizar las emociones, pero al mismo tiempo deseaba desesperadamente recuperar cierto sentido de la normalidad.

Como Kylie estaba trabajando, Joss la iría a recoger para llevarla al médico. Chessy había protestado y había dicho que no necesitaba que le sujetaran la manita en la consulta del médico, pero Joss le había respondido decididamente que no iba a dejarla ir sola por nada del mundo. Al final, Chessy había claudicado ante la insistencia de Joss y estaba esperando a que llegara.

Al escuchar el coche que se detenía, Chessy salió a su encuentro. Joss acababa de bajar del coche y tenía muy mala cara. La palidez de su cara hizo que Chessy se sintiera culpable enseguida.

—Joss, tienes un aspecto terrible, cariño. ¿Por qué no vuelves a casa y te metes en la cama? ¡Por Dios, puedo coger el coche e ir yo solita al médico!

Joss le hizo un gesto despreocupado con la mano.

—No es nada. Te lo prometo. Las mañanas son terribles, pero no puedo pasarme todo el embarazo metida en la cama, aunque eso es justamente lo que Dash querría. Te juro que parece una gallina pendiente de sus polluelos. ¡Como si fuera la única preñada del mundo! Me trata como si tuviera una enfermedad terminal. Aunque tengo que decir que el hecho de que me trate como a una reina es lo más gratificante de este embarazo.

Un brillo alegre parpadeó en sus ojos y recuperó algo de color en las mejillas. Chessy la abrazó sin más. El buen ánimo de Joss era contagioso. Era tan buena y amable que era imposible no ponerse de buen humor a su lado.

—Bueno, gracias —dijo Chessy—. Siempre es un placer disfrutar de tu compañía. Será mejor que nos pongamos en marcha. No quiero llegar tarde.

Joss resopló.

—Como si no llegar tarde te fuera a servir de algo. No será porque los médicos se den mucha prisa para recibir a sus pacientes. Puedes llegar media hora tarde y lo más seguro es que aún tengas que esperar.

—Cierto, pero ya sabes que odio llegar tarde.

Joss puso los ojos en blanco.

—¿Es una indirecta porque siempre llego tarde a todas partes?

Chessy se rio mientras se deslizaba sobre el asiento del acompañante del coche de Joss.

—¿Me ves capaz de eso?

—¡Sí!

Tardaron quince minutos hasta la consulta del médico porque, aunque no estaba tan lejos en línea recta, había una cantidad demencial de semáforos y los pillaron todos en rojo.

Media hora después, Chessy permanecía conmocionada ante las inesperadas noticias que le acababa de brindar el médico.

—Está usted embarazada, señora Morgan —le dijo pausadamente.

—¿Qué? —graznó ella.

Chessy se sintió desfallecer y enseguida el mareo se convirtió en puro pánico. ¿Embarazada? Pero si tomaba medidas. Intentó hacer memoria. ¿Había tomado las pastillas aquel agitado fin de semana de su aniversario? Tenía que haber sido entonces. Ella y Tate habían hecho el amor ese fin de semana. Antes, habían pasado una buena temporada sin hacerlo.

—Parece bastante angustiada —dijo el médico en

tono preocupado—. ¿Ha venido acompañada de alguien? ¿Quiere que le haga pasar?

—No —musitó ella—. Estoy bien. Es solo la sorpresa. Yo tomaba... tomo... anticonceptivos. —Entonces la asaltó otro pensamiento y miró nerviosa al médico. He seguido tomando la píldora. ¿Habrá afectado eso al bebé?

—Bueno, está claro que tiene que dejar de tomarla —le aconsejó él—, pero no creo que le haya hecho ningún mal al feto. Tiene que pedir cita a un obstetra para que le hagan una ecografía y puedan determinar la fecha aproximada del parto. Y también querrán que siga una rutina prenatal. Puedo darle referencias a menos que tenga ya a alguno en mente.

La cabeza de Chessy daba vueltas mientras trataba de procesar el bombardeo de información. Embarazada. Separada de su marido. Un marido al que ahora tenía que decir que estaba preñada.

Unos minutos después, volvió tambaleándose a la sala de estar donde Joss la aguardaba sentada. Al verla, Joss arqueó las cejas con preocupación. Le salió al paso en medio de la sala y la rodeó con el brazo en señal de apoyo.

—Chessy, ¿qué ocurre? —le preguntó—. ¿Qué te ha dicho el médico? ¿Te ha dado algo para controlar la ansiedad?

Chessy cerró los ojos.

—Lo que me ha dado es más ansiedad.

—No te entiendo.

—Estoy embarazada, Joss.

Joss la miró sorprendida. Con la boca abierta.

—Dios mío, Chessy. ¿Qué vas a hacer? Sé cuánto deseabas tener hijos, pero Tate quería esperar.

—No lo he hecho adrede —replicó Chessy violentamente—. Ya sé que lo hablamos antes de que Tate y yo nos separáramos, pero sabía que un crío no iba a arreglar nuestros problemas. Nunca me habría quedado embarazada a posta tal y como estaba nuestra relación.

—Ni se me había pasado por la cabeza que lo hubieras hecho adrede —suavizó Joss—, pero es el peor momento, cielo. Tate va a querer volver con mayor ahínco aún.

Las lágrimas inundaron los ojos de Chessy.

—No quiero que vuelva por el bebé. Quiero que vuelva por mí. Que me ponga a mí por delante. No tengo la menor duda de que pondría al bebé en primer lugar. ¿Es muy egoísta por mi parte querer tener prioridad sobre el bebé?

—Claro que no —respondió Joss—. Es normal esperar ser lo primero para tu marido. Eso ni se cuestiona. ¿Cómo se lo vas a decir?

Chessy suspiró sin energías mientras abandonaban la clínica en dirección al aparcamiento donde esperaba el coche de Joss.

—No lo sé. Tengo que pensarlo. Esto lo cambia todo, Joss.

—¡El lado positivo es que estaremos las dos embarazadas a la vez! —exclamó Joss, sonriendo a Chessy, mientras metía la marcha atrás.

Chessy trató de esbozar una sonrisa.

—Nuestros hijos crecerán siendo muy amigos, como nosotras.

—¡Ahora solo falta que caiga Kylie y ya tendremos el trío perfecto!

—No te embales —dijo Chessy, divertida—. No creo que Kylie tenga intención de quedarse embarazada en breve… ni nunca. Y Jensen parece satisfecho con su decisión.

—Sería muy buena madre —dijo Joss en tono triste—. Odio que haya tomado esa decisión basándose en su propia niñez. Es ridículo que piense que puede tratar a sus hijos como su padre la trataba a ella. No hay en el mundo un espíritu más amable y generoso.

—Estoy de acuerdo —admitió Chessy—, pero creo que es bueno que espere. Tener hijos no completa la pareja necesariamente. No hay nada malo en dedicarse el uno al otro porque, hablemos claro, en el momento en el que un bebé entra en la ecuación, las prioridades cambian por completo.

Ay, Dios. Nada más salir las palabras de su boca, se dio cuenta de que tal vez acababa de expresar en voz alta lo que sus padres sintieron. Ellos se habían dedicado el uno al otro y la niña fue una intrusión indeseada. No quería para su hijo la falta de atención que ella había soportado de pequeña. De hecho, aunque ella y Tate volvieran, su primera y única prioridad tenía que ser su hijo. No Tate.

—Muy cierto —concedió Joss—. Y tienes razón. Tener hijos no es un componente necesario para vivir felices toda la vida. Además, ahora Kylie tendrá dos bebés a los que malcriar. Puede ser la tía Kylie y lo mejor de todo es que nos los puede devolver y dormir toda la noche, no como nosotras, que estaremos en vela a todas horas.

—No me estás vendiendo muy bien la maternidad —dijo Chessy en tono seco.

—Perdona. No diré ni una palabra más. Punto en boca.

—Ojalá pudiera compartir esto con Tate —dijo Chessy con voz lastimosa—. No es que se lo vaya a esconder. No lo haré, pero me gustaría que las cosas fueran distintas. Que hubiera venido al médico conmigo. Que siguiéramos juntos y que la noticia fuera una alegría para él. No es para nada como había imaginado recibir la noticia de estar embarazada de mi primer hijo.

Joss alargó la mano por encima del salpicadero y agarró la de Chessy.

—Sé que no es como tú querías que pasara, pero un bebé es una bendición y vas a ser una madre increíble,

Chessy. Puedes hacerlo. Tomaremos las clases de preparto juntas. Te dejaré todos mis libros sobre el embarazo y hasta podemos tener el mismo tocólogo y programar las visitas los mismos días.

El entusiasmo en la voz de Joss era contagioso. Chessy sintió el primer atisbo de emoción desde que el doctor le había soltado el bombazo en la consulta.

Iba a tener un bebé.

No, no era el mejor momento del mundo, pero como Joss había dicho, un bebé era una bendición independientemente de las circunstancias. Era un trocito de Tate que siempre permanecería con ella. Pero un bebé también los mantendría irrevocablemente ligados, aunque su matrimonio acabara realmente en divorcio. ¿Y si Tate se casaba de nuevo? La criatura tendría una madrastra. Alguien a quien Chessy tendría que aceptar como figura materna. Con solo pensarlo, sintió un doloroso aguijonazo en el corazón.

Un hombre como Tate no tardaría mucho en encontrar a otra mujer. Era increíblemente guapo, estaba en perfecta forma y tenía dinero.

¿Por qué le invadían los celos con la simple idea de que pudiera encontrar a otra? Era ella la que se había ido. No él. Él llevaba semanas rogándole que volviera a casa, pero ella no había podido reunir el valor suficiente para verlo o hablar con él directamente.

Pero ahora era inevitable, porque tenía que hablar con él cara a cara. Tenía que contarle que llevaba un hijo suyo en el vientre.

# Veinticuatro

Con cada día de silencio de Chessy, Tate estaba más y más abatido. Cada día que pasaba menguaba su esperanza. Pero aún guardaba un as en la manga. Uno que había puesto a circular muy rápido. Tenía planeado forzar un encuentro con Chessy para poder demostrarle que ella era la primera y más alta de sus prioridades.

Había aceptado asociarse con otros dos asesores financieros y repartir los clientes en tres partes iguales. De hecho, al día siguiente, Morgan Financial Services se convertiría en Morgan, Hogan y Letterman Financial. O, lo que es lo mismo, en MHL.

Había invertido todos sus esfuerzos en tenerlo listo lo antes posible. Como de todas maneras no hubiera podido dormir por las noches, se las había pasado despierto trabajando en los contratos, los requisitos legales y la letra pequeña de la nueva sociedad.

Ya estaba hecho. Sería oficial al día siguiente, pero quería que Chessy lo supiera por él directamente. Esa noche. Antes de que saltara la noticia por la mañana. La cuestión era cómo llegar hasta ella. Jensen se había constituido en su guardaespaldas y no le dejaba pasar más allá de la puerta. Chessy no le respondía los mensajes de texto ni de voz y se había creado un gigantesco muro de silencio entre él y los que hasta entonces habían sido sus amigos: Dash, Joss y Kylie. A Jensen no hacía tanto que lo conocía, pero ¿y los demás? Él los consideraba sus mejores amigos, pero todos habían escogido. No estaba resentido con Chessy por conservarlos, pero los echaba de menos. No solo había perdido a su esposa, también había perdido a sus amigos.

Le sonó el móvil y se quedó petrificado. Al ir a coger el teléfono de la funda que llevaba fijada al cinturón le temblaban torpemente las manos. Dios, era el tono de Chessy. ¡Lo estaba llamando!

Se maldijo pensando que no iba a poder descolgar a tiempo. Lo último que quería era perder una llamada suya. Tal vez no volviera a llamarlo más.

—Chessy, gracias a Dios —dijo cuando, por fin, logró descolgar.

—¿Tate?

La voz temblorosa de Chessy le heló la sangre. Parecía que hubiera estado llorando.

—Chessy, ¿qué pasa? —le preguntó—. ¿Te ha pasado algo? Dime dónde estás e iré enseguida.

—Estoy bien —respondió ella, aún con la voz temblorosa—. Quería saber si podemos vernos esta noche. En nuestra... en tu... casa. En un sitio privado.

Los pensamientos de Tate corrieron en una docena de direcciones. ¿Que si podían verse esta noche? Joder, habría movido cielo y tierra para encontrarse con ella en el momento que quisiera. Lo que le preocupaba era la parte del sitio privado. Como si tuviera algo importante que decirle. ¿Sería para decirle que quería terminar con su matrimonio y entregarle los papeles del divorcio? ¿O podía atreverse a esperar que se aviniera a reconciliarse y regresara a casa con él?

Fuera cual fuera el objetivo, ella iba a venir. A su casa, al lugar donde pertenecía. Ya era algo. Porque en cuanto entrara, ya estaría en casa. La tendría en su territorio y no estaría Jensen entremedias. No, solo serían Chessy y Tate, tal como ella le estaba pidiendo. En privado, sin duda.

—A no ser que tengas trabajo —murmuró Chessy—. Siempre podemos quedar en otro momento.

Tate hizo una mueca, pero se merecía la pulla.

—Esta noche está bien. Y, claro, ven a casa. Prepararé la cena y podremos hablar. Hay un montón de cosas que aún no sabes y que se sabrán mañana, pero quería contártelo yo mismo primero. Estaba decidido a ir a casa de Kylie y Jensen para sacarte a rastras, traerte a casa y contarte todos los cambios que he hecho. Cambios con los que espero que estés completamente de acuerdo.

—Entonces, parece que ambos tenemos muchas cosas que decir —musitó ella.

—Escucharé todos los temas que quieras tocar. Y, después, cuando estés satisfecha con mis respuestas, seguiremos con lo que yo te quiero contar. Es un paso muy grande. Tengo el respaldo y los inversores.

—¿Tengo algo que decir en cuanto al orden de los temas?

Tate notó claramente el nerviosismo en la voz de Chessy y le pareció que quería que él le dijera lo que tenía en mente antes de meterse en lo que fuera que la había hecho volver después de tan larga separación.

—Claro —concedió él.

—De acuerdo, pues escucha.

Una sonrisa ridícula le curvó los labios. Ya estaba repasando mentalmente el contenido de la despensa y la nevera para ver si tendría que salir corriendo a buscar algo. Estaba seguro de que tenía todos los ingredientes para cocinar los platos favoritos de ambos.

—Tú hablarás primero, mientras cenamos. Después y solo después de que me hayas contado lo que tienes en mente, te diré lo que ronda por la mía.

La cena empezaba a perfilarse como un engorro monumental. Se preguntaba cómo se las iba a arreglar para que su comida pudiera servir para hacer las paces y fuera un buen comienzo para salvar su matrimonio.

Pero ¿sería para eso o le diría Chessy que todo había terminado de verdad?

—¿A qué hora quieres que venga? —preguntó Chessy en voz baja, como si no estuviera segura de ser bienvenida.

Tate estuvo a punto de perder los nervios por su actitud, pero hizo un gran esfuerzo por calmarse y no parecer un imbécil, aunque había que reconducir unas cuantas cosas.

—Nena, no tienes que preguntar a qué hora puedes venir a tu propia casa. No pensaba empezar a cocinar hasta que tú llegaras. Podrías sentarte en la isleta y vigilarme para que no eche a perder la cena.

Esta vez Tate escuchó la sonrisa en su propia voz y habría muerto sin dudarlo por recibir una sonrisa de ella. Para que le mirara como si él acabara de colgar la luna en el cielo. Así era como ella solía mirarlo. Con pura adoración visible ante el mundo entero. Chessy era magnética para todos. La gente se sentía inexplicablemente atraída hacia ella en busca de una sonrisa o unas palabras amables. Tanto hombres como mujeres le abrían paso como si hubieran estado en presencia de la realeza. Y, en cierto modo, así era. Ella era su princesa.

Lo había hecho todo por abastecer a la princesa, para convertirla en una mujer que jamás tuviera necesidad de nada. Su tarjeta de crédito no tenía límite y él solía animarla a salir a comprarse algo. En ese sentido, era irritante, porque siempre le daba la misma respuesta: que no necesitaba nada. Tate le daba todo lo que ella quería. Cuánto le gustaba oír esas palabras sinceras en los dulces labios de su esposa. ¿Qué hombre no desearía que a su mujer le importaran un pimiento las riquezas o los bienes materiales? Lo que ella quería por encima de todo era... a su marido. Y eso tenía que haber sido pan comido.

Lo único que tenía que hacer era dedicarle toda su

atención. Echando la vista atrás, sí, había ido a asegurarse desesperadamente esa cuenta porque sabía que ella también había estado considerando otras opciones. Y eso le había impedido entregar a Chessy todo lo que merecía.

Tabitha Markham habría sido un buen golpe. No le cabía duda de que otros asesores financieros la habían estado cortejando con vino y cenas como moscas sobre la miel, pero él prácticamente la había mandado al cuerno ante los gritos de pánico y dolor de Chessy. Y, ahora, a Tate no podía traerle más sin cuidado a qué asesor eligiera. Aunque viviera cien años, el llanto de Chessy lo perseguiría hasta el día de su muerte.

—Te dejo, entonces. Todavía tengo que ducharme y cambiarme. No me he encontrado muy bien últimamente y, desgraciadamente, salta a la vista.

La preocupación invadió a Tate de inmediato.

—¿Está enferma mi chica? ¿Quién te está cuidando? Porque eso es cosa mía...

Le enfurecía esa impotencia de no poder estar con su mujer cuando ella más lo necesitaba. Chessy no se ponía enferma casi nunca. Su médico siempre le daba magníficos resultados en sus chequeos y le anunciaba que estaba más en forma que la mayoría de sus pacientes.

Pero las pocas veces que algún resfriado le había arrebatado las fuerzas o aquella vez que había tenido una terrible amigdalitis, Tate había estado a su lado en todo momento. Ella había querido dormir en la habitación de invitados porque temía contagiarle, pero él nunca se contagió.

Cada noche, o durante el día si echaba una simple siesta, él la llevaba a la cama en brazos y la arropaba, se aseguraba de que las almohadas estuvieran en la posición exacta que a ella le gustaba. Y lo más generoso de todo, le daba el mando a distancia del televisor de la habitación.

Cuando ella se enganchaba al canal de series y se daba un atracón de innumerables reposiciones de episodios, Tate se sentía como si le fuera a explotar la cabeza, pero dejaba que lo torturara con sus programas femeninos porque sabía cuánto le gustaban.

Ahora su voz parecía sumamente agotada, lo que hizo que él se alarmara aún más. Por Dios, si ahora que se había quedado tan preocupado, Chessy no aparecía esa noche, iría a casa de Jensen y se la llevaría a rastras, aunque llamaran a la condenada policía.

—Te lo contaré todo esta noche —respondió ella—. No quiero hablar de ello por teléfono.

A Tate se le encogió el corazón y se le hizo un doloroso nudo en el estómago hasta el punto de sentir la opresión de las náuseas en la garganta. Tuvo que respirar profundamente por la nariz para controlarse.

—¿A qué hora puedes llegar? —le preguntó.

—Ah, bueno, no tengo previsto hacer nada más. Supongo que puedo ir en cualquier momento. Pensaba ir cuando estuvieras listo para la cena.

Tate miró el reloj. Eran las cinco. Nada exagerado para empezar a preparar la cena. Entre que Chessy llegaba, se instalaban en la cocina y él empezaba con los preparativos, ya serían las seis. Una hora perfecta.

—¿Puedes venir ya? —le preguntó, intentando mantener el entusiasmo a raya y que sonara normal, aunque cuando se trataba de Chessy, de cualquier cosa relacionada con ella, sin duda, la palabra «normal» no formaba parte de su vocabulario.

Se moría de ganas de volver a ver a Chessy a solas por primera vez desde que ella se había ido con aquel aspecto tan devastado y terriblemente frágil. Como si fuera a romperse si alguien la miraba con demasiada intensidad. Y, aun así, había permitido que un bruto pusiera a prueba a su preciosa chica, calentándola para cuando Tate le relevara.

Chessy podía haber resultado seriamente herida. A efectos prácticos, había sido violada. Que el cabrón no acabara de penetrarla no significaba que no la forzara, incluso cuando ella empezó a gritar que la dejara.

Mientras esperaba que ella le respondiera, empezó a preparar los crepes para calmar su mente agitada y repleta de pensamientos arremolinados. En teoría, esa receta era cojonuda, pero el secreto estaba en la ejecución y Tate no era de los que seguían la receta al pie de la letra. Siempre improvisaba, añadía ingredientes que le gustaban y experimentaba hasta que obtenía el sabor deseado. Él y Chessy se hacían el uno al otro de conejillos de indias y luego ofrecían sus críticas constructivas al cocinero. Falta más aliño cajún. Demasiada pimienta negra. La langosta y el cangrejo olían y sabían demasiado a «pescado».

Con ese plato, Tate tiraba la casa por la ventana. Chessy y él podían ponerse morados y seguir comiendo hasta estar más que llenos. Siempre era: «Ah, tomaré otro bocadito». Y después un gemido de placer seguido de otro bocado y otro... Hasta que el gemido se volvía agónico y ambos se dejaban caer en el sofá en estado vegetativo mientras veían algún *reality show* estúpido que les permitiera alejar el pensamiento de sus estómagos miserablemente llenos.

—Sí —respondió Chessy, al fin. ¿Había una pizca de emoción en la voz de su esposa o simplemente había oído lo que quería escuchar? Si lo había echado de menos aunque fuera la mitad de como la había echado él de menos, aún tenía una oportunidad—. Saldré unos minutos después de ducharme y cambiarme. Si espero mucho más, seguro que alguien querrá llevarme y, como te he dicho, no quiero tener público para decirte lo que te quiero decir.

De nuevo ese tirabuzón de temor se le enroscó en el cuello.

—Dime por lo menos que estás bien, que no te pasa nada grave. No me dejes pensando lo peor, Chess. Me has dejado cagado de miedo.

—Estoy bien, Tate. De verdad. Es solo algo... complicado, y por eso te lo quiero contar cara a cara.

A Tate, fuese lo que fuese aquello que la estaba haciendo volver al hogar al que pertenecía, aunque solo fuera por un rato, ya le iba bien.

—Está bien. Ven para aquí. Estoy empezando a preparar la cena.

# Veinticinco

$K$ylie y Joss, y también Jensen y Dash, miraron a Chessy con preocupación mientras ella se preparaba para volver a... casa. A pesar de no haber vivido allí las últimas semanas, seguía considerándola su hogar. Puede que siempre la considerara su casa.

Además, al comprarla, había escogido la casa pensando en formar una familia. Era enorme para ellos dos solos. Cuatro habitaciones, tres baños y una habitación de invitados abajo, espacio para un despacho, dos salitas de estar, un comedor y una cocina con isleta en la que se podía comer.

En su cabeza, podía verse fácilmente criando en esa casa a los hijos que tendría. La mayoría de las parejas no se compraba una casa para toda la vida justo después de casarse, pero Tate disponía de los recursos económicos suficientes para comprar la casa y Chessy, nada más verla y visualizar su futuro allí, se había enamorado de ella.

Cinco años después, estaba embarazada del hijo que tan desesperadamente había deseado, pero su matrimonio estaba en ruinas y la casa que antaño soñó que vería crecer a su familia quedaba fuera de sus posibilidades. Incluso si acababa quedándosela, si ella y Tate se divorciaban, ¿cómo iba a criar a su hijo en una casa en la que cada esquina hablaba de Tate?

—No creo que sea buena idea que vayas sola —dijo Dash, con firmeza.

Jensen y él se habían plantado entre ella y la puerta a modo de barrera infranqueable, con los brazos cruzados ante el pecho y una mirada decidida en el rostro.

Kylie y Joss estaban al lado de Chessy, pero era evidente que estaban de acuerdo con sus maridos.

—Tendrías que hacerlo venir aquí. A un terreno neutral —dijo Joss en voz baja—. O a nuestra casa. Te dejaremos toda la intimidad que necesites, pero no deberías ponerte en desventaja emotiva, y embarazada eres especialmente vulnerable. ¡Que te lo diga Dash! Me echo a llorar por las cosas más ridículas. Te juro que soy un caos hormonal. Es evidente que no puedo fiarme de tomar decisiones vitales con mi cerebro de embarazada.

La cara de Dash se llenó de ternura al mirar a su esposa.

—Eres una embarazada adorable. Y no eres ningún caos hormonal. Amo cada pedacito de ti y no lo cambiaría por nada del mundo. Embarazada, eres la cosa más *sexy* que he visto nunca. No veo el momento de que te crezca la barriga y pueda notar las pataditas del pequeño.

La mano de Chessy se posó sobre su vientre plano y las lágrimas le inundaron los ojos. Joss echó a Dash una mirada de reprimenda y él se mostró inmediatamente arrepentido.

—Lo siento, Chessy. He metido el dedo en la llaga.

Chessy sacudió la cabeza.

—No te cortes con Joss por miedo a herirme. No es justo. Ella merece tener a alguien que reconozca lo especial que es.

Jensen suspiró.

—¿Vas a dejar, por lo menos, que alguno de nosotros te acompañe? Joss tiene razón en una cosa. Ahora mismo eres muy vulnerable y eso coloca a Tate en situación de ventaja. Y cuando sepa que estás embarazada, va a presionar mucho para que os reconciliéis.

—Supongo que eso habrá que verlo, ¿no? —dijo Chessy a la ligera—. En cualquier caso, podéis esperar que vuelva esta noche. Va a preparar la cena porque dice que tiene que contarme algo. Tal vez quiera el divorcio, pero es obvio que tenemos que aclararlo. Necesito... un cierre. Necesito saber hacia dónde va esto porque no puedo seguir así. Tengo que hacer planes para mí y para mi hijo.

—Cielo, un hombre no hace la cena a una mujer a la que piensa abandonar —observó Dash en tono seco.

—Me voy —anunció Chessy con énfasis—. Y ahora, por favor, dejadme ir porque no quiero llegar tarde.

—Solo si prometes llamarnos si nos necesitas —intervino Jensen—. Uno de nosotros acudirá de inmediato si necesitas ayuda o apoyo.

Chessy se puso de puntillas, besó a Jensen en la mejilla, después a Dash. Abrazó a Kylie y a Joss, se separó de ellas y se dirigió a la puerta.

—Gracias a todos —dijo con sinceridad—. Tengo mucha suerte de tener unos amigos como vosotros.

Corrió por la acera hasta su coche antes de que le diera tiempo a cambiar de idea y se desdijera de ir a cenar con Tate. Tenía hordas de mariposas en la barriga y su estado no ayudaba nada. Solo esperaba poder acabar la cena sin vaciar el contenido de su estómago. Sin duda, no era así como quería desvelar a Tate la noticia de su inminente paternidad.

¿Lo haría feliz? Le entristecía pensar que no tenía ni idea. Había sido él quien había querido esperar cuando ella quiso tener hijos antes. Tate pensaba que antes debían tener una buena estabilidad económica.

Pero ¿cuándo iba a ser suficiente? Al parecer, por más dinero que ganaba y por más clientes que conseguía, nunca era suficiente. Siempre la había cortado diciéndole que tal vez al año siguiente. O cuando consiguiera su objetivo de gestionar X expedientes. Chessy sabía que Tate había superado su objetivo en tres ocasiones distintas. Y, aun así, no había aceptado tener hijos.

Era muy posible que no se tomara nada bien la noticia. Podía acabar siendo una madre soltera con un padre ausente para su hijo.

Sintió una explosión de culpabilidad en el pecho por dar las cosas por sentadas y sacar sus conclusiones. Tate no era una mala persona. Sería un buen padre. Ella lo sabía. Tanto daba que el niño fuera esperado o no. Lo querría de pies a cabeza como ella misma lo amaba desde el primer instante.

Al llegar a la casa, aparcó y bajó del coche para reunirse con Tate, que la esperaba en la puerta. Parecía estarse conteniendo con todas sus fuerzas para no estrecharla entre sus brazos ni tocarla: se limitó a retroceder un paso y a invitarla a pasar con un ademán, pero sin mediar palabra.

Hecha un amasijo de nervios, Chessy entró y se sintió como si entrara en territorio extraño y no en la casa que había sido su hogar durante los últimos cinco años.

—Ven a la cocina mientras preparo la cena. Ya he empezado con los crepes.

A Chessy se le hizo la boca agua ante tal expectativa.

—¿Crepes de langosta y cangrejo?

Tate conocía muy bien su punto flaco y la sonrisa la delató.

—Puede que haya hecho tus favoritos —admitió él, tímidamente.

—No juegas limpio, Tate —dijo ella, tras un suspiro.

Él se encogió de hombros.

—Ya te lo advertí, Chessy. No voy a rendirme sin luchar. Creo en nosotros. Te quiero. No pienso dejarte marchar de ningún modo sin descargarte toda mi artillería.

Bueno, eso respondía la cuestión de si iba a pedirle el divorcio. ¿Sería esa cosa tan importante que tenía que contarle solo una excusa para tener la oportunidad de volver a implorarle perdón? ¿Y cuánto tiempo iba a poder soportar ella la embestida si lo amaba tanto que hasta respirar le dolía?

Lo amaba, sí. Sin duda alguna. Pero ¿confiaba en él? No, no podía afirmar que siguiera confiando plenamente en él. No después de que hubiera puesto tantas veces a sus clientes y el trabajo por delante de ella.

—¿Eso era lo que querías decirme esta noche? —preguntó Chessy.

—Una de las cosas —respondió él con tono pausado—. Pero no la principal. Ya hablaremos de eso durante la cena. Mientras se hacen los crepes en el horno, me gustaría que me hablaras de ti. Parecías descompuesta al teléfono y me has dicho que no te habías encontrado muy bien.

Chessy sacudió la cabeza.

—Hablaremos de eso después de cenar. Después de que me hayas contado lo que sea que quieres contarme.

La terquedad de Chessy pareció frustrarlo pero no insistió. En lugar de eso, abrió una botella de vino, llenó una copa y se dispuso a llenar la otra hasta que ella levantó la mano.

—No, no me sirvas —dijo ella, apresuradamente—. No quiero vino. Temo que me remueva el estómago.

—Entonces, has estado enferma —dijo él en tono dolido.

—Estoy separada de mi marido —replicó ella en tono brusco—. ¿Esperas que esté radiante? Me he sentido fatal, Tate. Nunca he querido que pasara esto. Fuiste tú el que lo elegiste, no yo.

La rabia le corría por las venas y pudo sentir como le subía la presión sanguínea. Respiró unas cuantas veces para calmarse, consciente de que al bebé no le haría ningún bien que se disgustara.

Los ojos de Tate se llenaron de tristeza. Alargó una mano temblorosa para coger la copa de vino.

—No escogí la separación —dijo pausadamente—. Eso nunca. La cagué. Eso lo entiendo. Fue una estupidez. Reaccioné sin pensar. Es un error que pagaré carísimo el resto de mi vida. Espero que encuentres en tu generoso y noble corazón una forma de perdonarme, de darme otra oportunidad para hacer las cosas bien. No quiero vivir sin ti, Chessy. No puedo soportar la sola idea. Para mí, no habrá jamás otra mujer. Tú eres la única. Y lo quiero todo, pero lo quiero contigo.

A ella se le encogió el corazón ante la sinceridad y solemnidad de su tono. No le cabía duda de que era lo que realmente sentía en ese momento. Eso era indiscutible. También había sido absolutamente sincero la noche después de su aniversario y solo hacía falta ver a dónde les había llevado eso. No era cuestión de si mentía ahora. Era cuestión de saber cuánto iba a durar esa pasión. ¿Una semana? ¿Un mes? No tenía fe en que fuera a seguir poniéndola por delante en su vida y se negaba a continuar viviendo con esa incertidumbre. Ahora tenía un hijo en el que pensar y la criatura merecía un padre a tiempo completo, no un padre ausente a todas horas, que no estuviera nunca en los momentos más importantes de la vida.

—No sé qué decir... ni qué pensar —admitió Chessy, con los labios curvados hacia abajo en señal de infelicidad.

—Di solo que lo pensarás —la instó él—. No tienes que darme una respuesta hoy, ni siquiera mañana. Solo prométeme que lo pensarás y que no te rendirás conmigo aún.

Chessy cerró los ojos pero asintió, consciente de que en realidad no tenía otra alternativa. No podía saber con certeza qué ocurriría cuando él le contara lo que le quería contar y ella le dijera que estaba embarazada. Sabía que, cuando se enterara de que estaba embarazada, presionaría aún más para que volviera, pero no consideraba la opción de no decírselo. Merecía saber que iba a ser padre a pesar de las reservas que ella pudiera tener sobre él como marido.

A Tate se le relajó visiblemente la cara. Sus ojos ganaron brillo y perdieron algo del temor que los teñía.

—Te prometo que no te arrepentirás, Chess —dijo bruscamente.

Entonces, se volvió y abrió un poco el horno para echar un vistazo al queso burbujeante que empezaba a tomar un apetitoso color tostado. Chessy olfateó con aire aprobador y su estómago rugió ante la expectativa. Puesto que el mero hecho de pensar en comida le revolvía el estómago, de hecho no había podido comer nada en todo el día.

Él se puso los guantes de horno y sacó la bandeja, que depositó sobre la superficie del propio horno mientras cerraba la puerta.

—Les daremos unos cinco minutos para que reposen y después nos lanzaremos sobre ellos —anunció Tate.

Mientras hablaba, se dirigió al armario donde guardaban los platos y sacó dos. Después sacó cuchillos y tenedores del cajón y puso la mesa en el rincón del desayuno donde tantas veces habían comido juntos. El comedor formal solo lo usaban en las ocasiones en las que recibían a clientes o amigos.

Llevó la bandeja todavía humeante a la mesa y tomó una espátula para servir aquel entrante delicioso. Chessy olfateó con prudencia, rezaba para que no se le rebelara el estómago.

Para su alivio, no sintió náuseas al llevarse el tenedor a la boca y probar el primer sabroso bocado. El sabor le inundó las papilas gustativas como un orgasmo para la boca. Gimió de placer. Era del todo equiparable al buen sexo.

—¿Está bueno? —preguntó Tate con una sonrisa.

Sabía perfectamente que estaba fantástico.

—Magnífico —dijo ella, suspirando—. Lo mejor que he comido en semanas.

Tate frunció el ceño.

—¿Pero comes bien, Chess? Te conozco y cuando estás triste o estresada ni comes ni te cuidas como deberías.

—Ya, obviamente —musitó ella—. Te aseguro que el hecho de que mi matrimonio se esté desmoronando a mi alrededor no ayuda precisamente a que todo sea emocionante y maravilloso.

Él suspiró.

—Los dos estamos abatidos, cielo. ¿Eso no te dice nada? Todavía nos queremos. Yo te quiero sin duda. Si nos sentimos tan infelices cada uno por su lado, ¿no te parece que lo lógico sería que volvamos juntos para que podamos hacernos felices?

—Es que tengo miedo —replicó ella, con franqueza—. Has roto demasiadas promesas, Tate.

Tate ensanchó las fosas nasales y guardó silencio un instante antes de empujar su plato hacia delante. Apoyó los codos sobre la mesa y la miró fijamente.

—Tal vez mis noticias sirvan para probarte que estoy intentando cambiar... que estoy cambiando. Me he asociado con dos expertos y he abierto la firma para incluirlos en el negocio. Eso significa que ya no estoy solo en el circo. También significa que no tendré que dedicar tanto tiempo al trabajo ni a mis clientes. Ahora tengo dos socios para hacer malabares juntos con los clientes y sus necesidades. Lo he hecho por nosotros, Chess. Porque dejé que mi carrera se interpusiera en nuestra relación. Permití que invadiera todo lo demás. No era justo para ti y estoy dispuesto a hacer lo necesario para reparar los daños.

Chessy lo miró con verdadera incredulidad. Tate siempre se había mostrado muy reticente a asociarse con nadie después de que el primero se largara. Se había empecinado en conseguir que su negocio alcanzara el éxito sin la ayuda de nadie.

—Lo haré público mañana —siguió diciendo él—, pero quería que lo supieras por mí. Y que entendieras por qué lo he hecho. Lo he hecho por ti. Para que te ayude a ver el compromiso que tengo contigo, con nuestro matrimonio. Tú, para mí, significas más que el negocio, mi carrera, el dinero y los bienes materiales. Todo eso no significa nada si no tengo lo más importante de mi vida. Tú.

De todo lo que podía haber esperado que Tate le dijera, aquello no lo había contemplado. Estaba sorprendida por la llaneza con la que había dicho que, en lugar de un socio, hacía entrar a dos. Tate era sumamente posesivo y territorial en lo referente a sus clientes. Era una persona práctica que no creía en dejar que otros llevaran asuntos que él mismo podía gestionar personalmente. No confiaba en que los demás no la fastidiaran.

Esto era grande. Épico. Chessy no sabía qué decir ante tal confesión, de modo que se limitó a mirarlo con la boca abierta.

—Espero que, por lo menos, esto sirva para mostrarte que voy muy en serio con lo de hacer lo necesario para recuperarte —añadió él en tono pausado—. Y esto es solo el principio, Chess. No habrá llamadas fuera de horas de trabajo. Ni cenas con clientes a menos que tú me acompañes. Los fines de semana serán para nosotros y voy a empezar a tomarme días de fiesta con más frecuencia para que podamos viajar juntos.

Ella sacudió la cabeza, confundida.

—No lo entiendo. ¿Por qué ahora? Si podías haberlo hecho antes, ¿por qué no lo hiciste?

A Tate se le oscurecieron los ojos de arrepentimiento y comenzaron a tomar una sospechosa textura húmeda, que aún la dejó más pasmada. No lo había visto llorar jamás. Nunca. Él siempre había sido el fuerte y ella el desastre de emociones. Ella siempre lloraba con las películas, tristes o felices, y con los anuncios sensibleros de

Hallmarks en la campaña de Navidad. Lloraba cuando empezaba alguna historia nueva. ¡Joder, si lloraba cuando se sentía feliz! Pero ¿Tate?

—Debí hacerlo hace mucho tiempo —admitió él—. No tengo más excusa que la de haber dado por hecho que tú estarías siempre. Di por sentado tu amor. Lo quería todo. La esposa perfecta, la carrera perfecta. Nunca era suficiente. Por más éxito que tuviera mi empresa, siempre quería más, no quería perderme nada.

»Ver lo que te hice, lo que provocó mi abandono, fue como un enorme toque de atención para mí. Me hice a un lado y dejé que otro hombre abusara de ti. ¿Tienes idea de lo que significó eso para mí? Ya ni siquiera puedo mirarme al espejo. No puedo ver nada más que a ti acurrucada en el suelo, llorando. Lo único que recuerdo son tus gritos de socorro. Cada noche, al acostarme, me viene a la cabeza esa noche una y otra vez. Es algo que no superaré jamás, Chessy. Tendré que vivir con eso el resto de mis días.

—Ojalá pudiera creerte —dijo ella en tono triste.

Tate alargó la mano por encima de la mesa y atrapó la de Chessy.

—Dame una oportunidad, Chessy. Otra más. No volveré a pedirte otra. Si te vuelvo a fallar, me iré. La casa y todo lo demás será tuyo. Nunca tendrás necesidad de nada. Me aseguraré de ello.

Ella cerró los ojos y esperó.

—Tengo que decirte algo, Tate. Algo que yo misma acabo de descubrir. Es por lo que he venido esta noche. Lo cambia todo y no sé qué hacer.

La preocupación tiñó el rostro de Tate. Su mano se aferró con más fuerza a la de ella. Chessy respiró hondo y lo soltó:

—Estoy embarazada, Tate. Embarazada de un hijo tuyo.

## Veintiséis

$T$ate se quedó pasmado mirando a Chessy, convencido de que no la había oído bien. Sin embargo, el miedo y la inseguridad de su mirada le decían lo contrario. Tras la sorpresa inicial llegó una alegría desbordada... y alivio. Había tenido mucho miedo de lo que Chessy tenía que decirle. Por eso había puesto toda la carne en el asador en su intento de recuperarla porque no quería que le dijera que iba a divorciarse de él.

Le apretó la mano, incapaz de decir nada durante unos segundos. Las lágrimas le quemaban los párpados mientras ella lo miraba, sorprendida, cuando una lágrima le resbaló por la mejilla. No se molestó en secársela. Quería que ella se diera cuenta de lo importante que era este momento para él.

—Chessy, es fantástico —murmuró.

—Pero no querías hijos —respondió ella con la voz empapada de emoción—. Querías esperar. Cada vez que sacaba el tema, me decías que a lo mejor el próximo año. Quiero que sepas que no lo he hecho a propósito. Lo último que habría hecho es tener un niño en un matrimonio inestable. Debe de haber pasado el fin de semana de nuestro aniversario. Me olvidé de tomarme las pastillas anticonceptivas.

Incapaz de soportar la distancia que les separaba ni un segundo más, Tate se puso de pie y se acercó a la silla donde estaba ella, la levantó y la abrazó. La abrazó con fuerza, mientras los hombros le temblaban por la emoción. Cerró los ojos y suplicó otra oportunidad para hacer las cosas bien. Ahora tenía una familia. Ya no eran solo él y Chessy. Tenían un hijo.

—Vamos a la sala de estar para poder hablar —pidió con amabilidad.

Ella se dejó llevar hasta el sofá, donde se sentaron juntos. La abrazó y dio las gracias a Dios de que no opusiera resistencia. Disfrutó teniéndola entre sus brazos de nuevo. Las últimas semanas habían sido un infierno para él. No poder verla, hablar con ella, tocarla. Y, aun así, la veía cada día al llegar a casa. Su presencia estaba en todos los elementos de la casa. Era imposible mirar a algún lado sin ver su huella.

—En primer lugar, nunca se me pasaría por la cabeza que te hubieras quedado embarazada a propósito. Pero aunque fuera así, estaría encantado. En segundo lugar, ya ha quedado claro que soy un imbécil. Sabía cuánto deseabas tener hijos. Yo también quería. Pero había dos razones para posponerlo. Una que soy un completo egoísta. Te quería para mí solo un poco más y sabía que cuando tuviéramos un hijo, tendría que compartirte con nuestro bebé. Me avergüenza decirlo, pero no voy a mentirte. La otra razón era porque quería estar seguro de tener dinero para mantener a mi familia. Pero, Chessy, estoy entusiasmado con tu embarazo. ¿Por eso no te encontrabas bien últimamente? —preguntó nervioso—. ¿Va todo bien con el embarazo? ¿Has ido al médico ya?

—Todavía no he ido al tocólogo —reconoció—. Lo descubrí porque fui al médico de cabecera para que me recetara algo para el estrés y la ansiedad. Por protocolo realizan una prueba de embarazo cuando te sacan sangre y fue entonces cuando me dijo que estaba embarazada. Sabía que tenía que contártelo de inmediato, así que aquí estoy.

—Gracias por no ocultármelo —dijo él—. Quiero compartir todos los momentos de tu embarazo. Quiero ir a todas tus visitas con el médico y quiero ver cómo nuestro hijo crece dentro de ti. Quiero notar cuando dé su primera patadita. Y ver cómo te va creciendo la tripa y te vas poniendo más guapa con cada día que pasa.

—Actúas como si este embarazo lo solucionara todo —dijo Chessy con calma—. Pero no es así, Tate. Todavía tenemos que trabajar en muchas cosas. No dejo de preguntarme si debo ir a ver a un abogado de divorcios o no.

A Tate se le heló la sangre y se vio atrapado por un miedo paralizante. Pero debía mantener la calma. No podía permitirse el lujo de hacer o decir algo equivocado y alejarla de él para siempre.

—Sé que tenemos mucho trabajo por delante, pero quiero intentarlo. ¿Y tú?

Chessy se mordió el labio inferior nerviosa y la duda le nubló la mirada.

—No lo sé —reconoció—. Todo este asunto me desconcierta sobremanera. No sé cuál es la decisión correcta. Solo sé que las cosas no pueden seguir como antes. Nuestro hijo se merece algo mejor. Yo me merezco algo mejor.

—Sí, te mereces mucho más de lo que te he dado —dijo Tate, sin preocuparse siquiera de ocultar la verdad de la afirmación—. Y estoy decidido a hacerlo mejor. Te dedicaré el ciento diez por ciento de mí a partir de ahora. Pero no puedo hacerlo si estamos separados. Te necesito aquí. Donde pueda cuidarte a ti y al bebé. Tú no eres feliz y yo no soy feliz. ¿Qué podemos perder por intentarlo?

—No puedo tomar la decisión ahora mismo —murmuró—. Necesito tiempo, Tate. Necesito tiempo para pensar. Para procesarlo todo. Acabo de descubrir que estoy embarazada. No he tenido tiempo de pensar qué es lo mejor para nuestro hijo o para mí. Así que mucho menos para nosotros.

Pero, a pesar de todo, ella había acudido a él en cuanto había podido. No había intentado ocultar que estaba embarazada. Eso le daba esperanzas a Tate de que no todo estaba perdido. Ella confiaba en él lo suficiente como para hacerle esa confidencia. Pero ella era una persona honesta por naturaleza. Ocultar las cosas no era su estilo. Esa era una de las cosas que más le gustaban de ella. No era una experta ocultando sus emociones ni su estado emocional. Él los había visto todos.

Ya quería volver con ella antes de saber lo del embarazo, pero ¿lo sabía ella? Seguro que sí. Estaba claro que no había llevado en secreto su incansable persecución de las últimas semanas. Pero no tenía forma de saber lo que ella estaba pensando. Era algo nuevo y frustrante para él. Siempre había podido contar con su previsibilidad. Una cualidad que muchos hombres podrían no encontrar atractiva, pero, para Tate, saber siempre dónde pisaba con Chessy y saber que ella siempre estaba de su parte le había hecho sentirse realmente tranquilo. No obstante, también había sido su principal error, porque se había dormido en los laureles, había sido demasiado confiado al pensar que ella siempre estaría con él en las duras y en las maduras.

Nunca volvería a infravalorarla, pero tenía que encontrar una forma de convencerla de ello. Las palabras se las lleva el viento y ya no funcionaban con ella.

—Te daré tiempo —le dijo—. Pero, por favor, Chess, no me dejes fuera. Permíteme verte a ti y a nuestro bebé. Déjame ir al médico contigo. No te presionaré y no te pediré nada que no quieras darme. Pero dame la oportunidad de demostrarte que he cambiado de verdad, empezaremos por el anuncio de mi asociación de mañana. Me gustaría que comenzáramos de nuevo. Haré lo que sea para recuperar tu confianza.

—¿Quieres una cita? —le preguntó, escéptica.

—Quiero que nos veamos —corrigió—. Preferiría que no viviéramos separados mientras lo hacemos, pero si necesitas tiempo y espacio, te los daré. Pero quiero verte, lo que significa ir a tu casa, salir a cenar y que tú vengas aquí para poder hacerte la cena como hoy. Me gustaría ir a la primera visita que tengas con el tocólogo y que me incluyas en tus cuidados prenatales. Quiero que barajemos juntos los nombres para el bebé y elegirle la ropa y los muebles.

La expresión de Chessy se suavizó y a él se le aceleró el pulso. Veía que estaba cediendo, pero, en el mejor de los casos, era una victoria vacía porque seguía sin tener lo que más quería: a ella de vuelta en su vida, en su casa, en su cama. Pero tenía que creer que, con el tiempo, todo eso llegaría. No se atrevió ni siquiera a pensar lo contrario.

—Pensaré en todo lo que me has dicho —dijo al final Chessy—. Tengo que irme. Kylie y Jensen se van a preocupar. No querían que viniera sola.

La expresión de Tate se oscureció.

—¿Es que me consideran una especie de ogro que va a abusar de ti?

—No —respondió Chessy con suavidad—, pero temen que puedas herir mis sentimientos. Y ahora mismo no estoy muy bien. Como te he dicho antes, la razón por la que fui al médico fue para pedirle medicación para la ansiedad y la depresión. En lugar de eso descubrí que estoy embarazada. Estoy aterrada. Más aterrada de lo que he estado nunca. Esto no es fácil para mí, Tate. No estoy acostumbrada a cuestionar todas mis decisiones, pero llevo un tiempo en que no doy pie con bola. No puedo permitirme meter la pata ahora que tengo un hijo en el que pensar.

Tate cerró los ojos. El dolor que sentía en el corazón le oprimía el pecho.

—Ojalá no te fueras. Me gustaría que te quedaras

para poder hablar. Sobre el bebé. Sobre nuestro futuro.

—Todavía no está claro que tengamos un futuro —señaló ella—. Estoy abierta a verte. Con mis condiciones, no las tuyas. Pero en última instancia la decisión es mía, y espero que lo respetes.

Tate se mordió la lengua para no discutir. Para intentar convencerla. Solo su aspecto general de fragilidad y fatiga lo detuvieron. Lo último que necesitaba era someterla a más tensión.

Paciencia. Esto iba a requerir paciencia, una virtud que le era bastante desconocida. Nunca había tenido que esperar para nada en la vida. Cuando conoció a Chessy, supo al instante que era la definitiva, fue a por ella y la consiguió en un abrir y cerrar de ojos.

Y ahora la había perdido.

—Entonces, ¿cuándo puedo volver a verte? —le preguntó directamente.

—Ya te llamaré —le respondió Chessy.

Tate emitió un sonido de impaciencia. Si esperaba a que le llamara ella, tal vez se pasaría la vida esperando.

—Te llamaré, Tate —dijo ella con calma—. Necesito unos días. Tengo que pensar muchas cosas. Quizá podamos vernos este fin de semana.

Le costó lo indecible permanecer allí sentado y asentir mientras las tripas le gritaban que discutiera, que derribara el muro que los separaba hasta que ella se rindiera. Pero no deseaba una victoria a regañadientes. Lo quería todo. A Chessy. A su hijo. Su corazón, su alma y su cuerpo. Y quería que se lo entregara libremente. No porque la había acorralado.

—Entonces esperaré a que me llames —accedió al fin—. Pero prométeme que si surge algo, si hay algún problema con el embarazo, me lo dirás para poder estar ahí.

—No tengo intención de ocultarte nada, Tate. —Se levantó del sofá y él le sujetó la mano, reticente a que se fuera ya.

—¿Tienes que irte ya?

Chessy asintió.

—No quiero que Kylie y Jensen o Joss y Dash se preocupen. Ya les he dado bastantes preocupaciones últimamente.

—Yo también me preocupo por mi chica —dijo Tate en voz baja.

Sus ojos reflejaron dolor al oír el apelativo cariñoso.

No había sido la intención de Tate asestarle un golpe. Se le había escapado el nombre cariñoso con el que siempre se había dirigido a ella.

—Dime algo, Tate —dijo Chessy, inclinando la cabeza a un lado—. ¿Me echas de menos? ¿O echas de menos la comodidad de tenerme a tu lado? ¿Te valdría cualquier otra mujer? ¿No preferirías estar solo?

Tate tragó saliva para soportar el dolor que sentía con cada palabra que ella pronunciaba. Le dolía que incluso pudiera pensar algo así.

—Ninguna otra mujer podría ocupar tu sitio nunca, cielo. Por supuesto que te echo de menos. Y tengo más que claro que no me gusta estar solo, pero porque no estoy contigo. Si tuviera que elegir entre estar solo o estar con alguien que no fueras tú, preferiría estar solo.

Supo que había ganado puntos con su respuesta porque, por primera vez, pudo ver un atisbo de duda en su mirada. Como si realmente se estuviera replanteando su decisión de permanecer separada de él.

Su única esperanza era que cambiara de opinión cuanto antes porque cada día sin ella era como un día en el infierno.

# Veintisiete

A la mañana siguiente, Chessy estaba sentada en la sala de estar con el periódico en la mano abierto por la sección de economía mientras repasaba lo acontecido la noche anterior con Tate cuando Joss y Kylie entraron por la puerta.

—¿Has visto…?

Joss se detuvo cuando vio que Chessy tenía el periódico en la mano.

—Vaya, supongo que sí lo has visto —acabó Joss.

—Si te refieres al artículo sobre la asociación de Tate con otros dos hombres de negocios, sí —murmuró Chessy—. Pero ya lo sabía. Me lo dijo anoche.

—¿Y no nos lo contaste? —preguntó Kylie.

—Estaba emocionalmente agotada cuando llegué a casa —respondió Chessy—. Estaba demasiado confundida para hacer un refrito de lo que habíamos hablado. Mierda, sigo confundida. No consigo ver cuál es su intención y me estoy volviendo loca.

Joss se sentó en el sofá al lado de Chessy y la miró con amor y comprensión.

—¿Te has planteado que su única intención sea recuperarte a cualquier precio, querida?

—Pero es justo eso. Con Tate siempre se trata de ganar, ya sea en los negocios o en su vida personal, pero sobre todo en los negocios. ¿Cómo sé que no soy más que una gran victoria para él? Quiero decir que ¿cómo se supone que voy a saber si esta vez es totalmente sincero? No es que no haya tenido ninguna oportunidad. Entonces, ¿qué ha cambiado ahora? Eso sí, debo decir en su defensa que me habló de asociarse con otros para aligerar su carga de trabajo y poder dedicar más tiempo a nuestro matrimonio antes de decirle que estaba embarazada.

—Entonces esta vez a lo mejor sí que va en serio —contestó Kylie.

Chessy se la quedó mirando sorprendida porque, hasta ahora, había sido la mayor detractora de Tate.

—Lo sé, lo sé —se defendió Kylie—. No es que haya sido su mayor fan. Pero tengo que reconocerlo. Es persistente y parece sincero de verdad. Si la implicada no fuera mi mejor amiga, probablemente me preguntaría si tiene un corazón de piedra por seguir rechazándolo. Pero no es eso lo que pienso de ti. Tienes toda la razón de ir con pies de plomo para no darle la posibilidad de que vuelva a hacerte daño. El instinto de supervivencia es algo muy fuerte. Ya sabes: gato escaldado, del agua fría huye.

—Creo que lo que debes preguntarte es lo que quieres tú, Chessy —preguntó Joss con dulzura—. Porque no importa lo que piense yo o Kylie o Dash o Jensen. Se trata de tu vida, de tu matrimonio. Solo tú puedes decidir qué es lo mejor para ti y, lo que es más importante, qué te hace feliz. ¿Te estás resistiendo porque no acabas de fiarte de que no volverá a hacerte daño? ¿O te estás resistiendo por orgullo y porque no quieres parecer una tonta por volver a confiar en él?

Chessy se quedó atónita cuando escuchó la pregunta de Joss.

—Caramba. No te andas con chiquitas.

—Viendo la cara que has puesto, creo que ha dado en el blanco —dijo Kylie.

—Madre de Dios, ¿y si tienes razón? —Chessy suspiró—. ¿De verdad es por mi estúpido orgullo y porque no quiero parecer una tonta volviendo con él? ¿O es cierto que no confío en él?

Joss se encogió de hombros.

—Tal vez sea un poco de las dos cosas. Está claro que no puedo culparte, sea una cosa o la otra. Tampoco me estaría muriendo por recibir ese tipo de humillación o daño otra vez. Pero también pasé por algo parecido con Dash y le perdoné.

—Y perdoné a Jensen por su estupidez —dijo con sequedad Kylie—. Creo que es algo inherente a los hombres. Un gen de la estupidez que heredan solo por ser hombres. Las mujeres son mucho más listas y más lógicas. ¿Los hombres? Para nada. Piensan con la polla, si es que piensan en algún momento.

Chessy y Joss estallaron en carcajadas.

—Eres una desvergonzada, Kylie. Me encanta —dijo Chessy con una sonrisa en los labios.

Kylie realizó una reverencia de broma.

—Un placer estar a su servicio. Ahora vamos al grano. ¿Qué quieres, Chessy? Olvida todo lo que ha sucedido en el pasado. Olvida tu preocupación sobre cómo te verán los demás. Olvídate de lo que Joss, Dash, Jensen o yo podamos pensar. ¿Qué quieres tú? ¿Qué te haría más feliz que nada en el mundo? No lo pienses. Di lo que sientes. Responde en tres segundos o menos.

—Quiero que mi marido vuelva —espetó Chessy—. Quiero que mi hijo se críe con su madre y con su padre. Quiero que Tate comparta todas las etapas de mi embarazo. Quiero recuperar mi matrimonio.

—Bien, ahí lo tienes —dijo Joss con cara de satisfacción.

—Dios mío —susurró Chessy—. ¿De verdad es tan fácil?

—No —respondió Kylie—. Las cosas buenas nunca son fáciles, o eso es lo que siempre dice Jensen. Lo dijo de mí al principio. Yo no apreciaba ese sentimiento entonces, pero es porque me estaba haciendo la dura y lo sabía.

Joss rio entre dientes.

—¿Dura tú? Qué va.

—Déjate de sarcasmos o te doy —la amenazó Kylie—. Como iba diciendo, Chessy —dijo sin rodeos y sin hacer caso de la exasperante sonrisa de Joss—. No, no es tan fácil, pero es posible. Citando otra vez a Jensen... Dios, estoy empezando a sonar como un maldito loro. Bueno, él siempre dice que puede ser tan fácil o tan difícil como nosotros queramos. ¿La cuestión es cómo quieres tú que sea?

—No quiero que sea demasiado fácil para él —dijo Chessy dudando—. ¿No debería currárselo? Si le pongo las cosas demasiado fáciles, estaré abriendo la puerta para que se vuelva a aprovechar de mí. Para que no me valore. Y, bueno, puede que lo que voy a decir me haga parecer una mala persona, pero parte de mí quiere castigarlo por lo que hizo. Se merece un castigo.

—Cariño, creo que ya le has puesto las cosas bastante difíciles estas últimas semanas. No es que no se lo mereciera, pero el pobre es un desgraciado. Diría que ya le estás castigando —dijo Joss.

—Ya te digo —convino Kylie—. Jensen me contó que cada vez que viene por aquí para decirnos que quiere verte tiene una pinta horrible. Y que cuando Jensen le dice que se vaya a la mierda, se le pone cara de perrito abandonado.

Chessy hizo una mueca.

—Vaya, no quiero arrebatarle todo su orgullo, aunque sí quiero castigarlo por su estupidez supina.

—Entonces, ¿qué vas a hacer? —insistió Kylie—. Recuerdo claramente un punto de inflexión para Joss y para mí cuando nuestros chicos se estaban comportando como unos completos idiotas y, si no hubiéramos cogido el toro por los cuernos, es probable que las dos seguiríamos estando solteras.

—En otras palabras, depende de mí sacar a Tate de la mierda en la que está hundido y mostrar clemencia —dijo Chessy con sequedad.

—Bueno, no de forma literal, pero, sí, básicamente —dijo Kylie—. Sé que me estoy repitiendo, pero solo si es lo que quieres. Es hora de que tomes una decisión. Si quieres una ruptura limpia, pide una cita con un abogado matrimonialista y sigue con tu vida. Si quieres que Tate vuelva, entonces tienes que ponerte las pilas y decírselo. De una forma u otra, acaba con esta tortura. Porque ahora mismo estás en un limbo, atrapada en el fango, sin ir a ninguna parte excepto hacia el fondo de la ciénaga.

—Está claro que eres un hacha con las palabras —murmuró Joss.

—¿Tengo razón o no? —preguntó Kylie con la ceja alzada.

—Qué cabrona. Sí, siempre tienes razón —respondió Joss exasperada.

Chessy volvió a reír y se dio cuenta de que no se había reído tanto desde que se había separado de Tate.

—Dios, cuánto os quiero a las dos —dijo con ganas—. Soy la mujer más afortunada del mundo por tener dos amigas como vosotras. Mis mejores amigas.

—Hermanas —corrigió Joss.

—Sí, hermanas de madre diferente —concordó Kylie—. No quiero calentarte la cabeza, pero por tercera vez ¿qué piensas hacer? ¿O necesitas que te ayudemos a averiguarlo?

Chessy bajó la vista al periódico abierto por la página del artículo sobre la nueva asociación de Tate. Lo observó con detenimiento y luego se miró el reloj.

—¿Cuánto tiempo creéis que tardaríais en dejarme como una diosa? Me refiero a todo. Un vestido de infarto. Unos zapatos que te mueres. Pelo, maquillaje, el lote completo.

—No mucho si empezamos ya —dijo Joss sin dudarlo—. ¿Por qué? ¿Cuál es tu plan?

—Bueno, es mediodía y, según este artículo, la sociedad de inversión MHL recién formada celebrará un cóctel en su nueva sede de Woodlands entre la una y las tres de la tarde de hoy mismo. Se me estaba ocurriendo que podría pasar por allí. Para las felicitaciones y eso.

—Vaya, eres malvada y me encanta —exclamó Joss.

—¡A mí también! —gritó Kylie—. ¡Un genio del mal! Es algo que admiro mucho en una persona. Normalmente suelo ser yo la mala pécora del grupo.

—Podrás recuperar tu puesto cuando haya acabado —dijo Chessy.

—Bueno, si tenemos que convertirte en una diosa, más vale que empecemos ya. No quiero herir tus sentimientos, amiga, pero tienes peor pinta que una plasta de caballo —dijo Joss con franqueza.

—Vaya, muchas gracias. Ahora me siento mucho más segura de dejar a mi marido con la boca abierta.

—No le hagas caso. Danos cuarenta y cinco minutos y brillarás como un diamante. Eso sí, asegúrate de no vomitarle a nadie encima en la recepción —dijo Kylie con una sonrisa maliciosa.

# Veintiocho

*E*l panel divisorio entre las dos salas de conferencias se había abierto para conseguir una única sala enorme, cuya capacidad estaba casi cubierta para la recepción pública con motivo del lanzamiento de MHL Financial Services. Tate debería sentirse emocionado con la acogida, pero su corazón no estaba para fiestas.

Sonreía cuando procedía, intercambiaba cumplidos y charlaba sobre nada en concreto. También respondía a preguntas importantes sobre por qué un posible cliente debería elegir su empresa y no a la competencia. Todo iba como la seda. Entonces, ¿por qué no se sentía más triunfador? Había trabajado muchísimo para llegar a un momento como este, ¿no?

Lo malo era que la persona que más le importaba no estaba ahí para compartir su éxito.

Tras suspirar, se disculpó de la pareja con la que estaba conversando y se fue a buscar a uno de los camareros que recorrían la sala con una bandeja llena de copas de vino. Tate se había asegurado de que solo se sirviera lo mejor. Buen vino, buen champán y el excelente servicio de *catering* que había contratado. No había reparado en gastos a la hora de asegurarse de que la comida fuera fabulosa.

En el momento en el que cogió una copa y se la llevó a los labios, la vio. Casi se atragantó con el fino caldo y tuvo que toser para que no le entrara en los pulmones.

Chessy estaba al otro lado de la sala, tan sumamente arrebatadora que cortaba la respiración. Brillaba de una forma especial. Y parecía que él no era el único que lo pensaba. Los allí presentes se detuvieron para observarla abiertamente, atraídos por su resplandor. Chessy sonreía con dulzura y su mirada era cálida mientras buscaba entre la multitud. ¿A él? ¿Había venido por él? Tenía miedo de hacerse ilusiones. Pero ¿qué más podría hacer allí? ¿Cómo se había enterado de la recepción?

Llevaba el cabello arreglado en un precioso recogido en lo alto de la cabeza y por su esbelto cuello le caían en cascada unos suaves tirabuzones. Llevaba los sencillos, pero elegantes pendientes de diamantes que le había regalado en uno de los aniversarios, pero lo que le quitó la respiración fue el collar que llevaba. El que se había quitado y, por lo que él sabía, no había vuelto a ponerse desde esa fatídica noche en The House.

Y los zapatos. Dios, los zapatos. Deseaba atravesar la sala, llevársela al despacho más cercano y follarla a lo loco sobre la mesa. Su vestido, a pesar de ser sencillo, le marcaba todas las curvas, destacaba al máximo detalle su espectacular figura. Se le secó la lengua en la boca y ni siquiera podía tragar saliva.

Entonces Chessy lo encontró entre la multitud e intercambiaron miradas. Y ella sonrió. Una sonrisa abierta y sincera que hizo que casi le fallaran las rodillas. Empezó a andar, abriéndose camino entre el gentío. Cuando Tate pudo moverse por fin, se dirigió hacia la multitud, decidido a encontrarse con ella a medio camino.

Cuando se encontraron, Tate se limitó a abrazarla, sin importarle que probablemente estuvieran montando un escándalo. La abrazó con fuerza, cerrando los ojos y disfrutando del sencillo placer de tenerla entre sus brazos.

—Me alegro tanto de que hayas venido —susurró—. Pero ¿cómo lo has sabido?

Chessy se separó y le sonrió con ternura.

—Lo leí en el periódico. ¿Por qué no me lo dijiste?

—No estaba seguro de que quisieras venir —admitió.

—Si es importante para ti, es importante para mí —dijo con dulzura.

La esperanza asomó en el corazón de Tate, una esperanza que tenía miedo de permitirse sentir.

—Ya hablaremos de eso luego —susurró Chessy—. Ahora preséntame a tus nuevos socios. Tienes clientes a los que conquistar y distraer. Estaré aquí cuando esto acabe y podrás llevarme a casa para poder hablar.

Estaba terriblemente cerca de derrumbarse y perder los papeles allí mismo, en medio de esa sala abarrotada de gente. Y le importaba un pimiento. Tras cogerla por la cintura, acercarla de forma posesiva más a él, se adentró en la multitud y la presentó no solo a sus nuevos socios, sino también a varios de sus clientes.

Ver a Chessy desplegando su encanto y efervescencia naturales era como ver magia. Fascinaba y atrapaba a todo aquel que la escuchaba y en poco tiempo los tenía comiendo de la mano. ¿Por qué había dejado de llevarla a las cenas y fiestas con los clientes? En aquel momento no había querido agobiarla con esa carga, pero ahora se daba cuenta de que ella se lo había tomado como un desprecio cuando nada podía estar más lejos de la verdad.

Tate estaba que no cabía en sí por el orgullo que sentía por ella. Veía las miradas de envidia de los demás hombres de la sala, por lo que en ningún momento dejó que Chessy se alejara de su lado. La estaba señalando públicamente. Es mía. Manos fuera.

Cuando la fiesta empezó a decaer y los invitados empezaron a marcharse, Tate se acercó a sus dos socios.

—Podéis quedaros hasta que se hayan ido todos. Me voy a casa con mi mujer.

No les dio ni siquiera la oportunidad de discutir,

llevó a Chessy hasta la puerta lo más rápido que pudo, haciendo caso omiso de su cara de sorpresa.

No estaba acostumbrada a que la pusiera por delante de los negocios, pero más valía que empezara a acostumbrarse porque así era como iba a ser a partir de ahora.

Los dioses del tráfico estuvieron de su lado ese día y llegaron a casa en siete minutos. Tate la cogió de la mano para asegurarse de que no cambiaba de idea y se negaba a entrar, y la acompañó dentro deprisa. En cuanto cruzaron la puerta principal, empezaron a desprenderse de la ropa.

Tate tiró con impaciencia del vestido, arrancando la cremallera al ver que no se abría de inmediato. Ella estaba tan impaciente como él y le arrancó los botones de la camisa de vestir. Le quitó la corbata y la lanzó al aire. Él desgarró el delicado encaje de su sujetador y luego introdujo los pulgares por sus bragas y se las bajó en un abrir y cerrar de ojos.

En cuanto liberó la polla de la presión de los pantalones, levantó a Chessy y se la metió hasta el fondo. Las piernas de ella se aferraron con fuerza a su cintura, anclándose con firmeza en él mientras Tate caminaba hacia el sofá con el pene introducido en lo más profundo de su coño.

La sujetaba con las manos por el culo, levantándola y luego dejando que su erección volviera a introducirse en ella. Eso les hizo gemir de placer a los dos. Su necesidad era desesperada; una entidad viva y que respiraba llenó la habitación. Ella se aferraba con deseo a sus hombros, mientras arqueaba el cuerpo y luego volvía para encontrarse con sus embestidas.

No consiguieron llegar al sofá.

Tate salió de ella justo para darles tiempo a tumbarse sobre la alfombra afelpada y luego volvió a introducirse dentro, moviéndose hacia fuera y hacia dentro y embistiendo, desesperado por volver a conectar con ella de la manera más íntima.

La boca de Tate devoró cada centímetro de carne que recorría. Le chupó con avidez los pechos y se le endurecieron los pezones. Luego siguió recorriendo hacia arriba su cuerpo con los labios, dejando un rastro húmedo en el cuello de Chessy, y luego chupó la suave piel de detrás de su oreja antes de lamerle el pabellón y mordisquearle el lóbulo con los dientes.

Ella se estremeció violentamente, cerca ya del clímax. Tate lo sabía por la forma en que ella se aferraba y presionaba su polla. Entonces notó una ola de humedad repentina, y el dulce calor de Chessy le inundó. Era como satén líquido. Caliente. Muy tenso.

Él se perdió en ella, embestía sin pensar hasta que el grito de Chessy hizo pedazos la calma. Entonces llegó al orgasmo con tanta fuerza que se vio incapaz de pensar o hablar. Había tantas cosas que quería decirle, pero se había quedado en blanco.

Permaneció dentro de ella, con el pecho pesándole por el esfuerzo hasta que bajó para apoyarse sobre ella, y entonces sus cuerpos sudorosos, calientes y húmedos se pegaron uno al otro.

—¿Hemos hecho bien en hacerlo? —preguntó Tate angustiado—. No quiero dañar al bebé.

Chessy rio, un ruido que le sonaba a música celestial.

—Es un poco tarde para preocuparte. Pero no, no le has hecho daño al bebé. Está bien, igual que su mamá.

Él cerró los ojos para disfrutar de la belleza de ese instante. Cuando todo había vuelto a su cauce y el mundo por fin había vuelto a ser como tenía que ser.

Sabía que era demasiado pesado para ella por lo que se retiró con suavidad, aunque su polla seguía erecta como si quisiera más guerra. Entonces se inclinó y deslizó los brazos por debajo de su cuerpo, levantándola y apoyándola en su pecho. Caminó hasta el dormitorio y la dejó sobre la cama antes de volver con una toalla para poder limpiarse los dos.

Después se metió en la cama con ella y la abrazó. No quería estropear el momento, pero necesitaba saberlo. No podría soportar la idea de que se tratase de una falsa alarma o que pensase que era algo que no era.

—Chessy, ¿significa esto que vuelves a casa?

Ella levantó la cabeza, con los ojos brillantes por la emoción. Le cogió la barbilla con amor y acarició con los dedos la incipiente barba.

—Si me dejas, sí.

—¿Si te dejo? —preguntó Tate, con voz ronca—. Cielo, me tienes a tu merced, de rodillas, rogándote que vuelvas a casa. Pero ¿qué te ha hecho cambiar de opinión? No lo entiendo.

—Le he dado muchas vueltas —admitió—. No soy feliz. Tú no eres feliz. Parece ser que nuestra única oportunidad de ser felices es intentar solucionar juntos nuestras diferencias. Estoy dispuesta a perdonar y olvidar si tú también lo estás.

Tate se la quedó mirando, alucinado.

—Nena, no tengo que perdonarte nada y tú tienes que perdonármelo todo.

—Propongo que nos perdonemos uno al otro por el dolor que nos hemos causado y que empecemos de nuevo.

Tate la abrazó y tiró de ella para colocársela encima.

—Te quiero muchísimo, Chessy. No sabes lo que agradezco que estés dispuesta a darme otra oportunidad cuando la he jodido tantas veces.

Deslizó la mano hacia ella y la colocó sobre el plano vientre donde su hijo crecía.

—Vas a tener a mi hijo —dijo sobrecogido—. ¿Tienes idea de lo que eso significa para mí?

Chessy lo miró con preocupación.

—¿De verdad te alegras de lo del bebé, Tate? Sé que todavía no estás preparado.

Él la besó para aliviar su preocupación.

—Creo que ya ha quedado claro lo gilipollas que he sido. No me imagino nada más perfecto que a ti embarazada con mi hijo. Te imagino por ahí con nuestro bebé y se me derrite el corazón cada vez que lo pienso. Seré un buen padre y un buen marido, Chessy. Esta vez lo haré bien.

Ella le ofreció una sonrisa tan luminosa que eclipsaba el sol. Se le llenaron los ojos de amor, rebosantes de calor y aceptación.

—Sé que lo harás. Te creo, Tate. Todos los matrimonios pasan por sus baches. Pero nosotros hemos superado los nuestros. En diez años echaremos la vista atrás y con suerte tendremos más de un hijo. Me gustaría tener una gran familia. Quiero lo que nunca tuve de pequeña. Pero miraremos al pasado y nos reiremos al ver lo estúpidos que fuimos los dos y lo felices que somos en el presente. Con el tiempo, todo esto nos parecerá una tontería.

La expresión de Tate se hizo sombría.

—Nunca volveré a hacer que no te sientas deseada, Chess. Sé lo dura que fue tu infancia para ti. Y quiero que sepas que nuestros hijos nunca tendrán que pasar por algo así. Mi vida siempre girará en torno a ti y a nuestros hijos, tengamos los que tengamos.

Ella lo abrazó con fuerza y apoyó la cabeza sobre su pecho.

—Te quiero, Tate.

—Y yo quiero a mi chica.

# Veintinueve

Al día siguiente, para gran sorpresa de Chessy, Tate no fue a trabajar. Sí, confiaba en que él mantendría su promesa de anteponerla a todo, pero no esperaba que se tomara un día libre, con lo valioso que era su tiempo. Sin embargo, él le dijo que para eso tenía socios ahora y que los tres se habían familiarizado con todos los clientes de MHL para poder responder a cualquier necesidad que pudiera surgir si uno de ellos estaba fuera de juego.

Tate llevó a Chessy en coche a casa de Kylie para poder recoger otra vez todas sus cosas, aunque esta vez para volver a casa. Chessy había llamado a sus amigas esa misma mañana para ponerlas al corriente de los últimos acontecimientos y para decirles que Tate y ella volvían a estar juntos.

Las dos amigas se mostraron emocionadas, pero cautelosas, y querían saber si Chessy estaba totalmente segura de su decisión. Cuando Chessy les aseguró que así era, se sintieron totalmente felices y estuvieron más que encantadas de darle todo su apoyo.

—Tengo que agradecerles muchas cosas —dijo Tate ásperamente mientras introducía las maletas en el todoterreno—. Han cuidado muy bien de mi chica. No han permitido que pasaras por esto sola.

Chessy sonrió.

—Para eso están los amigos.

—Me perdonarás si digo que deseo con todas mis fuerzas que no vuelvas a necesitarlas para algo así nunca más.

—También lo deseo —dijo ella con fervor.

—No cojas la maleta —dijo Tate con decisión cuando Chessy se disponía a introducir una de las maletas en el maletero—. Por Dios Santo, estás embarazada. No puedes levantar cosas pesadas.

Chessy rio, pero le encantó que fuera tan protector. Estaba tan contenta que quería achucharlo y no soltarlo nunca.

—Quiero que Joss, Dash, Kylie y Jensen vengan a cenar una noche —dijo cuando hubieron acabado de colocar todo el equipaje en el Mercedes—. En parte para darles las gracias y en parte para que vean que estamos bien.

La expresión de Tate se agravó.

—¿Estamos bien, Chessy?

—Sí —respondió ella, sonriéndole.

Chessy entrelazó sus dedos con los de él y le apretó la mano para darle confianza.

—Todo es cosa del pasado, Tate. Dejemos que se quede ahí, ¿de acuerdo?

—Eres demasiado buena —dijo ásperamente—. Pero le doy las gracias a Dios todos los días porque seas así. No muchas mujeres perdonarían todo lo que te he hecho. Es posible que tú puedas perdonarme, pero no estoy seguro de que yo me lo perdone algún día.

—Deja de torturarte —le dijo Chessy con dulzura—. No sirve de nada seguir anclado en el pasado. Nos esperan grandes cosas en el futuro. Un bebé.

La sonrisa de Chessy se amplió cuando se imaginó viéndole la cara a su bebé por primera vez. Se imaginó a Tate a su lado en la sala de partos y a ambos enamorándose perdidamente de su hijo al instante.

La expresión de Tate se suavizó y también sonrió.

—Me muero de ganas.

—Yo también. Bueno, ¿vamos a comer algo o tengo que morirme de hambre?

Tate soltó una risita.

—Mi chica manda. ¿Quieres que cocine algo o quieres comer fuera? ¿Qué te apetece?

—Sinceramente, lo único que quiero es volver y ponerme cómoda en mi casa. Podemos pedir comida para llevar.

La mirada de Tate de satisfacción máxima le dejó claro a Chessy que había dicho las palabras perfectas.

—Qué maravilla que la llames tu casa otra vez. Pide lo que te apetezca y yo iré corriendo a recogerlo. Y no quiero que hagas absolutamente nada mientras tanto. Sacaré todas tus cosas del coche, desharé las maletas y lo guardaré todo. Si te veo levantando algo más que un dedo, te daré un azote en el culo.

—Eso no me parece para nada una amenaza —dijo Chessy con descaro—. A lo mejor te desobedezco a propósito.

—Entonces tendré que pensar en otra amenaza. Como dejarte sin sexo durante un mes.

Chessy resopló.

—Como si tú fueras a aguantar tanto. Tu mano no es tan buena, cariño.

Tate estalló en risas, mientras el alivio y el cariño inundaban sus facciones.

—Ahora sí que hemos vuelto —dijo con satisfacción—. Dios, vaya si hemos vuelto.

# Treinta

—¿*C*rees que durarán? —preguntó Kylie ansiosa desde el sofá en el que estaba sentada junto a Jensen.

Estaba acurrucada en el hueco de su hombro, con el brazo colocado por detrás mientras veían una ridícula película de serie B sobre el fin del mundo. Las mejores.

Él le acarició el pelo y luego la besó en la cabeza.

—Lo que creo es que no podemos controlar lo que pasa en su relación. Solo podemos controlar lo que pasa en la nuestra.

Kylie emitió un sonido de sorpresa.

—¿Desde cuándo eres todo un sabio y un filósofo?

Él rio.

—Solo soy el más listo. Te elegí a ti, ¿verdad? Eso me convierte en el tipo más inteligente del planeta.

—Sí, será eso… —dijo Kylie con suficiencia.

Jensen se movió, girándose un poco para situarse cara a cara con ella en lugar de estar sentado a su lado.

—Hablando de lo cual…

Kylie inclinó la cabeza, preocupada por la repentina gravedad de su tono y expresión. Dios santo, esperaba que no fuera a romper con ella.

—Sé que puede ser un poco pronto —dijo dudoso—. Todavía estamos yendo a terapia y sé que tenemos un largo camino por delante, pero también sé que mis sentimientos hacia ti no van a cambiar. Te quiero. Siempre te querré. Y quiero pasar el resto de mi vida contigo.

—Jensen —murmuró Kylie—. Te juro por Dios que si me haces llorar te daré una patada en el culo.

Él sonrió y entonces sacó una pequeña caja de joyería de terciopelo de debajo del cojín del sofá. Se levantó y se arrodilló frente a ella, abrió la caja y dejó a la vista un resplandeciente anillo de compromiso de diamantes.

—¿Te casarás conmigo, Kylie? No tenemos que poner fecha ya mismo. Solo quiero que me prometas que un día, cuando estés lista, yo seré el hombre con el que te cases.

Kylie era incapaz de respirar por el nudo que se le había formado en la garganta y el peso que le oprimía el pecho. Las lágrimas le nublaban la vista y respiraba con fuerza a través de las alas de la nariz dilatadas. Le temblaban las manos de forma incontrolada, pero él no hizo ademán de ponerle el anillo en el dedo. Estaba esperando su respuesta.

Ella le rodeó el cuello con los brazos, abrazándolo como si le fuera la vida en ello.

—Sí, Dios mío, claro que sí. Te quiero muchísimo, Jensen. No hay nadie con quien quiera pasar el resto de mi vida aparte de contigo.

—Gracias, joder —murmuró—. Por un momento me has acojonado cuando no has dicho nada. Pensaba que la había fastidiado y me había precipitado.

—Nadie puede acusarte de tomarte las cosas con calma —dijo para provocarle.

—Me muevo rápido cuando hay algo que quiero. ¿Por qué esperar? No podía arriesgarme a que otro tipo te conquistara y te alejara de mí.

Ella puso los ojos en blanco.

—Como si eso fuera a pasar. Nadie más me aguantaría. Me temo que tendrás que soportarme tú.

—No hay nadie más a quien querría soportar aparte de a ti —dijo, casi repitiendo sus palabras.

—Gracias, joder —dijo Kylie, devolviéndole el cumplido con el mismo estilo—. ¿Qué es lo que habíamos decidido? ¿Que estaríamos jodidos juntos?

Jensen estalló en una carcajada.

—Más o menos. Joder, ¿quién más nos aguantaría aparte de nosotros mismos? Supongo que eso significa que somos perfectos el uno para el otro.

—Ya te digo —dijo ella convencida.

—¿No crees que deberías ponerte el anillo ya? —preguntó con tono burlón.

—Dios, casi me olvido del anillo.

Él sacó el anillo del estuche de terciopelo y las manos le temblaron tanto como las de ella mientras se lo colocaba en el dedo anular.

Ella lo observó admirada.

—¡Es enorme! —murmuró—. Tengo miedo de llevarlo, Jensen. ¿Y si lo pierdo? ¿Y si se cae el diamante? Viviré con el miedo continuo de que le pase algo.

Él le dio un beso en la nariz.

—Para eso está el seguro.

Ella arrugó la nariz mientras se separaba un poco.

—¿Aseguran anillos?

—Por supuesto. Puedes asegurar cualquier cosa de valor, así que puedes llevarlo sin tener que preocuparte por si lo pierdes. De hecho, no me gustaría nada que te lo quitases en ningún momento. Este anillo es la prueba de que eres mía.

—Creo que podré soportarlo —dijo ella, sonriendo—. Bueno, ¿qué podemos hacer para celebrarlo? —preguntó con inocencia.

—Bueno, se me ocurre una cosa —gruñó Jensen.

La levantó entre sus brazos y la llevó hacia el dormitorio, con los labios pegados a los de ella.

# Treinta y uno

$C$hessy canturreaba feliz mientras se movía por la cocina dándole los últimos toques a la cena. Tate había llamado antes para decirle que estaba de camino, así que llegaría en cualquier momento.

Justo después de dejar la bandeja con el pollo asado en la mesa, oyó que se abría la puerta y se giró para recibirlo en cuanto él atravesara la puerta de la cocina.

—Caramba, huele de maravilla —dijo Tate mientras la abrazaba y la besaba para saludarla.

—Si ya estás listo para comer, siéntate, a no ser que quieras cambiarte y ponerte algo más cómodo primero —dijo Chessy.

Tate se limitó a aflojarse la corbata y se quitó el abrigo, dejándolo sobre una de las sillas vacías al lado de la mesa, y luego se sentó al lado de Chessy. Ella fue una vez más hasta el horno para sacar las dos bandejas de verduras a la mesa y luego se sentó con Tate.

Tate sirvió el pollo para los dos y ella puso una cucharada de maíz en el plato antes de pasárselo a él. Luego hizo lo mismo con las judías blancas y ambos empezaron a comer.

—¿Qué tal ha ido el trabajo? —le preguntó—. ¿Qué tal va la nueva sociedad?

Tate dudó y alzó la mirada, con una expresión cada vez más seria. Chessy sintió un peso en el estómago y se preparó para lo que se avecinaba. Cómo no, otra vez...

—Puede que llegue tarde mañana y pasado —dijo con calma—. Tenemos una reunión muy importante con una gran empresa que quiere que gestionemos su fondo de capital de riesgo. Sería una cuenta muy importante y, si la conseguimos, nos situaría en cabeza de las empresas financieras. Podría conseguirnos más clientes.

Chessy frunció el ceño, confundida por la preocupación que veía en sus ojos.

—Tate, ¿te preocupa que me enfade porque vas a llegar tarde a casa un par de días?

Tate parecía disgustado.

—Tienes que reconocer que no podría pasar en peor momento. Acabo de conseguir que vuelvas y que le des otra oportunidad a lo nuestro y al cabo de unos pocos días tengo que decirte que llegaré tarde por una reunión importante.

Chessy le cogió de la mano, esperando que él viera que estaba siendo sincera.

—No espero que sacrifiques toda tu carrera para hacerme la pelota. Entiendo que tienes que trabajar, que tienes clientes y reuniones importantes. Mi problema era que siempre estábamos igual y que cuando estabas en casa, no acababas de estar presente, no sé si me explico. Te habías alejado completamente de mí. Éramos como dos extraños que compartían casa. Pero ahora no es así.

—Espero que sepas que no volveré a hacerlo.

—Lo sé, Tate. Lo sé.

La expresión de él se suavizó por el alivio que sentía y le dio un apretón cariñoso en la mano.

—¿Qué tal estáis tú y el pequeñín?

—Estamos de maravilla —dijo con entusiasmo—. Hoy he llamado para pedir mi primera cita con el tocólogo; es el mismo al que va Joss. He tenido náuseas esta mañana, pero me las he arreglado para no vomitar. Creo que lo estoy llevando mucho mejor que la pobre Joss.

—¿Cuándo tienes cita entonces? —le preguntó, serio—. No me la perderé por nada.

—El día trece. Miércoles.

—Lo pondré en la agenda. ¿A qué hora?

—A las diez de la mañana.

—¿Y si voy al trabajo después de tu cita? Me quedaré por aquí y te llevaré al médico y luego podemos comer juntos.

—Me parece fantástico —respondió Chessy con una amplia sonrisa.

Él se la quedó mirando durante un largo instante, repasando con los ojos sus rasgos.

—Se te ve feliz —le dijo—. No me había dado cuenta de cuánto tiempo hacía que no se te veía realmente feliz. Lo siento, Chess.

A Chess se le ablandó el corazón por la vulnerabilidad y arrepentimiento verdadero de su tono de voz.

—Me haces feliz, Tate. Siempre has tenido el poder de hacerme la mujer más feliz sobre la faz de la Tierra.

Lo que no le dijo fue que también tenía el poder de convertirla en la mujer más infeliz del mundo. Pero él lo entendió.

—Si mañana no vienes a cenar, igual llamo a Joss y a Kylie por si quieren salir —dijo Chessy.

Tate asintió.

—Mañana tenemos una reunión de planificación. No estoy seguro de cuándo acabaremos, pero la idea es que nos lleven la cena a la oficina y que comamos allí. Pasado mañana, estaremos en reuniones a partir de las once con el presidente y el director financiero de Calder Enterprises. Comeremos, luego tenemos una presentación y seguramente también tendremos una cena, así que estaré fuera de juego todo el día.

Chessy se levantó para llevarse el plato de la mesa y besó a Tate en la mejilla.

—Estoy segura de que conseguiréis la cuenta.

Él la detuvo, tiró de ella para sentarla sobre su regazo, así que se vio obligada a dejar otra vez el plato en la mesa. Tate la abrazó con fuerza mientras la besaba en la frente y luego en los ojos y en la boca.

—Amo con locura a mi chica. No me merezco este apoyo incondicional, pero saber que crees en mí me hace sentir que siempre podré conseguir cualquier cosa que me proponga.

Chessy le cogió la barbilla con la mano y le devolvió el beso.

—Nuestra hija cuenta con su padre. Sé que no le fallarás ni a ella ni a mí.

Él la abrazó, temblando de la emoción.

—Voy a ser padre —dijo maravillado.

Chessy sonrió.

—Es posible que no haya sido planeado, pero creo que debe tener una voluntad de hierro porque fue concebida contra todo pronóstico.

—Entonces crees que es una niña.

—Bueno, me gustaría tanto un niño como una niña, pero me he acostumbrado a pensar que es una niña. Me gusta imaginarte con una niñita preciosa, mimándola al máximo.

—Mi idea es mimar al máximo primero a su madre —dijo con seriedad—. No he sido un dominante muy bueno, Chessy. Pero esto va a cambiar teniendo en cuenta que todavía quieres que te domine. Entendería que no quisieras.

Ella lo miró con ojos de enamorada.

—Soy tuya, Tate. Eres el dueño de mi corazón y de mi alma. Necesito que me domines. No quiero que intentes ser alguien que no eres solo porque tienes miedo de que yo haya cambiado. Llevo mucho tiempo esperándote… a tu yo verdadero… para que vuelvas a mí.

—En ese caso, deja los platos y ve al dormitorio. Quítate la ropa y arrodíllate en medio de la cama.

La excitación le recorrió las venas a Chessy al oír el tono tajante de la orden de Tate. Dios, sonaba igual que el Tate al que conocía y al que tanto amaba. En un abrir y cerrar de ojos, se levantó de su regazo y se apresuró hacia el dormitorio. Tampoco perdió tiempo preocupándose por si sus actividades hacían daño al bebé porque confiaba en Tate de forma implícita. Nunca iría demasiado lejos y siempre pensaría en su pequeñín.

Se desvistió de forma descuidada y dejó su ropa en el suelo delante del vestidor. Luego se subió a la cama y se arrodilló en el centro, de cara a la puerta para poder ver la expresión de Tate en cuanto entrara.

Unos instantes más tarde, él entró por la puerta con unas telas suaves, de un profundo color rojo. Se le encendieron los ojos cuando la vio de rodillas, desnuda sobre la cama.

—Túmbate boca arriba —le dijo, excitado—. Estira los brazos hacia el cabecero y abre las piernas.

Ella obedeció sus órdenes sin rechistar, colocándose de forma que estuviera cómoda antes de levantar los brazos hasta que sus nudillos justo tocaban el cabecero.

—¿De quién es mi chica? —le preguntó Tate, una pregunta que le era muy familiar.

—Tuya —murmuró Chessy, arqueando la espalda mientras él le recorría con la yema del dedo el centro de su cuerpo, la deslizaba sobre el vientre y entre las piernas, donde acarició y jugueteó con su carne más íntima.

Todavía totalmente vestido, se montó a horcajadas sobre ella, pero tuvo cuidado de apoyarse en las rodillas para que el vientre de ella no tuviera que soportar su peso. Entonces estiró los brazos y le ató una de las telas alrededor de las muñecas antes de tirar con fuerza hacia arriba para atarla al cabecero.

Se bajó de encima de ella y la cogió por los tobillos. Los empujó hacia ella hasta que Chessy dobló las piernas y quedó con los talones apoyados en la parte inferior de sus muslos. Entonces le ató un trozo de tela alrededor del muslo y el tobillo, atándolos juntos de forma que ella quedó totalmente abierta. Repitió el proceso con el otro tobillo y luego la miró para preguntarle en silencio si estaba cómoda.

Ella le sonrió para tranquilizarlo y que supiera que estaba bien. ¿Cómo podía no estarlo?

Tate se separó de la cama y empezó a desvestirse poco a poco. Chessy lo miraba con descaro, disfrutando de su musculoso cuerpo mientras se quitaba la ropa hasta quedarse solo con sus calzoncillos blancos. El bulto de su evidente erección hacía presión contra la ropa interior; era como un arco rígido intentando abrirse camino.

Como sabía que a ella le gustaba, se metió la mano en el calzoncillo en lugar de bajárselo por las piernas y se sacó la polla, acariciándola mientras se tensionaba hacia su abdomen.

Chessy se relamió los labios ansiosa y Tate gruñó. Luego, como si decidiera ser generoso y darle otra vez lo que quería, se subió a la cama, usando una mano para girarle la cara hacia él. Le puso la polla en los labios y le dio unas palmadas en la mejilla para ordenarle que abriera la boca para él.

Se deslizó dentro de inmediato, mientras su sabor le llenaba la boca a Chessy. Ella chupó con ganas, deslizaba la lengua sobre las venas y el glande, recorría y lamía cada centímetro. Apareció una gota húmeda en la punta de la polla y ella la lamió con un murmullo de placer.

Durante unos minutos más, él se la introdujo con delicadeza en la boca hasta que ella tuvo que tensar las mejillas para que le cupiera la erección creciente. Al final él la sacó de su boca y Chessy aspiró aire para recuperarse, mientras se le dilataban las narinas por el esfuerzo.

—Ahora me toca a mí saborearte —dijo con un punto de satisfacción en el tono de voz.

Se arrastró entre sus muslos abiertos, a los que tenía atados los tobillos, quedando totalmente indefensa ante cualquier cosa que quisiera hacerle. Deslizó las manos por los pechos de Chessy, y los acarició y pellizcó con ternura.

—Dime si te hago daño —dijo con voz grave—. Sé que ahora estás más sensible. Lo último que querría hacer es causarte alguna incomodidad.

—No me harás daño —susurró Chessy—. Pero no seas tan brusco como eres a veces.

Tate le cogió el vientre de forma posesiva y luego se inclinó y besó el punto en el que se expandiría en su día con el crecimiento del bebé. Su ternura llenó de lágrimas los ojos de Chessy y su corazón se llenó de amor hacia ese hombre. No, las cosas no siempre habían sido fáciles para ellos, pero ¿qué matrimonio era perfecto?

¿No era eso de lo que se trataba el amor y el matrimonio? ¿Superar los baches del camino, cometer errores y acabar perdonando?

Se abrió camino con la boca hasta su vagina, que se encontraba abierta debido a la postura en la que estaba atada. La lamió y luego chupó el clítoris, provocando que su pelvis se apretara y sufriera espasmos bajo esa boca experta.

—Me encanta verte así —le dijo Tate, con la voz impregnada de deseo y emoción—. Atada, preciosa, totalmente a mi merced. Pero, nena, seré clemente y tierno contigo.

Chessy se estremeció cuando su boca volvió a su vagina, lamiendo y chupando en los lugares adecuados. Luego deslizó la lengua hacia dentro y la lamió superficialmente, dejándole entrever un anticipo de lo que sentiría cuando su polla sustituyera a su lengua.

—¿Me parece que lo que mi chica quiere es mi polla?

—Sí, por favor —rogó Chessy—. Fóllame, Tate. Poséeme. Demuéstrame que soy tuya. Siempre tuya.

Tate le levantó el cuerpo, colocándose en su entrada, pero solo introdujo la punta de su pene, moviéndose dentro y fuera con movimientos breves y superficiales, atormentándola hasta que gritara de ganas.

Entonces con una potente embestida, acabó la tontería. Se la metió hasta el fondo, provocando que Chessy emitiera un grito ahogado al sentirla dentro. Era un equilibrio delicioso entre el placer y el dolor porque Tate era un hombre grande y no era fácil que se la metiera hasta el fondo.

Con las piernas atadas y con los brazos atados, no podía hacer nada excepto permanecer tumbada, aceptando cualquier cosa que él quisiera hacerle. Él embistió dentro de ella, una vez tras otra, arqueando las caderas y con todo el cuerpo encima del de ella, ondulándose y retorciéndose. Tenía los ojos cerrados en una tortura exquisita, y la frente arrugada por la tensión.

Las caderas de Tate empezaron a golpear contra ella de forma frenética mientras la llevaba cada vez más cerca del límite.

—Ven a por mí, nena. Dame tu jugo. Déjame sentir tu humedad en mi polla.

Chessy soltó un grito frenético cuando el orgasmo se precipitó sobre ella como las olas del océano cuando rompen. Dobló los dedos hasta formar puños, tensando la tela que la tenía atada. Sentía que la tensión había llegado a su máxima capacidad, pero el dolor le aportaba un placer delicioso. La fricción que le había provocado Tate con la polla dura y gruesa había provocado que un éxtasis indescifrable le recorriera todo el cuerpo.

Y entonces él salió de su coño y se cogió la polla con la mano. Movió la mano arriba y abajo y dejó que el semen cayera esparciéndose por el vientre de Chessy y luego más arriba, por sus pechos, marcándola, dejando claro que le pertenecía.

Tate observó los regueros de semen que resplandecían sobre la piel de Chessy con una mirada depredadora y que irradiaba satisfacción.

—Mi chica —dijo con voz ronca. Le acarició el vientre—. Mi hijo.

Ella le sonrió, exhausta por el orgasmo.

—Los dos somos tuyos, Tate. Siempre.

—Voy a buscar algo para limpiar a mi chica y luego te desataré para poder tenerte entre los brazos.

# Treinta y dos

Chessy estaba nerviosa y ansiosa por la gran presentación de Tate de ese día. Tal como le había dicho, había llegado tarde la noche anterior y agotado. Se habían ido a la cama y él había dormido abrazándola con fuerza.

Esa mañana, Tate se había levantado temprano y había salido de casa a las seis, ataviado con su traje más caro. Estaba para comérselo. Chessy tuvo que contenerse para no abalanzarse sobre él, porque eso lo haría llegar tarde y ella sabía lo importante que era la presentación de ese día.

Sin saber cómo ocupar las horas que faltaban hasta que Tate le contara cuál era el resultado final, decidió limpiar a fondo la casa, que había estado desatendida durante el tiempo que ella estuvo fuera.

Quitó el polvo y puso en su sitio lo que estaba desordenado. Hizo la cama y puso una lavadora. Luego fregó el suelo de la cocina, ya que era lo que más la irritaba.

Tate había querido contratar a una señora de la limpieza para que fuera un par de veces a la semana porque no quería que Chessy cargara con todo el trabajo de limpieza, pero Chessy se había negado. La idea de que una extraña fuese a su casa le daba escalofríos. Prefería hacerlo ella misma y estar segura de que estaba bien hecho.

Sacó una fregona y llenó el cubo con agua caliente y limpiador de suelos. Luego empezó a pasarla por la zona más alejada, para acabar en el otro extremo. Cuando hubo acabado, observó con satisfacción el suelo resplandeciente.

Vació el agua del cubo, limpió la fregona y empezó a pasar la fregona hacia la puerta que llevaba al tendedero para poder colgar los útiles de limpieza y que se secaran.

No se fijó en un trozo de suelo que seguía mojado y en cuanto puso el pie encima, resbaló y salió disparada por los aires. Aterrizó con un golpe sordo y doloroso que le cortó la respiración.

Aturdida por el accidente, permaneció tumbada intentando recuperarse. Repasó mentalmente todas las partes de su cuerpo, tratando de averiguar si se había hecho daño. Le daba la impresión de que se había hecho daño en todas partes.

Movió con cuidado los brazos y las piernas, pero cuando intentó levantarse, el dolor le atravesó la espalda y el abdomen. Se quedó quieta, mientras el pánico le inundaba la mente.

El bebé.

Joder, ¿y si le había pasado algo al bebé? ¿Y si había abortado? Tenía un miedo mortal incluso de moverse.

Cogió el teléfono y dio gracias a Dios por llevarlo en el bolsillo. Debería haber llamado a emergencias, pero su primer impulso fue llamar a sus amigas. Joss no respondió, así que llamó a Kylie.

—Hola, guapa, ¿qué tal? —la alegre voz de Kylie resonó en el oído de Chessy.

—Kylie, necesito ayuda —dijo Chessy, dolorida—. Me he caído y tengo miedo de levantarme. Me preocupa el bebé.

En cuanto pronunció las últimas palabras, estalló en lágrimas.

—No te muevas —ordenó Kylie—. Jensen y yo llegamos en diez minutos.

Chessy cerró los ojos aliviada y luego se aferró al teléfono. Su primer impulso había sido llamar a Tate. Él era su tabla de salvación. Pero no podía hacerle eso justo ese día. Se negaba a obligarlo a elegir entre ella y un posible cliente que podía mantener a flote su empresa durante los años venideros.

Podía hacerlo sola.

La espera le pareció interminable, pero entonces oyó cómo se abría la puerta, seguido de la voz de Kylie y sus tacones.

—¡Chessy! ¿Dónde estás?

—En la cocina —respondió Chessy.

Chessy, seguida a toda prisa por Jensen, se apresuró hacia la cocina, donde Chessy todavía estaba tumbada en el suelo. Jensen se agachó con una mirada de preocupación.

—¿Dónde te duele, niña?

—No estoy segura —admitió Chessy—. He intentado ponerme de pie, pero me dolía tanto que he vuelto a tumbarme. Me preocupa mucho el bebé. Kylie, ¿estoy sangrando?

Jensen desvió la mirada mientras Kylie le bajaba con cuidado los pantalones a Chessy para comprobar si sangraba.

—Has manchado —le dijo Kylie con calma.

A Chessy se le llenaron los ojos de lágrimas. Dios, no. Cualquier cosa, menos eso.

—No es mucho —la tranquilizó Kylie—. Te llevaremos a urgencias para que te vean, para que se aseguren de que no te has roto nada y que el bebé está bien. ¿Has llamado a Tate?

Chessy sacudió la cabeza con fuerza.

—No. Hoy tiene una presentación muy importante, que podría significar el éxito o el fracaso de su negocio. No voy a obligarlo a elegir entre una reunión tan importante y yo.

Kylie no pareció convencida por la explicación, pero no la discutió.

—De acuerdo, Chessy, voy a levantarte. Intentaré no hacerte daño —dijo Jensen con amabilidad.

Chessy se tensó cuando Jensen le pasó las manos por debajo y la levantó en brazos sin problemas. Se estremeció; la espalda se quejó por el movimiento. Jensen parecía preocupado mientras la llevaba al coche. La dejó en el asiento trasero y le dijo que no se moviera. Kylie se sentó en el asiento del acompañante y Jensen se puso al volante y arrancó de inmediato, acelerando y saliendo a toda prisa del barrio.

Dios, por favor, por favor, que el bebé estuviera bien. En el poco tiempo que había pasado desde que había descubierto que estaba embarazada, había establecido un vínculo con el bebé. Ya era su hijo y ya había soñado en un futuro con un pequeñín que correteara por ahí y la volviera loca. Y quería más niños. No quería que fuera hijo único. Quería una gran familia llena de amor, todas las cosas que no había tenido ella en la vida.

Sus hijos sabrían lo queridos y deseados que eran.

Diez minutos más tarde, Jensen paraba en la zona de urgencias y saltaba del coche, gritándole a uno de los celadores que se estaba tomando un descanso para fumar un cigarrillo.

—Necesitamos una camilla. Está embarazada y herida. No quiero zarandearla innecesariamente.

En muy poco tiempo la subieron a una ambulancia y la entraron rápidamente a un box de urgencias, donde una enfermera empezó a preguntarle inmediatamente qué le había pasado mientras la examinaba para ver si estaba herida.

—Solo estoy de unas semanas —dijo Chessy entre lágrimas—. Y he manchado. ¿Significa que la voy a perder?

La enfermera le dio unas palmaditas en la mano para tranquilizarla.

—Es normal manchar en las primeras semanas del embarazo. Pero te haremos una ecografía y un análisis de sangre para ver los niveles de HCG. Estoy segura de que el bebé estará perfecto. Eres tú la que nos preocupas. Tu brazo izquierdo parece roto o al menos muy magullado. Te haremos una placa de rayos X, pero, por supuesto, tomaremos las precauciones necesarias para proteger a tu bebé.

Chessy suspiró aliviada. No le importaba nada su cuerpo. Solo quería que su bebé estuviera bien.

Kylie y Jensen se acercaron a ambos lados de Chessy. Kylie le puso la mano en el hombro, mientras Jensen le sujetaba la mano derecha. Kylie tuvo cuidado de no tocarle el brazo izquierdo.

Por primera vez, Chessy bajó la vista para mirarse el brazo y se quedó con la boca abierta. Sí que parecía roto. Estaba hinchado y se estaba poniendo morado.

Unos minutos más tarde, llegó el celador y la llevó por el pasillo hasta la sala de rayos X. Solo tardaron un momento en hacerle la radiografía del brazo, también le hicieron radiografías de las costillas y el abdomen.

Cuando la llevaron de vuelta a la habitación, Joss y Dash estaban esperando con Kylie y Jensen. Chessy volvió a ponerse a llorar. Quería a sus amigas con todo su corazón, pero lo que de verdad quería era ver a su marido. Necesitaba su fuerza y su seguridad, pero no podía pedirle que sacrificara una oportunidad tan importante para su empresa.

—Dios mío, Chessy, ¿estás bien? —preguntó Joss preocupada.

—¿Qué ha pasado? —quiso saber Dash con voz seria.

Les interrumpió un médico que llegó empujando una máquina de ecografías portátil con un transductor acoplado con forma de vara. Chessy puso los ojos como platos cuando le dijeron que harían una ecografía vaginal porque estaba embarazada de muy pocas semanas.

El miedo y la ansiedad fueron demasiado para ella. Había llegado el momento de descubrir si su bebé había sobrevivido o no a su estupidez. Si había provocado la muerte de su hijo, nunca se lo perdonaría.

Empezó a llorar de forma inconsolable; las lágrimas le caían por las mejillas sin cesar. Le temblaba todo el cuerpo y el dolor del brazo se le hacía insoportable.

Para su completo asombro, la puerta se abrió de par en par y Tate cruzó el umbral, buscando a Chessy desesperadamente con la mirada. Se le veía demacrado y preocupado, aunque el alivio se reflejó en su rostro cuando la vio.

Sin embargo, al ver que estaba llorando, la expresión le cambió y se mostró destrozado. Corrió a su lado, apartando a los demás.

—Chessy, ¿estás bien? —cuestionó—. ¿Qué ha pasado? ¿Está bien el bebé?

—¿Qué haces aquí? —le preguntó alucinada, mientras disminuían las lágrimas al darse cuenta de que su marido estaba ahí. No en una reunión. Estaba ahí con ella—. Tate, no puedes perderte la presentación de hoy. ¿Y cómo has sabido que estaba aquí?

—Me ha llamado Dash —dijo Tate con voz seria—. Pero deberías haberme llamado tú. Chessy, no hay nada más importante que tú. A la mierda la presentación. Para eso tengo socios ahora. Si lo conseguimos, lo conseguimos. Si no, habrá más oportunidades. Pero mi única prioridad eres tú y la seguridad de nuestro hijo.

Chessy volvió a romper a llorar; él se inclinó hacia ella y la abrazó con cuidado.

—No llores, cielo. Por favor, no llores. Todo irá bien. Te lo prometo. Si el embarazo no sigue adelante, lo volveremos a intentar. Te daré todos los bebés que quieras.

A Chessy se le llenó el corazón de amor. Tenía las emociones fuera de control. Tate la había elegido. Y ella no se lo había pedido. No esperaba que dejara una reunión tan importante y aun así había venido.

—Me rompe el corazón que estés tan impresionado porque haya venido —dijo Tate, con una cara que reflejaba dolor—. Chessy, siempre te elegiré a ti. Sé que en el pasado no ha sido así, pero a partir de ahora eres mi prioridad número uno. Deberías haberme llamado, aunque entiendo por qué no lo has hecho. Sin embargo, a partir de ahora espero que siempre me digas lo que te está pasando. Sobre todo si te haces daño y estás en el hospital, preocupada por si hemos perdido a nuestro bebé.

—Te quiero —susurró Chessy—. Te quiero mucho.

—Yo también te quiero, cielo.

El médico se aclaró la garganta.

—Necesito que todos salgan de la habitación para poder hacer la ecografía y confirmar o no que el bebé sigue sano y salvo en el vientre de su madre.

—Yo no me voy —gruñó Tate.

Se colocó al lado de Chessy y le pasó el brazo por debajo de forma que le sujetaba la parte superior del cuerpo.

Joss, Kylie, Jensen y Dash salieron de la habitación discretamente. El médico le levantó el camisón que le habían puesto y les explicó con tranquilidad el proceso de una ecografía transvaginal.

Le insertaría el transductor en la vagina y en la pantalla del ecógrafo verían las imágenes de la ecografía.

—Esperemos que todo vaya bien —dijo el médico con una sonrisa—. Has manchado muy poco y es algo bastante normal en la primera etapa del embarazo. Lo más probable es que no haya tenido nada que ver con la caída.

El silencio se hizo dueño de la habitación cuando el médico empezó con la ecografía. Tate abrazaba a Chessy con fuerza y le sujetaba la mano derecha, apretándola con fuerza. Tenía tanto miedo como ella. Chessy veía la tensión en sus rasgos y el miedo en sus ojos. Miedo por ella y miedo por su hijo.

—¡Ahí está el corazón! Parece que todo está en orden, mamá. Tu bebé sigue estando justo donde debe estar.

Chessy volvió a ponerse a llorar. Tate pegó su frente a la de Chessy, mientras el alivio se reflejaba en todos sus rasgos faciales.

—Nuestro bebé está bien —susurró Tate—. Pero ahora tenemos que cuidar de ti.

Le limpió las lágrimas con ternura, besándole las gotas que habían resbalado por sus mejillas.

—Estoy tan contenta de que estés aquí —dijo Chessy con voz entrecortada—. Me moría de ganas de que estuvieras aquí, pero no quería cargarme tu presentación.

—Siempre estaré aquí —dijo Tate con dulzura—. Tú y el bebé sois lo primero.

Él la había elegido.

La alegría sustituyó enseguida al miedo y el dolor que había sentido al pensar que podía haber perdido el bebé. Levantó el brazo que tenía bien y acarició el rostro de Tate.

—Me has elegido a mí —susurró.

A Tate se le humedecieron los ojos.

—Sé que no puedo borrar el pasado, Chessy, pero sí que puedo cambiar el futuro. A partir de ahora, tú eres lo primero. Siempre. Necesito que lo creas.

—Lo creo —susurró Chessy.

—Te quiero —dijo Tate con voz grave y una sinceridad que se reflejaba en sus ojos llenos de lágrimas—. En cuanto te den el alta, te llevaré a casa y no vas a levantar ni un dedo hasta que te hayas recuperado. Voy a cogerme el resto de la semana libre y, según cómo vaya tu evolución, a lo mejor me cojo también la próxima semana.

Chessy estaba impactada, y estaba segura de que su rostro lo reflejaba.

Tate le acarició la mejilla, mientras la miraba con ojos llenos de amor y ternura.

—Te he elegido a ti, Chessy. Siempre te elegiré a ti.

Chessy sonrió, sin hacer caso al dolor que sentía en el brazo. Tenía todo lo que le importaba en este mundo aquí y ahora. Su bebé estaba a salvo y su marido estaba junto a ella. Todo iba bien. Por fin estaba en paz.

Y creía a Tate. Todas las dudas del pasado, todas las traiciones y las decepciones habían desaparecido; en su lugar se dibujaba ahora una estela de amor y confianza.

# Epílogo

$K$ylie decidió esperar hasta que nacieran los bebés de Joss y Chessy para casarse con Jensen. Joss y Chessy se habían quejado de que cómo iban a poder ser damas de honor si parecían unas ballenas. A Jensen no le gustó nada que el asunto se retrasase. Quería que Kylie fuera legalmente suya lo antes posible y no le importaba si celebraban una boda o no. Había amenazado con secuestrar a Kylie y fugarse a Las Vegas, pero al final cedió cuando Kylie le dijo lo importante que era para ella estar rodeada por su «familia» en ese día tan especial.

Joss dio a luz a un niño de casi cuatro kilos. Le llamaron Carson, en honor al primer marido de Joss y mejor amigo de Dash.

No mucho después, Chessy tuvo una niña que pesó tres kilos doscientos. Dijo satisfecha a Tate que había acertado desde el principio y que sabía que iba a tener una niña. Tate la había mimado de principio a fin. La había llevado a casa desde el hospital ese horrible día en el que había temido lo peor. Al final el brazo sí estaba roto y tuvo que llevarlo enyesado durante dos meses. Tate no le había permitido levantar ni un dedo y, fiel a su palabra, había pasado mucho más tiempo con ella en lugar de trabajar.

Cuando le quitaron el yeso, y con una preciosa barriguita de embarazada, se habían ido una semana entera por ahí en la que no hicieron nada aparte de descansar en la playa y hacer el amor en la habitación del hotel. Había sido la perfección absoluta.

Dos meses después de que Chessy diera a luz, llegó el día de la boda de Kylie. Hacía un tiempo perfecto, lo que presagiaba un día magnífico.

—Estás preciosa —le dijo Tate mientras Chessy le daba los últimos toques a su maquillaje.

El vestido de dama de honor era precioso y, para gran regocijo de Chessy, cabía en la misma talla que usaba antes del embarazo. El único problema era que tenía los pechos enormes, aunque de todas formas no era algo de lo que Tate se quejara.

—Tú tampoco estás nada mal —le dijo Chessy, admirando el esmoquin negro con el que se había vestido para ser uno de los padrinos de Jensen.

Tate cogió en brazos a Caroline y cuando empezó a hacer pucheros, le puso el chupete. Una vez en la boca, Caroline se puso a chuparlo con alegría y cayó dormida al instante en brazos de su padre.

Habían acordado que Joss y Chessy llevarían a sus bebés con ellas de camino al altar para acompañar a Kylie en la ceremonia. Lo único que deseaba Chessy era que ninguna de las criaturas se pusiera a llorar durante la misa.

No habría hecho falta que se preocupase por eso. Los bebés estuvieron la mar de bien en brazos de sus madres. Joss y Chessy observaron cómo Kylie y Jensen se prometían amor mutuo y empezaban sus vidas juntos como marido y mujer y las dos se echaron a llorar.

Tate dejó escapar un suspiro y le pasó un pañuelo a Chessy.

—Y pensar que nos preocupaba que fueran los bebés los que rompieran a llorar… —murmuró Dash.

Se intercambiaron los anillos y el cura los declaró marido y mujer. Jensen le dio a Kylie un beso tan arrebatador que Chessy acabó ruborizándose. Tate todavía no lo sabía, pero esa noche era la noche en la que había planeado decirle que el médico le había dicho que ya podía retomar las relaciones sexuales.

Para sorpresa —y regocijo— de todos, Jensen levantó a Kylie en brazos y recorrió así el pasillo en lugar de hacerlo a la manera tradicional andando uno al lado del otro después de declararlos marido y mujer.

Los demás salieron a toda prisa detrás y se reunieron con ellos en la entrada de la iglesia.

Kylie abrazó a Joss y luego a Chessy.

—Gracias por estar aquí —susurró—. Tener a la gente que más quiero junto a mí ha hecho que mi boda sea mucho más especial.

—No me la habría perdido por nada del mundo —dijo Chessy—. Te queremos, Kylie. Y me alegra mucho que seas feliz. Te mereces serlo y creo que Jensen es perfecto para ti. Os deseo una larga vida llena de amor y felicidad.

A Kylie se le humedecieron los ojos.

—No sé qué haría sin ti y sin Joss. Os quiero muchísimo a las dos.

—Creo que Jensen se está impacientando un poco —susurró Joss—. Se muere de ganas de llevarte de luna de miel.

Kylie se ruborizó, pero al darse media vuelta su marido la cogió otra vez en volandas. La llevó hasta la limusina que los esperaba y la acomodó en el interior. Luego se giró con una sonrisa en el rostro y saludó con la mano a su grupo de amigos.

—Gracias a todos por hacer que haya sido tan especial para Kylie. Sé que no olvidará este día, ni yo tampoco.

Todos los despidieron con la mano mientras Jensen entraba en la limusina junto a Kylie, y cuando el coche se alejó, Tate cogió a Caroline en brazos y la acunó contra su pecho apoyándole la cabecita en su hombro.

Chessy se acercó lo suficiente para que nadie pudiera oír lo que iba a susurrarle a su marido al oído.

—El médico me ha dado luz verde para retomar las relaciones sexuales —murmuró.

A Tate se le encendieron los ojos; una chispa le prendió la mirada de deseo y lujuria. La miró como si se la fuera a comer y luego contempló con remordimiento a su bebé.

—Esta noche pienso romper un nuevo récord cuando vaya a dormirla. Y luego tú y yo nos pasaremos mucho rato despiertos. A lo mejor hasta tengo que llamar para decir que mañana no iré a trabajar.

Chessy se echó a reír; era una risa alegre y despreocupada. Todo era tan… perfecto. Había recuperado a su marido, Kylie estaba felizmente casada y Joss y Dash acababan de ser padres. Todo el mundo estaba la mar de contento. ¿Qué más podía pedir?